Doris

BASTEI LÜBBE

Von Jule Brand erschienen bei BASTEI-LÜBBE:

12531 Ein Single kommt selten allein
12563 Liebe im Nachfüllpack
12615 So angelt man sich einen Typ
12639 Drei Männer sind einer zuviel
12683 Herrchen gesucht
12711 Küsse niemals deinen Boss
12778 Herzattacken
12795 Sag nicht, ich hätte dich nicht gewarnt
12843 Lügen haben schöne Beine
12858 Macho verzweifelt gesucht
12919 Zur Hölle mit den guten Sitten

BASTEI LÜBBE

Jule Brand

Sektfrühstück mit einem Unbekannten

ROMAN

BASTEI LÜBBE TASCHENBUCH
Band 16194

1. Auflage: Oktober 1999
2. Auflage: Juni 2000

Vollständige Taschenbuchausgabe

Bastei Lübbe Taschenbücher ist ein Imprint
der Verlagsgruppe Lübbe

Originalausgabe

Umschlaggestaltung: K.K.K.
Titelfoto: tony stone
Satz: hanseatenSatz-bremen, Bremen
Druck und Verarbeitung: Ebner Ulm
Printed in Germany
ISBN 3-404-16194-7

Sie finden uns im Internet unter
http://www.luebbe.de

Der Preis dieses Bandes versteht sich einschließlich
der gesetzlichen Mehrwertsteuer.

Für Frank
und für alle anderen, die in diesem Jahr keinen
Urlaub machen konnten, aber dringend
welchen nötig hätten.
Und für die Familie Ludwig, deren zauberhaftes
Sardinien-Haus ich beim Schreiben die
ganze Zeit vor Augen hatte.

1. Kapitel

Etwas Feuchtes berührte meine Stirn.

Ich murmelte schlaftrunken: »Theodor, laß das!«

Aber das Feuchte war nicht etwa Theodors liebevolle Katzenzunge, sondern ein nasser Waschlappen. Jemand hatte ihn auf meinen pochenden Schädel gelegt.

Das Bett unter mir schwankte sachte auf und nieder.

»Guten Morgen, Süße«, sagte eine samtige Stimme über mir, und ich öffnete mühsam die Augen.

In meinem Kopf hämmerte es wie in einer Großbaustelle. Es dauerte eine Weile, bis ich klar erkennen konnte, wer da so freundlich »Guten Morgen« und »Süße« gesagt hatte. Es war definitiv der bestaussehende Mann, den ich jemals zu Gesicht bekommen hatte: braungebrannt, die Haare gelockt und dunkel, eine fast perfekte Römernase und dazu die grünsten Augen, die man sich vorstellen kann. Jetzt lächelte er auf mich herab und zeigte dabei seine blendend weißen, regelmäßigen Zähne.

Ich lächelte unwillkürlich und trotz meiner Kopfschmerzen zurück. Das Lächeln fiel dementsprechend kläglich aus. Mein Mund war völlig ausgetrocknet, und meine Lippen blieben an den Zähnen kleben.

Wieder schwankte das Bett unter mir.

Ziemlich genau in diesem Augenblick merkte ich, daß dies kein Traum war, und das Lächeln verging mir, so schnell wie es gekommen war.

Wo, zur Hölle, war ich? Niemals zuvor hatte ich auf einem Bett mit schwarzer Satinwäsche gelegen!

»Geht es dir besser?« fragte der Unbekannte. »Eigentlich hatte ich mir ja ein Sektfrühstück vorgestellt, am besten im Bett. Aber unter diesen Umständen ...« Er lächelte noch breiter.

Panik erfaßte mich. Wer war der Kerl? Wieso lag ich hier in einem fremden Luxusbett und hatte einen Waschlappen auf dem Kopf? Und wie war ich hierhergekommen?

Ich fragte zuerst das Naheliegendste: »Habe ich viel getrunken?«

»Keinen Tropfen«, versicherte der Grünäugige lachend. »Das sind immer noch die Nachwirkungen von deinem Sturz. Eine leichte Gehirnerschütterung wird's schon sein. Ich muß schon sagen, das ist mir noch nie passiert!«

»Was denn?« fragte ich. Was für ein Sturz? Wovon sprach der?

»Na, daß ein Mädchen mitten in der heißesten Nummer aufspringt und sich übergibt.« Der Unbekannte lachte höchst amüsiert.

Ich starrte ihn fassungslos an. Mitten in der heißesten Nummer – ich und er –, und ich hatte mich *übergeben*?

»Das tut mir leid«, flüsterte ich, ehrlich erschüttert.

»Na ja, der Tag ist ja noch lang«, sagte der Mann und senkte dabei seine Stimme auf verführerische Weise. »Wenn deine Kopfschmerzen vorbei sind und wir das Problem gelöst haben, bleibt uns bestimmt noch Zeit für einen romantischen Vormittag. Ich habe immer noch Champagner kaltgestellt.«

Mein Magen zog sich schmerzhaft zusammen. Wieder schwankte das Bett. Ich stöhnte leise.

»Das beste wird sein, du bleibst einfach liegen«, schlug der Grünäugige vor. »Wenn es dir besser geht, kannst du ja zu mir an Deck kommen.«

An Deck? Das bedeutete, wir hielten uns auf einem *Schiff* auf. Wie kam ich denn, um Himmels willen, auf ein Schiff? Ich hatte nicht den blassesten Schimmer. Das erklärte aber immerhin, warum das Bett so schwankte.

Ein Schiff, dachte ich hoffnungsvoll, ist für gewöhnlich an einem Gewässer anzutreffen. Ich bin also an einem Gewässer. Auf dem Rhein? Ich setzte mich unter Schmerzen auf und sah aus dem Kajütenfenster neben mir. Draußen glitzerte eine schier endlose Wasserfläche. Meer. Durch das gegenüberliegende Fenster sah ich das Mastgewirr vieler Segelschiffe, dahinter Häuser, malerisch an einen Hang gedrückt.

»Castelsardo«, sagte ich zu meiner eigenen Überraschung mit fester Stimme. Irgendwo in den Tiefen meines Gehirns war offenbar die Information gespeichert, wie dieser Ort hieß. Castelsardo auf der Insel Sardinien. Im herrlichen Mittelmeer. Schon besser.

Nur wie ich hierher gekommen war, wußte ich immer noch nicht. Wieder erfaßte mich Panik. Matt ließ ich mich zurück auf die Kissen sinken.

Der schöne Unbekannte streichelte mir über die Wange. »Bis nachher, *bella*. Laß dir Zeit. In der Kombüse findest du was zu essen.«

Bella? War das mein Name? Ich war so durcheinander, daß ich für einen Augenblick sogar nicht mal mehr das wußte. Mein Gehirn war jetzt wie leergefegt.

»Ganz ruhig bleiben«, sagte ich zu mir selber. »Es gibt für alle Dinge eine rationelle Erklärung.« Mit geschlossenen Augen wartete ich, bis der Grünäugige die Kabine verlassen hatte. Kurze Zeit später hörte ich, wie der Bootsmotor angelassen wurde. Das Bett vibrierte unangenehm. Dann setzte sich das Boot in Bewegung.

»Ganz ruhig bleiben«, wiederholte ich und versuchte, tief und gleichmäßig zu atmen. Ein und aus und ein und aus. Nach einer Weile war mein Gehirn endlich bereit, mit mir zusammenzuarbeiten. Und das kam dabei heraus: Mein Name war nicht Bella, sondern Lilli. Lilli, eigentlich Elisabeth Moser, wohnhaft in Köln, Kardinal-Wendel-Straße 13, zweiter Stock. Dort lebte ich mit meinem Verlobten Jens-Uwe – Himmel! Jens-Uwe!!! –, dem dicken Kater Theodor und Jens-Uwes gigantischer Kakteensammlung auf drei Zimmern mit Küche, Bad und Balkon. Ich arbeitete als Sekretärin in der Vertriebsabteilung der Firma Seitzinger in Köln-Bilderstöckchen, und mein Vorgesetzter war Seitzinger Junior persönlich, von seinen Untergebenen nur das kleine Arschloch genannt. Natürlich nur, wenn er nicht dabei war. Ganz deutlich hatte ich für einen Augenblick sein Bild vor Augen. Klein, fett, pickelig und wenig behaart, dazu penetrant nach Eau de toilette stinkend und ständig herummeckernd – das war mein Chef!

Erleichtert atmete ich aus.

Na also. Es funktionierte ja doch noch, das gute alte Gehirn. Auch die restlichen Informationen lieferte es zuverlässig. Ich war vierundzwanzig Jahre alt, im Sternzeichen Jungfrau geboren, hatte ein Faible für italienische Schuhe, und die Geheimnummer meiner Bank-Card lautete 2 2 0 0. Siehe da, es ging doch!

Beinahe zufrieden öffnete ich meine Augen und setzte mich erneut auf. Durch die Fenster sah ich das Wasser und die Küste vorbeiflitzen, offenbar handelte es sich hier um ein Motorboot mit ordentlich PS. Mit so einem Ding hatte ich schon immer mal fahren wollen. Zu dumm, daß ich immer noch nicht wußte, wie ich hierhergelangt war.

Nur eins wußte ich mit Gewißheit: Der gutaussehende, fürsorgliche Mann von vorhin war definitiv *nicht* Jens-Uwe. Jens-Uwe war der Mann mit der Kakteensammlung. Der Mann, mit dem ich verlobt war und seit vier Jahren zusammenlebte. Jens-Uwe war definitiv nicht braungebrannt, goldblond und grünäugig. Er war mehr der Ton-in-Ton-Typ. Mausblondes Haupthaar, mausgraue Augen, regenverwöhnter Teint ...

Der Gedanke an Jens-Uwe verursachte ein ungutes Gefühl in meinem Magen. Wieso war ich hier, und er nicht?

In einem silberfarben gerahmten Spiegel an der Wand sah ich mein eigenes Abbild, beinahe so, als würde ich mich zum allerersten Mal sehen.

Als erstes sah ich, daß ich nackt war. Splitterfasernackt! Unglaublich! Nackt in schwarzer Satinwäsche auf einem ziemlich breiten Bett – irgendwie paßte das gar nicht zu mir.

Was ich noch sah, war auf den ersten Blick ziemlich durchschnittlich: dunkle, schulterlange Locken, die aussahen wie schon länger nicht gewaschen, ein schmales Gesicht, eine unauffällige, gerade Nase, ein eher kleiner Mund, regelmäßige Zähne. Nur die Augen fielen aus dem Rahmen. Sie waren groß und dunkelblau, von langen, dichten Wimpern umrahmt. Meine Haut war ganz offensichtlich sonnengebräunt und voller lustiger Sommersprossen, aber ich hatte eine blutige Abschürfung an der Schläfe, die ein wenig brannte, als ich mit der Hand darüber fuhr. Ähnliche Abschürfungen hatte ich auch an den Armen, Beinen und Rippen. Das letzte Mal hatte ich so blutige Knie gehabt, als ich auf dem Schulhof beim Gummitwist gefallen war.

Überhaupt waren meine Beine ziemlich verschrammt, mit dunklen Blukrusten versehen, was schade war, weil es hübsche Beine waren. Nicht sonderlich lang, aber gut proportioniert. Muskulös, ohne zu kräftig zu wirken, schlank, ohne dünn auszusehen, eben Beine, auf die man sich verlassen konnte.

Ich mochte meine Beine, Jens-Uwe mochte sie nicht.

»Du solltest keine Shorts tragen, bei deinen Knubbelknien«, hatte er mir erst kürzlich gesagt. Das war in Italien gewesen, auf dem Campingplatz, wo diese dämliche Ute von einer Hummel gebissen worden war.

Plötzlich konnte ich mich an alles wieder ganz deutlich erinnern.

Leider.

2. Kapitel

Warum ziehst du nicht diesen Wickelrock an, Elisabeth?« fragte Jens-Uwe. Er war der einzige Mensch, der mich Elisabeth nannte und nicht Lilli. Er meinte, Lilli sei ein Name für ein Kleinkind oder für eine Soldatennutte. »Darin siehst du nicht ganz so unförmig aus.«

»Wir haben fünfundzwanzig Grad im Schatten«, sagte ich. »Und du trägst auch kurze Hosen.«

»Das ist etwas anderes«, behauptete Jens-Uwe. Ich betrachtete seine haarigen, weißen, ziemlich dünnen Beine und fragte: »Warum?«

»Weil ich a) schlanke Beine habe, und b) ein Mann bin«, erwiderte Jens-Uwe.

»Ich finde, Lillis Beine sind ganz in Ordnung«, mischte sich Kai ein. »Und wir sind doch hier im Urlaub.«

»Du hast gut reden«, sagte Jens-Uwe zu ihm. »Deine Freundin macht sich ja nicht zum Narren.«

»Ute hat doch auch kurze Hosen an.«

»Ute hat ja auch eine Spitzenfigur. Keine Knubbelknie wie Lilli.«

»Du bist gemein«, sagte ich und schaute betrübt auf meine Beine herab. Komisch, seit ich mit Jens-Uwe zusammen war, kamen sie mir selber immer knubbeliger vor. Dabei hatte ich in den letzten vier Jahren insgesamt sieben Kilo abgenommen. Meine Mama sagte immer, ich sei zu dünn. Aber Jens-Uwe sagte, jemand, der wie meine Mama Größe vierundvierzig trüge, könne sich diesbezüglich kein Urteil erlauben.

»Ich bin nicht gemein, ich bin nur ehrlich« stellte Jens-Uwe jetzt richtig. »Und ich will nicht, daß du dich blamierst.«

»Aber hier sieht uns doch keiner.« Kai sprang noch einmal für mich in die Bresche und zeigte auf den beinahe menschenleeren Campingplatz.

»Ich sehe sie, und das reicht«, sagte Jens-Uwe. »Am Strand

kann sie meinetwegen aller Welt ihre Mängel präsentieren, aber nicht hier.«

Ich seufzte und beschloß, den Wickelrock anzuziehen. Man fühlt sich einfach wohler, wenn man weiß, daß seine »Mängel« bedeckt sind. Laut Jens-Uwe hatte ich allerdings noch viel mehr Mängel aufzuweisen, und es war praktisch unmöglich, sie alle zu verstecken. Mein Busen war zu klein, mein Hals zu kurz, mein Hintern zu dick, meine Haare zu lang – ich war froh, daß Jens-Uwe mich trotzdem liebte. Und das tat er. Auch wenn er es nicht so zeigen konnte. Aussprechen schon gar nicht.

»Wir sind doch nicht im Spielfilm«, pflegte er zu sagen, wenn ich in einem passenden Moment »Ich liebe dich« sagte. Manchmal hätte ich mir schon eine etwas romantischere Antwort gewünscht, aber manche Menschen können ihre Gefühle eben nicht so nach außen tragen wie ich.

»Schon besser«, sagte Jens-Uwe, als ich mich umgezogen hatte. »Obwohl der Rock aussieht, als wäre er nicht gebügelt.«

»Das ist wohl unvermeidlich, wenn man aus dem Koffer lebt.«

»Ich habe ein Reisebügeleisen dabei«, ließ sich Ute vernehmen, und das trug ihr einen lobenden Blick von Jens-Uwe ein. In der Tat hatte Ute am Morgen ihre häßlichen kakhifarbenen Shorts, das ebenso tarnfarbene T-Shirt und das dazu passende Halstüchlein gebügelt. Am Campingtisch auf einer eigens dafür konstruierten Bügelunterlage. Ich fand's reichlich übertrieben, aber es paßte zu ihr, ich meine beides, die Tarnfarben und das Bügeln auf einem Campingplatz im romantischen Oberitalien.

Von allein wäre ich sowieso niemals auf die Idee gekommen, mit Ute und Kai Urlaub zu machen, dazu waren sie mir einfach zu unsympathisch, Ute noch viel mehr als Kai. Sie arbeiteten beide in Jens-Uwes Firma, Kai in Jens-Uwes Abteilung, Ute in der Buchhaltung. Jens-Uwe mochte die beiden, und er fand meine Abneigung ungerecht und dumm. Dabei hatte ich mich anfangs wirklich bemüht, sie zu mögen. Aber besonders Ute hatte es mir geradezu unmöglich gemacht.

Sie war eine sehr dünne Blondine ohne Hintern und ohne Kinn, eine verkniffene, reizlose Erscheinung, auch wenn Jens-Uwe immer sagte, sie habe eine Spitzenfigur. Sie trug nur beige- oder khakifarbene Sachen, die sie noch blasser machten, als sie ohnehin schon war, und sie schminkte sich mit einer Art unsichtbarem Make-up, alles nach der Devise »Dezent, aber gepflegt«.

Das alles hätte mich überhaupt nicht gestört – schließlich kann jeder rumlaufen wie er will – wenn diese Person sich nicht ständig zum Stilberater hätte berufen gefühlt. Ich habe natürlich nichts gegen den ein oder anderen Tip, wie ich mein Aussehen verbessern könnte, aber wenn ich ihn ausgerechnet von einer derart geschmacklosen Person entgegennehmen muß, und dann auch noch in solch taktloser Form, in der Ute ihre »Tips« an die Frau zu bringen pflegt, finde ich es nur beleidigend.

Bei unserem allerersten Zusammentreffen sagte Ute wortwörtlich folgendes: »Jens-Uwe hat wirklich recht. Deine Haare sehen unmöglich aus. Ich verstehe nicht, warum du sie so lang trägst. Glaubst du vielleicht, du würdest dadurch weiblicher wirken?« Ich war ziemlich vor den Kopf gestoßen. Ich meine, wir hatten uns schließlich gerade erst kennengelernt und saßen uns bei Pasta und Pizza gegenüber.

»Ja, ähm, ich, nein«, stotterte ich verwirrt. Was sollte ich auch sagen, ohne meinerseits beleidigend zu werden? Ute hatte einen Kurzhaarschnitt, praktisch, aber alles andere als schön, und vielleicht war das bei ihrem dünnen Haar auch genau das richtige. Aber meine Haare waren – auch wenn das jetzt angeberisch klingt – dick und glänzend und von Natur aus gelockt. Sie waren einfach schön. Ich mochte außerdem das Gefühl, ihr Gewicht auf den Schultern zu spüren. Aber das traute ich mich nicht zu sagen, weil es irgendwie eitel und eingebildet geklungen hätte. Also sagte ich, ich trüge meine

Haare lang, weil es so praktisch sei, man könne damit die verschiedensten Frisuren ...

»Das ist nicht praktisch, das ist einfach nur zottelig«, unterbrach mich Ute. »Und ungepflegt.«

So viel zu unserem ersten Treffen. Ute nörgelte aber nicht nur an meinem Aussehen herum, sie bemängelte einfach alles. Meinen Geschmack in punkto Wohnungseinrichtung (dabei hatte ich mich in fast allem Jens-Uwes Vorschlägen gefügt), meinen Job als Sekretärin (»Willst du nicht mehr aus deinem Leben machen, als eine Tippse zu sein?« fragte sie öfters mit verächtlich vorgeschobener Unterlippe.), die Tatsache, daß wir einen Kater hatten (»So ein Tier gehört doch nicht in die Wohnung. Wie unhygienisch! Außerdem eine irrsinnige Geldverschwendung.«) und so weiter und so weiter.

Wie gesagt, es war kein Wunder, daß ich sie unsympathisch fand. Nicht, daß es sie irgendwie gestört hätte. Ich glaube sogar, daß es genau das war, was sie wollte. Zu Jens-Uwe war sie vergleichsweise freundlich, und er mochte sie richtig gern. Manchmal, wenn er von ihr sprach, geriet er geradezu ins Schwärmen.

»Man kann Kai schon beneiden«, sagte er zum Beispiel. »Er hat wirklich ein glückliches Händchen bei der Partnerwahl bewiesen.«

Kai war viel umgänglicher als Ute, ja, man könnte sogar sagen, er bemühte sich sogar, nett zu mir zu sein. Aber da war immer so ein mitleidiger Unterton in seiner Stimme, der mir auf den Nerv ging. Es sollte wahrscheinlich nett klingen, wenn er sagte: »Es muß auch Sekretärinnen geben.« Aber in meinen Ohren klang es einfach bloß herablassend.

Auch sonst war er überhaupt nicht mein Typ. Sein einziges Hobby war Briefmarkensammeln – das sagt doch eigentlich schon alles. Wenn wir bei Ute und Kai zu Besuch waren, dann mußten wir immer die langweiligen Briefmarkenalben anschauen, was noch schlimmer war als die Urlaubsdias vom letzten Jahr, die einem manche Leute aufdrängen.

Ute sammelte Überraschungseier.

»Nicht weil ich sie schön finde, sondern weil sie mal wahnsinnig viel Geld bringen«, sagte sie. (Die Schokolade außen rum warf sie selbstverständich immer weg, wegen der Kalorien.)

Geld machen und Geld sparen, das war für beide unglaublich wichtig. Jens-Uwe sagte immer, daß wir uns von den beiden noch eine Scheibe abschneiden könnten. Dabei sparten wir auch schon, wo es eben ging. Bevor ich Jens-Uwe kannte, hatte am Monatsende immer ziemlich Ebbe auf meinem Konto geherrscht. Dafür hatte ich allerdings ein Paar neue Schuhe im Schrank gehabt oder war gut essen gewesen. Jetzt zahlte ich monatlich das Geld für ein Paar Schuhe in einen Aktien-Sparfond ein, und essen gingen wir auch nur ganz selten.

»Von nichts kommt nichts«, sagte Jens-Uwe immer. Er lehrte mich, die Werbebeilagen der Zeitschriften und die Postwurfsendungen nicht wegzuwerfen, sondern sehr gründlich zu studieren. So wußten wir immer ganz genau, in welchem Supermarkt welcher Joghurt gerade im Angebot war, und wo es besonders günstig Katzenfutter gab. Aber ich hielt mich nicht immer daran, was Jens-Uwe sehr ärgerte.

Manchmal, wenn er mit mir schimpfte, weil ich etwas gekauft hatte, das es in einem anderen Laden billiger gegeben hätte, fragte ich ihn, wofür wir denn eigentlich sparten, und dann antwortete er: »Für die Zukunft.«

»Und wofür genau?«

»Ein Grundstück, ein Haus, ein anständiges Auto«, listete Jens-Uwe dann auf. »Und natürlich eine solide Ausbildung für unsere Kinder.«

Das waren natürlich hehre Ziele, für die es sich lohnte zu sparen, das sah auch ich ein. Es war so schön zu wissen, daß Jens-Uwe eine gemeinsame Zukunft plante. Die Typen meiner Freundinnen legten sich so ungern fest. Und wenn sie sparten, dann für einen Sportwagen oder so was.

Aber für Jens-Uwe, ein Haus, Kinder und ein anständiges Auto konnte ich sogar darauf verzichten, mir neue Schuhe zu kaufen, selbst dann, wenn ich ein geradezu unwiderstehliches Paar im Schaufenster entdeckte. Seit meinem letzten Geburtstag waren wir sogar verlobt, Jens-Uwe und ich. Nicht so wie im Film, also nicht mit Ring, roten Rosen und einer schönen Feier, aber doch ganz offiziell verlobt. Jens-Uwe hatte am Frühstückstisch gesagt: »Ab heute sind wir verlobt«, und seit dem Tag nannte er mich nicht mehr »meine Freundin«, sondern »meine Verlobte«. Eine Feier und einen Ring könnten wir uns sparen, sagte er, weil wir doch eh bald heiraten würden, und dann hätten wir das alles doppelt. Das leuchtete mir ein.

Ute und Kai waren, wie gesagt, auch eifrige Sparer, aber ich fand, daß sie es ein bißchen übertrieben. Zum Beispiel verzichteten sie ganz auf Wannenbäder, weil sie soviel Wasser verbrauchen. Und die Klospülung betätigten sie nur nach einem großen Geschäft. (Wie sie das Problem mit dem Urinstein lösten, weiß ich nicht, ich vermied es, auf die Toilette zu gehen, wenn wir bei ihnen waren.) Geburtstags- und Weihnachtsgeschenke hatten sie ganz abgeschafft, das Telefon hatten sie nur, um angerufen werden zu können (alle wichtigen Telefonate führten sie von der Firma aus), und Bücher kauften sie nicht, sondern liehen sie aus der Bibliothek.

Jens-Uwe war von diesen Tips ganz begeistert, aber ich konnte es nicht über mich bringen, sie zu befolgen. Dazu bade ich viel zu gerne, und was die Klospülung angeht – nein danke, man kann es auch übertreiben! Die Geschenke wollte Jens-Uwe aber in jedem Fall weglassen, er habe sich schon lange darüber aufgeregt, wie überflüssig diese Art Ausgaben seien. Ich war anderer Ansicht. Schenken muß ja gar nicht teuer sein, sagte ich, es ist eine Geste der Zuneigung. Und obwohl Jens-Uwe beim letzten Weihnachtsfest angekündigt hatte, daß er nichts schenken werde und auch nichts geschenkt bekommen haben wollte, hielt ich mich nicht daran. Er bekam ein Weihnachtsgeschenk von mir, ob er wollte oder nicht. Ich bekam allerdings nichts von ihm. Na ja, in solchen Dingen ist er eben konsequent. Und wenn er einmal etwas gesagt hat, dann hält er sich auch daran.

Niemals hätte ich mir träumen lassen, daß Kai und Ute so verschwenderisch seien und ihr Geld für einen Urlaub ausgeben würden – aber da hatte ich mich getäuscht. Sie fuhren jedes Jahr mit ihrem Kleinwagen und einem Zelt in Europa herum, natürlich zur Vorsaison, wenn die Campingplätze noch leer und die Preise günstig waren – aber immerhin!

In diesem Jahr stand Italien auf ihrem Plan. Jens-Uwe sagte, daß ich da doch auch schon immer hinwollte.

Das stimmte natürlich. Obwohl ich noch nie da war, liebte ich Italien, und nicht nur wegen der Schuhe und des guten Essens. Aus irgendeinem Grund träumte ich schon seit ewigen Zeiten davon, einmal hinzufahren.

Allerdings nicht mit Ute und Kai. Und nicht zum Camping.

»Ich dachte, wir mieten uns ein Haus in der Toscana«, sagte ich.

»Ein Haus? Bist du wahnsinnig, Elisabeth? Weißt du, was das kostet?«

»Ist doch egal«, sagte ich.

Aber Jens-Uwe erläuterte mir ausführlich, daß es eben nicht egal sei. Schließlich sollte ich auch an die Zukunft denken. Kai und Ute hätten bereits eine Route durch das Land ausgearbeitet und die billigsten Campingplätze ausgemacht. Sie hätten nichts dagegen, wenn wir uns ihnen anschließen würden. Und das beste: Von Jens-Uwes Bruder bekämen wir eine komplette Campingausrüstung geliehen. Für umsonst.

Ich war in einer Zwickmühle. Einerseits hätte ich lieber mit einem Krokodil in einem Doppelbett übernachtet, als mit Ute und Kai einen ganzen Urlaub zu verbringen, aber andererseits lockte mich Italien, und ich wollte Jens-Uwe auch nur ungern enttäuschen. Also sagte ich schließlich ja.

Und hier war ich nun.

Italien war wirklich so schön, wie ich es mir vorgestellt hatte. Und Ute war wirklich so unerträglich, wie ich es mir vorgestellt hatte. Ich war kaum einen Tag hier und mir schon nicht sicher, ob Italiens Reize wirklich in der Lage waren, Utes Anwesenheit auszugleichen. Wenn wenigstens Jens-Uwe öfter mal meiner Meinung gewesen wäre. Dann hätten wir abends im Zelt über die beiden – besonders natürlich über Ute – lästern können, und damit wär's auch gut gewesen. Aber so würde ich eben zusehends ein bißchen aggressiver werden. Natürlich nicht nach außen. Nein, die anderen merkten mir nichts an. Aber innerlich wuchs die Aggression in mir heran wie kochendes Magma in einem Vulkan. Der einzige, dem ich meine Gedanken mitteilen konnte, ohne angepflaumt zu werden, war mein Kater Theodor. Ich weiß, was Sie jetzt denken, eine Katze gehört nicht mit in den Urlaub, schon gar nicht, wenn man soviel unterwegs ist. Sie haben natürlich recht. Bei jeder anderen Katze wäre das Tierquälerei. Aber bei Theodor war das etwas anderes. Er liebte das Autofahren heiß und innig, so sehr, daß ich manchmal mit ihm nur so durch die Gegend fuhr, weil es ihm solchen Spaß machte. Außerdem war er nicht gern allein. Die Nachbarin, die sonst schon mal auf ihn aufpaßte, war selber in Urlaub, und selbst Jens-Uwe meinte, daß Theodor keine Probleme bereiten würde.

Jens-Uwe fand, Theodor sei sowieso eher ein Hund als eine Katze, was er als Kompliment meint. Ich meine, Theodor ist sogar noch unkomplizierter als ein Hund. Er braucht keine Leine, und er käme nicht im Traum auf die Idee, jemanden anzuspringen, abzulecken oder zu hecheln. Er ist souverän und unaufdringlich, und praktisch völlig streßfrei.

Als wir auf unserem Campingplatz ankamen, sprang er aus dem Auto, streckte sich und begann, die Gegend zu erkunden. Er ist so klug, daß er niemals wirklich weit weggehen würde, aber selbständig genug, auch mal für ein oder zwei Stunden völlig aus unserem Gesichtsfeld zu verschwinden. Gleich am ersten Abend fing er sich eine italienische Maus und verspeiste sie. So hatte wenigstens er einen ersten Eindruck von der italienischen Küche – ich mußte das essen, was auf dem Kochplan stand und aus den Zutaten des deutschen Aldi zusammengestellt war. Der Plan sah vor, daß wir Paare jeden Abend abwechselnd kochen und spülen würden. Er sah kein einziges Mal vor, essen zu gehen.

»Da können wir auch zu Hause zum Italiener gehen«, sagte Jens-Uwe nur, als ich mich darüber beschwerte. Ach ja.

Da war ich nun endlich in meinem geliebten Italien – und was bekam ich zu sehen? Die Landschaft, die am Autofenster vorbeizog, die Rastplätze an der Strecke – und natürlich die günstigen Campingplätze, die Kai und Ute herausgesucht hatten. Wir hatten sang- und klanglos die oberitalienischen Seen hinter uns gelassen – ich hatte lediglich aus dem Auto die Herrlichkeit des Luganer Sees betrachtet und einen winzigen Zipfel des Comer Sees erspäht. Meiner Bitte um einen kleinen Abstecher, vielleicht einen Milchkaffee in einem Restaurant mit Seeblick wurde keine Folge geleistet.

»Viel zu teuer«, befanden Jens-Uwe, Kai und Ute einstimmig. Wir verzehrten daher die mitgebrachten Butterbrote und lauwarmen Kaffee aus der Thermoskanne in einer Haltebucht mit Ausblick auf blühende Ginsterbüsche. Na ja, immerhin.

Ich hatte mir keinen Reiseführer gekauft (dreimal dürfen Sie raten warum nicht – richtig, zu teuer). Eine überflüssige Anschaffung, hatte Jens-Uwe gesagt. Wo Ute und Kai sich doch so gut auskannten. Aber auch auf den Rückseiten der Gratis-ADAC-Karten standen genügend Informationen, um mich sehnsüchtig immer wieder um einen Abstecher betteln zu lassen.

»Laßt uns doch für ein, zwei Stunden nach Piacenza fahren«, bettelte ich bei unserem nächsten Stop in einer Haltebucht weit hinter Mailand. Ich atmete hoffnungsvoll durch. Man konnte das Meer förmlich schon riechen. Es war nur noch fünfzig oder sechzig Kilometer entfernt.

»Keine Zeit«, sagten die anderen.

»Ich will aber so gerne wenigstens die Cinque Terre sehen, diese zauberhaften fünf Dörfer, von denen alle schwärmen«, versuchte ich es noch mal. Ich wollte durch enge Gassen schlendern, den Ausblick genießen und all die wundervollen Bilderbuchmotive sehen, die ich bereits vor meinem inneren Auge hatte. Wäscheleinen gespannt von Hauswand zu Hauswand, freundliche italienische Patroninnen auf den Stufen ihrer Häuser, Gemüse schälend, Kräuter in Tontöpfen auf Fensterbänken, träge Katzen, die sich in Torbögen sonnten und an den Beinen alter Männer rieben, die einen nachbarschaftlichen Plausch hielten.

»Dieses Touri-Programm wollen wir nicht abziehen«, sagte Ute verächtlich.

»Außerdem wollen wir in den zwei Wochen bis runter nach Neapel und wieder rauf«, erinnerte mich Jens-Uwe. »Wie soll das denn gehen, wenn wir überall haltmachen? Deine kitschigen Postkartenvorstellungen sind sowieso völlig überzogen.«

Aufgrund dieser Lage versuchte ich gar nicht erst, die anderen von einem Abstecher nach Piacenza oder Parma zu überzeugen. Es war hoffnungslos, irgend etwas zu sehen, was nicht auf Utes und Kais Liste stand. Wir erreichten noch am Nachmittag (wir waren immerhin um vier Uhr in der Frühe von Köln losgefahren) den geplanten Campingplatz am Ligurischen Meer, irgendwo zwischen der Autobahnausfahrt Carrara und Viareggio. Hier waren drei Übernachtungen vorgesehen sowie ein Tagesausflug nach Lucca, bevor es über Florenz (ohne Aufenthalt, versteht sich!) weiter hinab in den Süden gehen sollte.

Heute hatte »Strand und Entspannung« auf dem Plan gestanden, obwohl ich viel lieber etwas anderes gemacht hätte. Nicht, daß es hier nicht schön gewesen wäre, aber nur das Meer und den Strand zu sehen, erschien mir die pure Verschwendung angesichts all der wundervollen Städte und Dörfer ringsrum, deren Namen allein mir ehrfurchtsvolle Schauder über den Rücken jagten. Aber es stand nun mal »Strand« auf dem Programm und »Entspannung«. Und Pisa, San Gimignano und Carrara konnten so verlockend sein, wie sie wollten. Verlockend waren sie ohnehin nur für mich, für die anderen war es was für verblödete Massentouristen.

Ich versuchte so gut es ging, das Beste daraus zu machen, daß ich eher der Typ »verblödeter Massentourist« war, als der klassische Strandlieger. Das Meerwasser war noch ziemlich kalt, es war ja auch erst Anfang Mai, aber ich ging trotzdem alle paar Minuten hinein, nur um zu spüren, daß ich noch lebte. Die anderen saßen gut eingecremt in ihren Campingstühlen und lasen. Na ja, was man so lesen nennt. Kai blätterte in einem Philatelistenmagazin, Jens-Uwe studierte die ADAC-Straßenkarten, und Ute las in einer älteren Nummer der *Marie Claire*, die jemand in einer Raststätte an der Autobahn hatte liegen lassen. (Überflüssig zu sagen, daß sie sich selber niemals eine so teure Zeitschrift gekauft hätte.)

Nach ein paar Stunden holten Ute und Kai ein Strand-Tennis-Set aus dem Auto und wollten ein gemischtes Doppel mit uns spielen. Jens-Uwe und ich verloren dreimal, was zugegebenermaßen an mir lag. Ich hatte noch nie einen Tennisschläger in der Hand gehalten. Wenn Kai mich nicht darauf aufmerksam gemacht hätte, hätte ich den Schläger sogar in der Hülle gelassen. Jens-Uwe wurde zunehmend gereizter. Er sagte, ich stelle mich absichtlich so dumm an, und hatte dann keine Lust mehr.

Ich war ganz froh darüber. Den Nachmittag verbrachte ich mit Strandspaziergängen. Ich sammelte ein paar Muscheln und besonders schöne Steine und fand ein paar zauberhafte Blumen, die richtig im Sand wuchsen. Sie waren kugelig und rosafarben und dufteten stark und süß. Ich konnte der Versuchung, sie zu pflücken, nicht widerstehen und stellte den Strauß in einen leeren Joghurtbecher auf den Campingtisch.

Die anderen machten sich lustig über meinen Dekowahn,

und Ute sagte: »Solche Leute wie du sind vermutlich der Grund dafür, daß hier bald alle heimischen Pflanzen ausgestorben sein werden, Lilli.«

Das war, kurz bevor sich Jens-Uwe über meine kurzen Hosen mokierte. Im Wickelrock machte ich mich seufzend an die Zubereitung der Aldi-Nudeln mit Fertigsauce, die heute auf dem Plan standen. Ich hätte die Sauce gerne mit etwas frischem Knoblauch verfeinert, aber Ute und Kai aßen keinen Knoblauch. Natürlich nicht. Da hatte man ja auch Mundgeruch hinterher. Theodor sah etwas mißmutig, daß dieses Essen keine für ihn reizvollen Abfälle haben würde und verschwand in dem Gebüsch, in dem er schon gestern seine Maus gefunden hatte. Ich konnte nicht anders, ich beneidete ihn um die Abenteuer, die er erleben durfte.

Wenn das so weiter ging, würde ich irgendwann vor unterdrückter Wut und Langeweile platzen, das spürte ich. Schließlich waren wir noch keine achtundvierzig Stunden unterwegs.

Aber es ging nicht so weiter. Ganz im Gegenteil. Noch am gleichen Abend begann das Abenteuer, mein Abenteuer.

Zuerst allerdings setzte sich Ute auf die Wespe.

3. Kapitel

Autsch, verdammt!« brüllte sie, sprang wieder auf und schüttelte die Wespe von ihrem Hintern. »Das verdammte Vieh hat mich gestochen.«

In der Tat. Das war nicht zu übersehen. Die Wespe hatte genau in die schlecht gepolsterte Sitzfläche gestochen, die die ultrakurze Khakishorts freigelassen hatte. Diese vorher recht schlaffe und platte Stelle schwoll nun in Sekundenschnelle rot und dick an. Ich starrte fasziniert auf diese Verwandlung. Wenn es nicht so rot gewesen wäre, hätte man Ute glatt wünschen können, eine Wespe würde sie auch noch in die andere

Pobacke stechen, nur der Optik wegen. Aber Ute behauptete, der Schmerz sei unerträglich.

Jens-Uwe und Kai waren natürlich sofort herbeigerannt und hatten das Unglück besichtigt.

»Zuerst müssen wir den Stachel entfernen«, sagte Jens-Uwe. »Sonst wird das alles nur noch schlimmer.«

»Stacheln bleiben nur hängen bei Bienen«, sagte ich. »Wespen nehmen ihren wieder mit.«

»Das Biest«, schluchzte Ute. »So was Tückisches!«

»Dafür ist es jetzt tot«, versuchte Kai sie zu trösten.

Aber auch hier mußte ich widersprechen. Sicher hatte die Wespe arg gelitten, als Ute sich auf sie gesetzt und sie anschließend brutal abgeschüttelt hatte, aber ich hatte gesehen, wie sie nach einer kurzen Erholungspause offensichtlich unversehrt davongeflogen war.

»Wespen sterben nicht, wenn sie ein Säugetier stechen«, sagte ich etwas schadenfroh.

»Das verdammte Biest« schluchzte Ute wieder und betrachtete ihren mittlerweile ziemlich asymmetrischen Hintern. »Mir einfach so den Urlaub zu verderben.«

Na, na, na! Das gleiche hätte die Wespe ja wohl auch sagen können. Aus irgendeinem Grund war ich auf ihrer Seite. Ich meine, sie hatte vielleicht eine kleine Picknick-Pause gemacht, und dann hatte sich, ohne daß sie damit rechnen konnte, ein riesiger, knöcherner Hintern auf sie drauf gesetzt. Ich hätte auch zugestochen, das kann ich Ihnen aber sagen.

»Ich kann morgen unmöglich Auto fahren«, erklärte Ute schließlich schniefend, nachdem sie Mengen von Insektenstichsalbe auf ihr häßliches Hinterteil geschmiert hatte. »Mit dieser Entzündung kann ich nicht sitzen.«

»Das sieht ganz danach aus«, stimmte Kai zu. »Also müssen wir morgen noch einen Erholungstag am Strand einlegen.«

»Und wenn wir Lucca vom Programm streichen, bleiben wir trotzdem noch im Plan«, setzte Jens-Uwe hinzu.

»Vorausgesetzt, übermorgen geht es mir besser«, sagte Ute.

Sie hielt sich einen Kühlakku aus der Kühltasche an den Hintern und zog immer noch ein schrecklich leidendes Gesicht.

»Tja, hoffentlich«, sagte Jens-Uwe. »Du Ärmste.«

In diesem Augenblick kam ein Wohnmobil herangefahren und parkte auf dem Stellplatz neben uns. Da der ganze Campingplatz so gut wie leer war, war es offensichtlich, daß die Leute Gesellschaft suchten.

Ute vergaß denn auch augenblicklich ihren schmerzenden Hintern. »Mein Gott, müssen die Leute sich ausgerechnet hier hinstellen?« murrte sie. »Wir haben Vorsaison, der ganze Platz ist leer.«

»Ja, wirklich«, stimmte auch Jens-Uwe zu und musterte das deutsche Kennzeichen verächtlich. »Ich hab' keinen Bock auf lärmende Kinder und grillende Familien aus Bergheim. Ich fahre schließlich nicht Hunderte von Kilometern, um neben Bergheimern zu campen. Diese Prol ...« Er verstummte.

Die Beifahrertür des Wohnmobils öffnete sich nämlich, und heraus sprang eine junge Frau mit blonden Haaren und ziemlich langen Beinen. Sie sah ohne Zweifel umwerfend aus. Typen wie sie waren der Grund, warum ich Fitness-Studios mied. Neben solchen perfekten, sonnenbankgebräunten Figuren sah man immer so feld-wald-und-wiesenmäßig aus. Eben wie eine graue Maus.

»Guten Abend«, sagte die Superblondine und lächelte zu uns hinüber. »Meint ihr, wir können hier stehenbleiben?«

»Klar«, sagte Jens-Uwe ziemlich freundlich. Er lächelte töricht. »Der Platz ist ja frei.«

»Allerdings«, ergänzte Ute, die sich keineswegs von der blonden Erscheinung hatte blenden lassen. »Der ganze Platz ist frei.«

Der Fahrertür entstieg eine weitere Person, ebenso blond, ebenso langbeinig. Eine menschlich gewordene Barbiepuppe.

»Wir wollen gern in der Nähe von Menschen sein«, erklärte Barbie II. »Wir fürchten uns nämlich sonst. Ich meine, zwei Frauen so ganz allein ...«

»Klar«, sagte Kai, und seine Stimme klang wie Schmelzkäse. »Das verstehen wir. Zwei Frauen so ganz allein in Italien ... Man weiß doch, was da passieren kann.«

Ute warf ihm einen bösen Blick zu.

»Kai!« sagte sie nur, aber es klang wie ein Peitschenhieb.

Kai wandte schuldbewußt seinen Blick von den beiden Blondinen ab. Jens-Uwe hingegen checkte gerade offenbar, ob der Busen echt oder aus Silikon war. Ich wunderte mich, daß ihm kein Speichel vom Kinn tropfte, so glotzte er. Die beiden Fitnessmäuse kümmerten sich nicht weiter darum. Sie verschwanden wieder im Inneren des Wohnmobils.

»Essen ist fertig«, sagte ich.

Ute saß den Rest des Abends mit dem Hintern in einer Plastikschüssel voller Wasser und stöhnte, Kai hielt ihre Hand und spähte unauffällig zu unseren Nachbarn hinüber, Jens-Uwe tat so, als läse er, spähte aber auch, und ich spülte das Geschirr und beobachtete ebenfalls unsere neuen Nachbarn. Nicht, weil mich die Superblondinen so interessiert hätten, sondern weil ich es grundsätzlich interessant finde, andere Leute zu beobachten.

Die beiden Barbiepuppen waren nicht allein. Aus dem Wohnmobil war nach einiger Zeit ein kleines Mädchen hervorgekommen, ebenfalls blond, aber von Natur aus. Es war mindestens sechs Jahre alt, und ich fragte mich natürlich, welche der beiden Schönen seine Mutter war. Sie sahen alle beide nicht so aus, als habe jemals ein Baby ihren Bauch ausgebeult. Ich horchte deshalb angestrengt, welche der beiden das Kind mit »Mama« anredete, aber das Kind redete überhaupt nicht. Kein einziges Wort.

Das fand ich doch eher ungewöhnlich. Kinder plappern, quengeln und kreischen doch sonst unaufhörlich. Aber dieses hier nicht. Nicht ein einziger Laut drang den ganzen Abend über seine Lippen. Je mehr es schwieg, desto neugieriger beobachtete ich es. Es sah eigentlich ganz normal aus. Ein hübsches, zierliches Mädchen mit großen blauen Augen und einer hohen Stirn. Es setzte sich an den Campingtisch, den die Blondinen aufgestellt hatten, und setzte ein Puzzle zusammen. Den ganzen Abend. Ab und zu richtete eine der Superblondinen eine Frage an das Kind oder einen kurzen Satz, etwa: »Wenn du etwas trinken willst, im Kühlschrank ist Orangensaft.« Oder: »Wenn du mal mußt, dann sag Bescheid.«

Aber das Kind antwortete nie. Es saß nur da und puzzelte.

Ich kam zu dem Schluß, daß es taubstumm sein mußte und bedauerte es sehr. So ein armes, süßes Kind. Einmal sah es zu mir hinüber, und da lächelte ich es an.

Es lächelte nicht zurück.

»Kein Wunder«, dachte ich. »Der arme Wurm hat nicht mal Abendessen bekommen. Nur ein paar Kekse und einen Apfel. Die beiden Blondies hielten wahrscheinlich eine Art Dauerdiät, um ihre Taillen zu erhalten. Sie machten auch gemeinsam Gymnastik, eine Million Sit-ups auf einer Badematte, sehr zu Jens-Uwes und Kais Freude. Utes Laune wurde immer finsterer. Aber sie ließ sie nicht etwa an Kai aus, sondern an mir.«

»Warum glotzt du da ständig rüber?« fragte sie mich aggressiv. »Noch nie eine Bergheimer Blondine gesehen?«

Ich tat so, als würde ich denken, die Frage sei an einen der Männer gerichtet und antwortete nicht. Die Frauen interessierten mich auch gar nicht so sehr, es war vielmehr das kleine Mädchen.

»Den Topf mußt du noch mal spülen«, meckerte Ute. »Da ist noch Tomatensoße dran.«

Zu später Stunde – viel zu spät für so ein kleines Kind – ging eine der Frauen mit dem Mädchen zu den Waschräumen. Als sie zurückkamen, verschwand das Kind ohne weiteres im Wohnmobil. Mir fiel auf, daß es keinen Gute-Nacht-Kuß bekam.

Mittlerweile war es stockdunkel geworden, und wir hatten unsere übliche Campingbeleuchtung aufgestellt, häßliche Lampen, die ein häßliches Licht machten. Ich hätte es viel romantischer gefunden, wenn wir Kerzen angezündet hätten, Windlichter, aber ich brauche wohl nicht extra zu erklären, daß Ute, Jens-Uwe und Kai nichts davon hielten. Nebenan stand ein Windlicht auf dem Tisch und tauchte die Blondinen in weiches, schmeichelhaftes Licht.

Als die Kleine im Bett war, holten sie eine Flasche Wein heraus und setzten sich damit an den Campingtisch. Wenn sie jetzt noch Erdnüsse oder Salzstangen ausgepackt hätten, wäre ich richtig neidisch geworden. Aber Erdnüsse ißt wohl niemand, der einen Taillenumfang von sechzig Zentimetern hat.

»Das lobe ich mir«, sagte Jens-Uwe laut. »Wenn man in Italien ist, sollte man auch einen guten italienischen Tropfen zu sich nehmen. Ist das ein Chianti?« Er sprach es »Schianti« aus, was falsch war. Ich hatte ihn schon mal darauf aufmerksam gemacht, aber da hatte Jens-Uwe gesagt, ich solle mir bloß nicht zuviel auf meine Italienischkenntnisse einbilden, die ich einer Kassette zu verdanken hätte. Außerdem wüßte jeder, was gemeint wäre, wenn er »Schianti« sagte, auch der Kellner in der Pizzeria um die Ecke.

Die eine Blondine studierte das Etikett. »Nee. Blauer Portugieser. Aus Rhein-Hessen.«

»Die deutschen Weine sind sowieso die besseren«, mischte sich Kai ein. »Und je nachdem auch viel preiswerter.«

»Wollt ihr auch ein Glas?« fragte die andere Blondine, nachdem Kai und Jens-Uwe noch weitere Minuten sehnsüchtig zu ihnen hinübergestarrt hatten.

»Ja, gerne«, antworteten Kai und Jens-Uwe wie aus einem Mund.

Ute ließ ein schmerzliches Stöhnen hören. »Mir geht es hundeelend. Ich glaube, ich bekomme Fieber.«

»Vielleicht legst du dich besser hin«, sagte Kai abgelenkt.

Ute sah ihn so finster an, daß ich dachte, es gebe gleich eine Schlägerei. Aber dann verschwand sie ohne ein weiteres Wort in ihrem Zelt. Verblüffend.

Jens-Uwe hätte natürlich gern gehabt, daß ich einen ebenso schnellen Abgang machte, aber den Gefallen tat ich ihm nicht. Ich wollte auch ein Glas Rhein-Hessen trinken. Und natürlich wollte ich mehr über die Superblondinen und das kleine Mädchen erfahren.

Wir nahmen also unsere Campingstühle und setzten uns an den Campingtisch mit dem Windlicht.

»Also, ich bin der Kai«, sagte Kai. »Kai Ullbrecht aus Köln.«

»Und ich bin der Jens-Uwe«, sagte Jens-Uwe.

»Und ich die Lilli«, sagte ich. »Jens-Uwes Freundin.« Genauer gesagt, seine Verlobte, aber ich mußte ja nicht gleich mit solchen Details rausrücken.

Die beiden Blondinen gossen uns Wein ein und lächelten erfreut.

»Und wie heißt ihr?« erkundigte sich Kai etwas plump, als nach einer halben Minute des Schweigens noch kein Name gefallen war.

»Ich bin – ähm – Deanna«, sagte die eine Barbie und kicherte. »Und das ist meine Schwester.«

»Beverly«, sagte die andere Barbie und kicherte auch.

»Sehr erfreut, Änna«, sagte Jens-Uwe. »Ich habe gleich gewußt, daß ihr Schwestern seid.«

»Deanna«, sagte die eine Blondine. »Nicht Änna! D-e-a-n-n-a.«

»Deanna, oh«, wiederholte Kai bewundernd. »Englisch.«

Deanna nickte. Beverly kicherte. Jens-Uwe und Kai prosteten ihnen zu.

Irgend etwas stimmte an den Namen nicht, das spürte ich. Sie kamen mir so seltsam bekannt vor. Aber mir fiel nicht ein, woher ich sie kannte.

»Und das kleine Mädchen? Ist das eure Tochter?« fragte ich.

»Meine Tochter«, bestätigte Beverly. »Sie heißt Sarah.« Sie sprach es »Särah!« aus mit englisch rollendem R.

Oha, die waren wirklich reichlich anglophil. Deanna, Beverly und Särah – das waren wirklich selbst für Bergheim ungewöhnliche Namen.

»Sie spricht nicht viel, die Sarah«, sagte ich und biß mir direkt danach auf die Lippen. Wenn das Kind nun wirklich taubstumm war, hätte ich wohl keine doofere Bemerkung machen können.

Beverly machte sofort ein todernstes Gesicht.

»Sie hat einen Schock erlitten«, sagte sie. »Sie spricht nur ganz wenig. Das Nötigste eben.«

»Einen Schock?« wiederholte ich entsetzt.

Deanna nickte.

»Wegen ihrem Vater«, sagte sie leise. »Wir mußten vor ihm fliehen.«

»Was?« Jens-Uwe sah Beverly mitleidig und auch ein bißchen enttäuscht an. »Dein Mann?«

»Mein Ex-Mann«, verbesserte Beverly. »Er will mir die Kleine wegnehmen.«

»Wie schrecklich«, sagte Kai. »Ein Kind gehört doch zu seiner Mutter.«

»Ja«, sagte Beverly und schürzte ihre Schmollippen. »Der Schuft hat sich Jahre nicht um sie gekümmert. Und jetzt taucht er plötzlich auf und will sie entführen. Deshalb hat die Sarah den Schock erlitten.«

Wir schwiegen beeindruckt. Solche Geschichten kannte man nur aus dem Reality-TV. Mutter flieht mit ihrer Tochter vor dem gewalttätigen Ehemann, die Behörden stellen sich taub und blind ...

»Wo war er denn all die Jahre?« fragte ich.

Deanna und Beverly sahen sich an. Eine kurze Pause entstand. Beverly und Deanna, überlegte ich. Woher kannte ich diese Namen nur?

»Im Gefängnis«, sagte Deanna schließlich. »Der Mistkerl war im Gefängnis.«

»Wegen Raubüberfall«, ergänzte Beverly. »Hat eine Tankstelle überfallen und die Kassiererin vermöbelt.«

»Und vergewaltigt«, setzte Deanna hinzu und kicherte höchst unpassend schrill auf.

Wir waren gelinde gesagt entsetzt.

»So ein ... ein Verbrecher«, stieß Kai hervor. »Und der ist schon wieder draußen? Da kann man mal sehen, was von der deutschen Justiz zu halten ist.«

»Wir mußten jedenfalls sofort mit Sarah aus Deutschland fort«, erklärte Beverly. »Der hätte uns sonst nämlich gefunden.«

»Der findet uns vielleicht auch hier«, meinte Deanna. »Ich trau dem alles zu.«

»Und wenn der uns findet, macht er uns kalt«, setzte Beverly noch obendrauf.

»Ich dachte, er will Sarah nur entführen«, sagte ich mit ganz trockenem Mund.

Beverly sah mich etwas irritiert an. »Ja, aber nur, um mir weh zu tun. Der macht uns alle kalt, wenn er uns findet.«

Kai und Jens-Uwe sahen sich unbehaglich um.

»Aber *hier* wird er euch doch wohl kaum finden«, sagte Kai ängstlich, und das Fragezeichen hinter seiner Feststellung war kaum zu überhören. »Ich meine, wir haben nur über Tips von Bekannten von diesem Campingplatz gehört. Er ist sozusagen ein Geheimtip.«

»Wir sind hier mit einem Freund verabredet. Schwer war's nicht zu finden. Wir sind einfach den Schildern gefolgt«, sagte Deanna achselzuckend. »Wenn Henri das genauso macht, dann findet er uns.«

»Man weiß ja nie«, sagte Beverly. »Wir treffen uns hier mit einem Freund, der hat eine Yacht, auf der wir uns für ein paar Wochen verstecken können.«

»Auf See wird er uns nicht so schnell finden, aber solange wir mit dem Wohnmobil rumfahren ...« Deanna warf das blonde Haar in den Nacken. »Wir sind schließlich nicht ganz unauffällig. Es wird eine Menge Leute geben, die sich an uns erinnern werden.«

»Wir werden dichthalten«, versprach Jens-Uwe und legte seine Hand auf die Herzgegend, was äußerst dramatisch aussah. »Falls uns jemand fragt, sagen wir, wir haben euch noch nie gesehen.«

Beverly lächelte ihn dankbar an. »Bei euch fühlen wir uns schon viel sicherer.«

»Warum habt ihr denn nicht die Polizei ...?« begann ich, verstummte aber unter Jens-Uwes bösem Blick.

»Die Polizei hilft uns erst, wenn wirklich was passiert ist«, antwortete Deanna dennoch. »Das kennt man doch. Aber dann ist es zu spät.«

»Ist dieser Henri ... der Kerl denn *bewaffnet*?« fragte Kai und sah immer noch ängstlich zur Einfahrt hinüber.

»Klar, was denkst du denn?« sagte Deanna. »Der macht keine halben Sachen. Das ist ein Schwerkrimineller.«

Ich nippte an meinem Wein und fand das alles ungeheuer aufregend. Diesen Ex-Ehemann konnte ich förmlich vor mir sehen. So ein brutaler Bergheimer Ex-Knacki. Lange Dauerwellen, Goldkettchen, Schnauzbart, Lederjacke, glänzende Jogginghosen ... und in jeder Tasche eine Knarre. Mir lief ein Schauder den Rücken herab. Arme Sarah. Wenn der Kerl wirklich hier auftauchte, dann würden Jens-Uwe und Kai sich vor Angst in die Hosen scheißen, soviel war mal klar.

»Solche Typen gehören doch eingesperrt«, sagte Jens-Uwe überflüssigerweise.

»Wir treffen uns hier wie gesagt mit jemandem, der uns beschützen kann«, erklärte Beverly. »Er kommt morgen, und dann kann uns nichts mehr passieren.«

»Ist das der Typ mit der Yacht?« fragte ich.

»Genau.« Deanna nickte.

»Wo liegt denn die Yacht?« wollte ich wissen. Neugier ist mir nun mal angeboren.

»Auf – das sagen wir besser nicht«, antwortete Deanna. »Aus Sicherheitsgründen.«

»Nee, ist klar«, sagte Jens-Uwe verständig und stieß mich unter dem Tisch an, damit ich meine taktlosen Fragen gefälligst unterließe.

Das Gespräch schlief nun etwas ein. Nach diesen ungeheuerlichen Eröffnungen hatte wohl niemand mehr Lust, über etwas Unverfängliches zu plaudern. Wir tranken unseren Wein mehr oder weniger schweigend.

Schließlich gähnte Deanna und sagte, sie hätten einen anstrengenden Tag gehabt. Jens-Uwe und Kai sprangen sofort auf und sagten, sie seien ebenfalls hundemüde.

Ich war noch hellwach und hatte nicht die geringste Lust, in unser stickiges Zelt zu gehen. Auf dem Rückweg vom Waschraum ließ ich mir daher eine Menge Zeit.

Es war kühl, die Grillen zirpten – hier nennt man sie wohl Zikaden –, und man hörte das Meer rauschen. In der Luft lag ein Duft von Rosmarin und Thymian. Ich hatte beides am Tag wachsen sehen, einfach so, mitten im Sand. Theodor kam aus dem Gebüsch und schmiegte sich um meine Beine. Als ich stehenblieb, warf er sich vor mir auf den Rücken und schnurrte laut. Plötzlich, ohne Ankündigung, war mir ganz leicht ums Herz.

»Vielleicht wird das doch noch ein schöner Urlaub«, sagte ich hoffnungsvoll zu Theodor. »Trotz allem. Spürst du das? In der Luft hängt ein Hauch von Abenteuer.«

Theodor schnurrte nur, und ich hatte ein schlechtes Gewissen wegen des wohligen Gefühls in mir, wo ich doch eigentlich an das arme kleine Mädchen hätte denken müssen.

Am nächsten Morgen war Utes Hintern immer noch geschwollen und knallrot. Sie sagte, daß sie unmöglich mit nach Lucca kommen könne. Das einzige, was sie könne, wäre auf dem Bauch liegen und ruhig abwarten, was passiert.

»Vielleicht können wir ja dann ohne dich nach Lucca fahren«, sagte ich, denn ich war nicht bereit einen weiteren Tag am Strand rumzulungern, nicht nachdem ich gelesen hatte, wie herrlich Lucca sein sollte.

»Ich bleibe bei dir«, sagte Kai und sah zu dem Wohnmobil hinüber, in dem sich noch nichts rührte.

»Dann fahren Jens-Uwe und ich eben allein«, sagte ich. »Wir können auch auf dem Rückweg frischen Salat mitbringen oder so.«

»Heute gibt es Linseneintopf«, sagte Ute streng. »Salat steht nicht auf dem Plan.«

»Ich dachte nur, wegen der Vitamine. Und wegen der Abwechslung.«

»Wir haben noch Äpfel, die gegessen werden müssen«, sagte Ute. »Die haben auch Vitamine.«

Die Tür zum Wohnmobil öffnete sich, und Deanna steckte eines ihrer langen, braunen Barbiebeine heraus.

»Es ist herrlich warm«, sagte sie über ihre Schulter. Sie trug nur ein Bikinihöschen.

Jens-Uwe fielen beinahe die Augen aus dem Kopf.

»Ich finde, wir sollten heute hierbleiben«, sagte er. »Es ist viel zu heiß für eine Stadtbesichtigung. Am Meer ist es doch viel schöner.«

»Ich will aber nach Lucca«, beharrte ich.

Hinter Deanna erschien jetzt Beverly, ebenfalls nur im Bikiniunterteil. Sie war nahtlos braun, und wenn es kein Silikon war, was ihre Brüste so knackig machte, dann hatte es die Natur wirklich gut mit ihr gemeint. Wirklich, sie sah so perfekt aus, daß man erwartete, die Gußnähte zu sehen, dort wo ihre beiden perfekten Hälften aneinandergeklebt worden waren.

»Immer willst du eine Extratour fahren«, sagte Jens-Uwe zu mir. »Ich bleibe jedenfalls heute hier.«

»Dann fahre ich eben alleine«, sagte ich. Ich hoffte, daß ihn das umstimmen würde. Schließlich wollte er ja wohl kaum, daß ich mich mutterseelenallein durch den italienischen Verkehr quälte, oder?

»Von mir aus«, sagte er.

»Guten Morgen!« riefen Beverly und Deanna zu uns hinüber. »Wie ist denn das Meer so?«

»Ganz wunderbar erfrischend«, sagte Kai, der gestern nur

bis zum Hintern reingegangen war, weil es ihm zu kalt gewesen war.

»Toll«, fanden Beverly und Deanna, schulterten ihre Badetücher und verschwanden Richtung Meer.

Sarah trat aus dem Wohnmobil und baute wieder ihr Puzzle auf dem Tisch auf. Sie würdigte uns keines Blickes.

»Es geht doch nichts über ein Meerbad vor dem Frühstück«, sagte Jens-Uwe und nahm seine Badehose von der Leine.

»Stimmt«, sagte Kai. »Ich hab' auch Lust dazu.«

»Ich komme mit«, sagte Ute mürrisch.

»Ich weiß nicht, ob das deinem Insektenstich gut tut«, meinte Kai zweifelnd.

»Doch. Salzwasser ist gerade gut«, sagte ich.

Ute bedachte mich mit ihrem finsteren Blick. »Kommst du auch mit?«

Ich schüttelte den Kopf.

»Dann kannst du ja schon mal das Frühstück machen«, sagte sie und griff nach ihrem Handtuch. »Kommt, Jungs!«

»Doofe Wetterkuh«, sagte ich hinter ihr her, als sie mich nicht mehr hören konnten. »Den Teufel werde ich tun. Ich stehe heute nicht auf dem Plan fürs Frühstück.«

Theodor kam angerannt und verlangte laut miauend sein Frühstück. Ich öffnete ihm eine Minidose Katzenfutter und stellte sie vor ihn hin.

Als er satt war, wollte er spielen. Er schleppte seine Plüschmaus herbei und legte sie vor meine Füße. Ich mußte die Maus dann verstecken oder wegwerfen, damit er sie erneut anschleppen konnte. Je nach Ausdauer konnte er dieses Spiel bis zu einer halben Stunde spielen. Er zog dabei alle Register der Spielkunst, die sonst nur kleine Babykatzen draufhaben. Er galoppierte seitwärts mit Buckel, er warf sich auf den Rücken und zerfetzte die Maus mit allen vieren, angelte mit den Pfoten, bremste so ungeschickt wie Tom im Zeichentrickfilm und sah dabei so drollig aus, daß ich immer laut lachen mußte.

Während wir spielten, bemerkte ich, daß Sarah uns beobachtete. Sie schenkte dem Puzzle nicht mehr die geringste Beachtung. Wie aus Versehen warf ich die Plüschmaus unter ihren Campingtisch. Theodor raste hinterher und spielte Fußball mit ihr zwischen den Tisch- und Stuhlbeinen.

Ich sah, daß Sarah lächelte. Nicht wirklich strahlend, aber es war eindeutig ein Lächeln.

Theodor sprang mit der Maus im Maul auf ihren Tisch. Dort fegte er voller Vergnügen ein Puzzleteil nach dem anderen zur Seite.

Sarah lächelte noch mehr.

»Theodor, laß das. Du siehst doch, daß Sarah spielen will«, sagte ich. Normalerweise spreche ich natürlich nicht so mit dem Kater. Man muß sich nichts vormachen: so schlau die Tiere auch sind, sie verstehen unsere Sprache nicht wirklich.

»Es macht mir nichts aus«, sagte Sarah.

Ich schaute sie verblüfft an. Na so was! Sie konnte ja doch reden. Das beste würde sein, ich tat so, als sei das selbstverständlich.

»Er heißt Theodor«, erläuterte ich.

»Gehört er dir?«

Ich nickte. »Ja. Mir und Jens-Uwe. Er ist schon sechs Jahre alt.«

»Ich auch«, sagte Sarah.

»Dann seid ihr ja genau gleich alt«, stellte ich fest. »Das ist aber lustig.«

Theodor miaute und ließ dabei die Maus fallen. Er wollte noch weiterspielen.

»Wenn du die Maus wirfst, springt er hinterher«, sagte ich.

Sarah warf die Maus ein Stückchen weiter weg, Theodor raste hinterher.

»Er ist so süß«, sagte sie, und ihr Gesicht verfinsterte sich. »Ich habe auch eine Katze. Zu Hause.«

»Tatsächlich?« Das arme Kind. »Es ist schlimm, wenn man

so eine Katze allein lassen muß, das weiß ich. Aber sicher seid ihr bald wieder zurück, und dann kannst du mit ihr spielen.«

Sarah sah mir zum ersten Mal in die Augen. Sie waren wunderschön klar und hell.

»Das glaube ich nicht«, sagte sie. »Wenn mein Papa uns findet ...«

»Das wird er nicht«, unterbrach ich sie beruhigend. »Das wird er ganz bestimmt nicht. Deine Mama und deine Tante passen schon auf, daß er euch nicht findet.«

Sarah wandte ihr Gesicht ab. Sie hob die heruntergefegten Puzzleteile auf und begann erneut, sie zusammenzusetzen.

Ich überlegte, ob ich was Falsches gesagt hatte.

»Ich fahre heute nach Lucca«, sagte ich, nur um irgend etwas zu sagen. »Würdest du vielleicht, solange ich weg bin, ein Auge auf Theodor haben? Die anderen kümmern sich nämlich nie um ihn.«

»Klar«, sagte Sarah, ohne mich anzusehen. »Ist Lucca eine große Stadt? Haben die einen schiefen Turm dort?«

»Nein, aber sie haben eine Stadtmauer, auf der man spazieren gehen kann.«

Sarah sah enttäuscht aus.

»Der schiefe Turm steht in Pisa«, sagte ich.

»Ist das weit von hier?«

»Ein bißchen weiter als Lucca«, sagte ich. »Und das ist eine große Stadt.«

»Willst du nicht mal dorthin?« fragte Sarah. »Den schiefen Turm sehen? Ich schon.«

»Doch, ich auch », seufzte ich. »Aber die anderen wollen nicht.« Allerdings, wenn die ohnehin den ganzen Tag hier herumlungern wollten, war es doch egal, ob ich nach Lucca fuhr oder nach Pisa. Plötzlich war ich fest entschlossen, allein loszuziehen, egal, wie schrecklich die italienischen Verkehrsverhältnisse auch sein mochten.

»Vielleicht schaue ich mir ja heute Pisa an«, sagte ich zu Sarah. »Sie haben dort eine Menge Sehenswürdigkeiten.«

»Ich will so gerne den schiefen Turm sehen«, sagte Sarah. »Eines Tages wird er nämlich umkippen, weil sein Fundament auf Sand gebaut ist und langsam nachgibt. Meistens ist es sogar verboten draufzuklettern.«

»Woher weißt du denn das?« fragte ich beeindruckt.

»Mein Papa hat mir davon erzählt.«

»Tatsächlich?« Ich war verwirrt. »Wann denn?«

Sarah antwortete nicht. Wahrscheinlich hatte sie das erfunden. Das pure, aber verständliche Wunschdenken. Der Vater war schließlich ein Bergheimer Ex-Knacki, bis unter die Zähne bewaffnet. Der hatte weder Zeit noch Lust, mit seiner Tochter über italienische Architektur zu sprechen.

»Vielleicht haben deine Mutter und deine Tante ja Lust, mit nach Pisa zu kommen«, schlug ich vor. »Dann können wir uns alle den schiefen Turm anschauen.« Und jede Wette, daß dann auch Kai und Jens-Uwe mit von der Partie sind ...

Aber weder Beverly noch Deanna hatten Lust, nach Pisa zu fahren.

»Hier sind wir sicherer«, sagten sie. »Wenn Henri unser Wohnmobil sieht, dann ist alles aus.«

»Ihr könntet bei uns mitfahren«, schlug ich vor.

»Nee, du, laß man. Wir bleiben lieber hier und warten auf ...« Deanna verstummte.

»Auf euren *Kontaktmann*«, ergänzte Kai ehrfürchtig.

»Richtig«, sagte Deanna.

»Dann fahre ich eben allein«, erklärte ich wild entschlossen. Pisa sehen und sterben oder so ähnlich.

»Du traust dich ja doch nicht allein«, sagte Jens-Uwe.

Tatsächlich war mir äußerst mulmig zumute, aber jetzt wollte ich keinen Rückzug mehr antreten.

»Diese Touri-Scheiße würde *ich* mir nicht antun«, sagte Ute und begann mürrisch, das Frühstück zuzubereiten.

»Wenn Sarah will, kann sie gerne mitkommen«, sagte ich. »Ich werde gut auf sie aufpassen.«

»Willst du?« fragte Beverly.

Sarah nickte.

»Also von mir aus. Ich bin immer froh, wenn ich mal nicht auf sie aufpassen muß. Kinder sind so anstrengend, und Sarah kann nicht mal schwimmen. Am Meer ist das immer der Horror mit der.« Beverly lächelte. »Obwohl, sonst ist sie echt pflegeleicht. Wenn sie Ärger macht, kannst du sie immer noch im Auto einsperren.«

»Wie bitte?« fragte ich entsetzt, aber Beverly hatte wohl nur einen Scherz gemacht.

»Kommt Theodor auch mit?« fragte Sarah.

Theodor lag auf meinem Badetuch im Schatten und pennte. »Nein«, sagte ich. »Der will, glaube ich, lieber hierbleiben. Komm, Sarah, am besten fahren wir gleich, dann ist es noch nicht so voll.«

»Und was ist mit dem Frühstück?« fragte Ute.

»Wir frühstücken nie«, sagte Beverly. Na klar.

»Dich meinte ich auch nicht«, sagte Ute empört. Das hätte gerade noch gefehlt, daß sie andere Leute mit unserer streng rationierten Aldi-Wurst verpflegte!

»Ich esse auch nichts«, sagte ich. Ich hatte nämlich längst beschlossen, mit Sarah in ein Café zu gehen und dort auf italienisch zu frühstücken. Und zwar so richtig.

»Tja dann, viel Spaß«, sagte Jens-Uwe. »Aber der Fotoapparat bleibt hier. Ich wollte heute Fotos vom Strand machen.«

Ja, ja, und von zwei lebenden Oben-Ohne-Barbies – aber von mir aus. Ich nahm den Fotoapparat aus meiner Tasche und überreichte ihn Jens-Uwe.

Er musterte meine Aufmachung kritisch. »In dem T-Shirt hast du fast gar keinen Busen. Na ja, macht ja nichts, du gehst ja nicht auf einen Schönheitswettbewerb.«

»Stimmt«, sagte ich und hielt ihm meinen Mund zum Abschiedskuß hin. Jens-Uwe küßte mich auf die Wange.

4. Kapitel

Sarah war wirklich pflegeleicht. Sie schnallte sich selbständig auf dem Rücksitz an und schwieg den größten Teil der Strecke beharrlich. Mir war es nur recht so, so konnte ich mich nämlich auf die Straße konzentrieren. Ich fuhr zurück auf die Autobahn und von da aus immer geradeaus nach Pisa. Es dauerte nur eine halbe Stunde, da waren wir auch schon da. Es war gar nicht so schwer, wie ich gedacht hatte. In die Stadt wurde man mit einem Haufen Parkplatzschilder geleitet. Ich parkte auf dem alleräußersten, der war noch fast menschen- beziehungsweise autoleer. Das war vielleicht nicht unbedingt klug, aber ich war trotzdem furchtbar stolz, daß ich es bis hierher geschafft hatte.

Von hier mußten wir zwar eine glatte Viertelstunde ins Zentrum laufen, aber das schien Sarah nichts auszumachen. Ich griff nach ihrer Hand, aber das wollte sie nicht. Sie blieb trotzdem dicht neben mir.

»Was sollen wir machen? Zuerst frühstücken oder zuerst den schiefen Turm sehen?« fragte ich sie.

»Mir egal«, sagte Sarah.

Ich entschied, daß wir zuerst frühstücken sollten. Wir setzten uns einfach in ein hübsches Straßencafé und bestellten ein Frühstück.

Na ja, ganz so einfach war es ehrlich gesagt nicht. Es war elf Uhr vormittags, und ich wußte nicht, was »Frühstück« auf italienisch heißt. Breakfast und Petit dejeuner fiel mir ein, alles, nur nicht das italienische Wort. Ich kannte aber einen Satz, der uns das Leben rettete: »Vorrei mangiare qualcosa!« Das hieß: »Ich möchte etwas essen«, und der nette Kellner verstand sofort, daß es uns nach Frühstück gelüstete. Er brachte Milchkaffee und frischen Orangensaft, Croissants und Baguette und allerlei Aufschnitt, und wir waren glücklich.

Sarah aß sehr manierlich, fast ohne zu krümeln, was man

von den Kindern am Nebentisch wirklich nicht sagen konnte. Sie sagte fast nichts, außer: »Das schmeckt aber lecker.«

Ich fand sie immer zauberhafter. Man mußte dieser Beverly doch zugute halten, daß sie ihr Kind ordentlich erzogen hatte.

Am Schluß sagte ich: »Il conto, per favore«, und der nette Kellner brachte auch prompt die Rechnung. Er versuchte, mit einem Schwall Italienisch mit uns zu kommunizieren, aber ich verstand nur ein paar wenige Worte, wie *bella bambina* und *bella signora*, und lächelte freundlich. Er hielt Sarah offenbar für meine Tochter, und obwohl ich dann mit achtzehn ein Kind hätte bekommen müssen, fand ich die Vorstellung gar nicht so schrecklich. Leider sah mir Sarah überhaupt nicht ähnlich.

»Allein wegen des Frühstücks hat sich der Ausflug schon gelohnt«, sagte ich zufrieden, als wir wieder auf der Straße waren. Mein erster italienischer Milchkaffee war köstlich gewesen.

Überhaupt fand ich es ganz wunderbar hier. Überall Menschen, die italienisch sprachen, Läden, die italienische Sachen verkauften (Schuhe, wo man nur hinblickte), und sogar die Sonne schien auf italienisch.

Je näher wir dem Schiefen Turm kamen, desto mehr Menschen trafen wir allerdings, die nicht italienisch sprachen. Da waren Holländer und Amerikaner, jede Menge Deutsche und Schweden, alle nur wegen des Schiefen Turms.

Ich griff wieder nach Sarahs Hand, um sie nicht zu verlieren, und diesmal gab sie sie mir. Zum ersten Mal, seit ich in Italien war, fühlte ich mich richtig gut. Jetzt war es beinahe so, wie es sein sollte.

Ich war nicht auf den Anblick vorbereitet, den der Schiefe Turm einem bietet. Ich mußte richtiggehend nach Luft schnappen. Der Platz, auf dem er steht, heißt nicht umsonst Piazza di Miracoli – Platz der Wunder. Dort erheben sich der Dom, das weiße, kreisrunde Baptisterium und der schiefe Turm wie Gebäude aus einem Märchen. Man kann kaum glauben, daß das Menschen schon vor so langer Zeit erdacht und gebaut haben.

»Er ist ja wirklich schief«, flüsterte Sarah und betrachtete staunend den weißen Turm, der auf leuchtend grünem Rasen stand.

»Willst du hinauf?« fragte ich.

Sarah nickte. »Du auch?«

Ich schüttelte den Kopf. »Ich weiß nicht. Ich bin nicht schwindelfrei. Und ich fürchte mich vor den Stellen, an denen es bergab geht ... Ich würde lieber hier unten warten. Traust du dich allein?«

»Ja. Ich bin doch kein Baby mehr.«

Ich brachte sie zum Eingang, löste ein Ticket und sah zu, wie sie im Turm verschwand. Ich bedauerte, keinen Fotoapparat dabei zu haben, so wie all die anderen Touristen hier, weil alles, was ich sah, so unbeschreiblich schön war. Ach was, schön! Erhaben war's, großartig, einmalig, wundervoll. Ich war so glücklich, daß ich mich hierher getraut hatte, so ganz allein. Wieviel schöner war es hier als am Strand mit Insektenstich-Ute, Briefmaren-Kai und Jens-Uwe!

Der Gedanke an Jens-Uwe versetzte mir einen kleinen Stich. Von Ute und Kai hatte ich ja nichts anderes erwartet, aber daß auch Jens-Uwe so ein Spiel- und Spaßverderber sein würde, hatte ich nicht ahnen können. Oder vielleicht hätte ich es doch ahnen müssen. Jedenfalls war es traurig, daß ich mich erst wohl fühlte, wenn er nicht dabei war. Schließlich war er mein Verlobter, und Verlobte pflegt man irgendwann auch mal zu heiraten. Wie sollte das nur weitergehen, wenn ich das Leben nur in seiner Abwesenheit genießen konnte?

Na ja, jetzt jedenfalls war nicht die Zeit, deswegen Trübsal zu blasen. Vielmehr ging es darum, diese kostbaren Stunden wirklich auszuschöpfen. Ich stellte mich in die Menschenmenge auf den Rasen, um Sarah zu sehen, wenn sie mir zuwinkte. Neben mir stand eine Gruppe fotografierender Japaner, ganz, wie man sie vom Kölner Dom her kennt. Sie fotografierten sich alle in derselben Pose, lächelnd, den Turm im Hintergrund. Ob wir in ihren Augen auch alle gleich aussahen? Für mich waren sie alle Zwillinge.

Ich erblickte Sarah zwischen den Säulen – hoffentlich war dort abgesperrt, und sie konnte nicht herunterfallen – und winkte heftig, damit sie mich auch sah. Sie winkte zurück.

»Would you please be so kind to make a photo of us?« fragte mich ein Japaner und drückte mir seine Kamera in die Hand.

Ich war natürlich *so kind*.

»And cheese«, rief ich aufgekratzt und machte gleich zwei Fotos von zwölf japanischen Zwillingen. Oder sagt man Zwölflinge?

Als ich die Kamera zurückgeben wollte, geschah das Schreckliche.

Plötzlich packte mich jemand am Arm. »Das kleine Mädchen da oben, ist das Ihre Tochter?«

Ich sah in das Gesicht eines jungen Mannes, ungefähr dreißig, blond, blaue Augen, hohe Stirn. Ich wußte sofort, daß das Sarahs Vater war, obwohl er ganz anders aussah als ich ihn mir vorgestellt hatte. Keine Spur vom Bergheimer Proletenlook, eher äußerst gepflegt, glattrasiert, gut gekleidet.

Die Angst überfiel mich wie ein kalter Regenschauer. Himmel, was sollte ich jetzt tun? Ich wußte nur, ich mußte Sarah um jeden Preis vor ihm beschützen.

Erstmal stotterte ich verwirrt: »Wie bitte?« und versuchte meinen Arm loszumachen.

»Das kleine Mädchen, dem Sie zugewunken haben«, wiederholte der Mann eindringlich.

Ich fürchtete, er würde jeden Augenblick eine Pistole aus seiner Tasche ziehen und mich damit bedrohen. Nur mühsam konnte ich mich zusammennehmen.

»Oh, Sie meinen, Laura? Ja, das ist meine Tochter. Warum wollen Sie das denn wissen?«

»Sie ... sieht jemandem ähnlich«, sagte der Mann und sah

mir direkt in die Augen. Er hatte seltsame Augen, sehr hell und blau, die Pupillen waren ganz klein. Es fühlte sich an, als würde er direkt in mein Inneres schauen.

Ich konnte diesem Blick unmöglich standhalten und sah mich suchend um.

»Wo ist denn jetzt wieder mein Mann?« fragte ich. »Immer verschwindet er in der Menge …«

»Sie sind aber noch reichlich jung für eine Tochter in diesem Alter«, stellte der Mann fest.

Ich zwang mich zu einem Lächeln. »Ja, das stimmt. Ich war erst achtzehn.«

»Und sie sieht ihnen auch überhaupt nicht ähnlich«, fuhr der Mann fort.

»Sie kommt eben auf meinen Mann«, sagte ich und merkte sofort, daß ich mich eigentlich untypisch verhielt für meine Rolle. Ich beschloß, etwas mehr in die Offensive zu gehen. »Aber was geht Sie das überhaupt an, wem von uns unsere Tochter ähnlich sieht. Ich meine, finden Sie das nicht seltsam, einfach fremde Menschen anzusprechen?«

In den Augen des Mannes glaubte ich, eine Spur von Unsicherheit zu erkennen. Ich beschloß, das Eisen zu schmieden, so lange das Feuer heiß war, oder wie das heißt. »Wissen Sie, was ich glaube?« sagte ich schrill. »Sie sind einer von diesen gräßlichen Pädophilen … Jens-Uwe! Jens-Uwe, wo bist du?«

»Ich …« Der Mann verstummte. Offensichtlich hatte ich ihn etwas aus dem Konzept gebracht.

»Ach, da ist ja mein Mann. Endlich«, sagte ich und drückte Sarahs Rabenvater die Kamera des Japaners in die Hand, der immer noch geduldig lächelnd wartete.

»Bitte geben Sie sie für mich zurück. Auf Wiedersehen«, rief ich, schob mich mitten durch die japanischen Zwölflinge hindurch und rannte auf den Eingang des Schiefen Turmes zu. Dort warf ich einen Blick über meine Schulter und sah, daß der Mann von meinen Japanern aufgehalten wurde. Sie wollten – verständlicherweise – ihre Kamera zurückhaben, das gab mir einen kleinen Vorsprung.

Ich löste ebenfalls ein Ticket und rannte in den Turm hinein. Ich mußte Sarah finden und von hier wegbringen, ehe ihr Vater uns aufspürte und wer weiß was mit uns anstellte!

Ohne Rücksicht auf meine Höhenangst erklomm ich den Turm im Eilschritt. Ich fand Sarah auf der Rückseite, wo sie gedankenverloren hinausschaute.

»Komm schnell, Sarah, wir müssen hier weg«, stieß ich hektisch hervor. »Ich erklär's dir später.«

Sarah ließ sich überrascht aber widerspruchslos von mir an der Hand nehmen und im Eiltempo zurück zum Ausgang führen. Dort nahm ich mir keine Zeit, mich nach dem Mann umzuschauen, ich rannte nur los, egal wohin, erst mal weg von hier.

Sarah rannte schweigend neben mir her. Ich war froh, eine lange Hose und flache Schuhe angezogen zu haben, so konnte ich viel besser laufen.

Als wir den Platz der Wunder hinter uns gelassen hatten, wagte ich mich zum ersten Mal umzuschauen. Ich sah eine Menge Menschen, aber keiner sah aus wie ... oder doch? Mir wurde trotz der Wärme und der Anstrengung eiskalt.

Der Mann dort hinten, der ebenfalls rannte, das konnte er möglicherweise sein. Er trug jedenfalls ein rotes Hemd. Oh Gott, ja, er war's.

Und er war schnell.

Mir klopfte das Herz bis zum Hals, es schien mir unmöglich, einem laufenden Mann zu entkommen, wenn man ein kleines Kind an der Hand hatte. Und der Kerl war höchstens noch hundert Meter entfernt.

Ich sah mich hektisch um. Dort vorne stand ein unifomierter Verkehrspolizist, vielleicht sollte ich zu ihm hinrennen. Der Mann würde uns sicher nicht folgen, wenn er sah, daß ich mit einem Polizisten sprach. Ich packte Sarah fester und schickte mich an, die Straße zu überqueren. In Gedanken suchte ich nach italienischen Worten, die ich dem Carabiniere an den Kopf werfen konnte ... Hilfe, wir werden verfolgt, was zum Teufel hieß das auf italienisch?

Gegenüber war ein Bus im Begriff abzufahren. Einer plötzlichen Eingebung folgend rannte ich auf die bereits geschlossene Tür zu und gestikulierte wild. Der Fahrer drückte auf einen Knopf und ließ uns ein.

Er fragte etwas auf italienisch, das ich nicht verstand.

»Si, si«, keuchte ich atemlos und hielt ihm einen Zehntausend-Lire-Schein hin. O Gott, wenn der Mann uns einholte, saßen wir in der Falle!

Der Bus setzte sich in Bewegung. Erleichtert schob ich Sarah vor mir her nach hinten und sah durch das staubige Fenster, wie der blonde Mann die Bushaltestelle erreichte und den Bus im Laufschritt verfolgte. Aber der Busfahrer wäre kein Italiener gewesen, wenn er kein mörderisches Tempo vorgelegt hätte. Nach fünfzig Metern gab Sarahs Vater auf.

Ha, den hatte ich abgehängt, den Verbrecher. Beinahe hätte ich triumphierend gelächelt. Aber auch nur beinahe, dazu war die Situation viel zu ernst.

Ich prüfte schnell, ob Sarah ihren Vater gesehen hatte, aber sie schaute auf die andere Seite und atmete nur heftig.

»Jetzt können wir uns setzen«, sagte ich und zog sie auf einen freien Platz am Fenster.

»Wohin fahren wir denn?« fragte Sarah.

Das war eine gute Frage. Ich hatte keine Ahnung. Aber ich wagte es vorerst nicht, auszusteigen, da ich nicht wußte, ob der Mann den Bus nicht doch weiter verfolgte.

»Wir fahren nur eine kleine Strecke mit einem italienischen Bus«, sagte ich. »Das muß man mal gemacht haben, wenn man in Italien ist.«

Sarah antwortete nicht. Erst nach einer Weile sagte sie: »Der Schiefe Turm war schön. Genau wie mein Papa gesagt hat.«

»Hm«, machte ich und war erleichtert, daß sie mich nicht

nach dem Grund fragte, warum ich sie so plötzlich davongezerrt und zu einem Sprint gezwungen hatte. Was sollte man so einem kleinen Kind auch sagen? Da war dein böser Vater, der wollte dich kidnappen? Nein, das arme Mädchen war schon so verwirrt genug.

Zwei Haltestellen wartete ich ängstlich ab, an der dritten beschloß ich auszusteigen. Schließlich mußten wir irgendwann mal zu unserem Auto zurück. Glücklicherweise war es hier wie bei uns zu Hause, die Bushaltestelle für die Gegenrichtung befand sich auf der gegenüberliegenden Fahrbahn. Und wie es das Glück wollte, kam auch sogleich ein Bus. Ich betete inständig, daß er die gleiche Strecke zurückfahren würde, denn sonst hätte ich ernstliche Schwierigkeiten, das Auto wiederzufinden.

Möglicherweise war es leichtsinnig, an der gleichen Stelle auszusteigen, an der wir eingestiegen waren, aber von dem Mann war keine Spur mehr zu sehen. Schweigend trabten wir zu unserem Auto zurück, ich voller Angst, Sarah scheinbar ungerührt.

Im Auto drückte ich als erstes alle Knöpfchen herab, dann erst fuhr ich los. Meine Hand war so schwitzig, daß ich kaum das Lenkrad halten konnte. Der Angstschweiß hatte auch mein T-Shirt getränkt. Ich sah aus, wie nach einem Marathon, und ich fühlte mich auch so. Meine Beine zitterten, aber ich wagte es nicht, sitzenzubleiben, bis sich das Zittern gegeben hatte. Wir mußten schleunigst weg von hier. Ich mußte Beverly warnen, daß ihr Ex-Mann hier ganz in der Nähe war, damit sie Sarah in Sicherheit bringen konnte.

»Ich fand es trotzdem schön«, sagte Sarah leise, als wir wieder auf der Autobahn waren.

Ich versuchte, ihr im Rückspiegel zuzulächeln. Sarah lächelte zaghaft zurück.

Zuerst glaubten mir Beverly und Deanna kein Wort. Das war verständlich, ich konnte die Geschichte mittlerweile auch kaum mehr glauben.

»Ihr seid aber früh zurück«, sagte Ute nur, als wir ankamen, den Schrecken noch ins Gesicht geschrieben, zumindest ich.

»Sicher hat Elisabeth keinen Parkplatz gefunden«, unkte Jens-Uwe.

»Oder sie ist in die falsche Richtung gefahren und hat sich immer gewundert, daß Milano auf den Schildern stand«, sagte Kai grinsend.

»So war's nicht«, sagte ich müde. »Wir haben viel gesehen, aber die Umstände erforderten einen vorzeitigen Aufbruch.«

Ich hätte gern sofort alles erzählt, aber aus Rücksicht auf Sarah wollte ich mit der schrecklichen Nachricht warten, bis Sarah im Wohnmobil war und nichts hören konnte.

Als ich dann endlich sprechen konnte, erzählte ich die Geschichte etwas hastig und zusammenhanglos, so daß Beverly und Deanna lange nicht so entsetzt reagierten, wie ich erwartet hatte. Jedenfalls zuerst nicht.

»Ein Mann hat Sie angesprochen, das ist doch nichts Ungewöhnliches«, sagte Beverly.

»Genau, mich sprechen täglich haufenweise Männer an. Wenn ich die alle zählen würde ...«, ergänzte Deanna.

»Das kann ich mir vorstellen«, sagte Jens-Uwe.

Meine Güte, waren die schwer von Kapee! Wahrscheinlich hatte Jens-Uwe zig Filme von den beiden Busenwundern verschossen, und seine Gehirnmasse war jetzt auf ihr Niveau zusammengeschrumpft.

»Aber er hat sich nach Sarah erkundigt. Er hat sie gesehen, und er hat gesehen, wie sie mir zugewinkt hat. Und dann hat er so merkwürdige Fragen gestellt. Und dann hat er uns verfolgt. Er hat sogar den Bus verfolgt, in den wir gestiegen sind«, flüsterte ich eindringlich.

»Wie sah er denn aus?«

»Na ja, überhaupt nicht wie jemand, der Tankstellen überfällt«, gab ich zu. »Er war groß und blond und trug ein rotes Poloshirt und Jeans. Er hatte genauso helle blaue Augen wie Sarah.«

»Henri«, sagte Beverly, und diesmal klang es angemessen entsetzt. »Die alte Pottsau ist uns gefolgt.«

»Ach du Scheiße«, sagte Kai und spähte wieder ängstlich zur Campingplatzeinfahrt hinüber. »Ist er dir gefolgt, Lilli?«

»Weiß ich doch nicht«, sagte ich, obwohl ich mir ziemlich sicher war, daß er mir nicht gefolgt war. Aber die Angst in Kais Blick machte mir irgendwie Spaß.

»Ich habe gleich gesagt, daß er uns nachkommen wird, wenn er erfährt, daß wir nach Italien sind«, meinte Deanna.

»Aber woher weiß er das denn?«

»Von dem Kerl, von dem wir das Wohnmobil haben«, sagte Deanna zerstreut. »Wir müssen hier weg.«

»Unbedingt«, meinte Ute trocken.

»Und was ist mit dem Typ, der euch helfen will?« fragte Jens-Uwe.

»Der muß nachkommen und uns woanders treffen. Wir hinterlassen ihm eine Nachricht bei der Campingplatzverwaltung. Los, wir müssen uns beeilen. Pack den Kram zusammen.« Deanna sprang auf. Beverly griff hektisch nach den Stühlen.

»Mensch, wir hätten Sarah nicht nach Pisa lassen sollen. Das war scheiße von uns. Hat sie ihn gesehen?«

»Nein, ich glaube nicht.« Ich sah zu, wie die beiden ihre Habseligkeiten in das Wohnmobil warfen. »Ich glaube auch nicht, daß er uns irgendwie gefolgt ist. Er kann gar nicht wissen, wo ihr seid.« Außerdem könnt ihr Schnepfen euch ruhig mal bedanken, wie klug und findig ich den Scheißkerl abgehängt habe. Jede andere hätte sich Sarah wegnehmen lassen. Den möchte ich sehen, der Nerven wie Drahtseile bewiesen und in einen Bus gestiegen wäre!

»Aber ich fühle mich hier nicht mehr sicher«, sagte Beverly. »Solange die Pottsau sich im Umkreis von hundert Kilometern aufhält, kann ich nicht schlafen.«

Jens-Uwe und Kai machten traurige Gesichter. Sie hätten gern noch ein paar Tage in so blonder Gesellschaft verbracht, aber sie boten auch nicht an, die beiden Schönen und das Kind vor dem Ungeheuer aus Bergheim zu beschützen. Nein, sie sahen wohl ein, daß der Kerl eine Nummer zu groß für sie war.

Nach einer halben Stunde war das Wohnmobil abfahrtsbereit.

»Sarah, wenn du noch mal aufs Klo mußt, dann geh jetzt«, rief Beverly nervös.

»Ich habe Hunger«, sagte Sarah.

»Verdammt, nicht jetzt. Wir essen unterwegs eine Kleinigkeit, und es sind auch noch irgendwo Diätkekse«, sagte Beverly gereizt.

Sarah sagte nichts mehr. Sie sah kurz zu mir hinüber und schaute dann auf den Boden.

Sie tat mir unendlich leid. Plötzlich hatte ich das dringende Bedürfnis, sie alle aufzuhalten. Aber das war natürlich Quatsch. Wenn dieser Henri hier auftauchte, war Sarah nicht mehr zu helfen.

Sie sah nicht so aus, als habe sie etwas von dem verstanden, was wir gesprochen hatten, aber sie fragte auch mit keinem Wort, warum ihre Mutter und ihre Tante so hektisch aufbrachen. Im Gegenteil. Sie setzte eine undurchdringliche Miene auf und sagte keinen Ton mehr.

Zum Abschied streichelte sie Theodor und sagte leise »Auf Wiedersehen« in meine Richtung.

Ich hatte einen dicken Kloß im Hals, als das Wohnmobil davon fuhr.

Neben mir standen Jens-Uwe und Kai und sahen aus, als hätten sie auch einen Kloß im Hals.

Nur Ute, mit dem Hintern in der Plastikschüssel, machte einen fröhlichen Eindruck.

»Endlich wieder Ruhe«, sagte sie.

»So tapfere Frauen«, befand Kai mit seiner Schmelzkäsestimme. »Ich wünschte, wir hätten ihnen helfen können.«

»Ja«, stimmte Jens-Uwe zu und pumpte sich ein bißchen

auf. »Wenn dieser Typ hier aufgetaucht wäre, dann hätte ich dem mal Bescheid gesagt.«

Haha, von wegen. In die Hosen gemacht hätte er sich vor Angst.

Das Wohnmobil kam noch einmal zurück und staubte uns alle ein.

»Bei der Verwaltung ist niemand«, sagte Beverly hektisch und reichte mir einen Briefumschlag durchs Fenster. »Könntest du das unserem Freund geben, wenn er hier auftaucht? Es ist sehr wichtig, verstanden?«

»Klar«, sagte ich. »Aber woran erkenne ich euren Freund denn?«

»Ich schätze ja wohl, er wird nach uns fragen«, sagte Beverly ungeduldig. »Und da hier niemand sonst ist, die er fragen kann, wird er ja wohl euch fragen, oder?«

»Logisch«, sagte Jens-Uwe.

»Er heißt Jean-Luc«, erklärte Beverly. »Er kommt spätestens morgen hier an. Es ist wirklich *sehr* wichtig.«

»Wir werden auf ihn warten«, versprach Kai.

»Gute Fahrt«, sagte ich. *Jean-Luc*, wieder so ein seltsamer Name. Seltsam bekannt. Ich überlegte fieberhaft, woher ich ihn kannte.

»Man sieht sich«, sagte Jens-Uwe wehmütig. »Vielleicht. Ich meine, wir müssen euch ja auch die Abzüge von den Fotos geben und so.«

»Ja, ja. Tschüssie«, sagte Beverly und gab Gas.

»Von wegen, wir warten auf den Kerl«, schnauzte Ute, kaum daß sie außer Hörweite waren. »Ich glaub', ich spinne. Wenn der bis neun Uhr morgen früh nicht hier aufgetaucht ist, nageln wir den Brief an einen Baum und fahren! Unser Zeitplan muß schließlich auch eingehalten werden.«

»Aber Ute, das ist doch ein Notfall«, sagte Kai.

»Papperlapapp! Diese Primi-Blondinen sollen zur Polizei gehen, wenn sie Hilfe brauchen. Ich will mit Verbrechern und so nichts zu tun haben.«

»Denkt doch an das kleine Mädchen«, sagte Jens-Uwe, aber ich hätte wetten können, daß er selber an alles andere dachte als an kleine Mädchen.

Jean-Luc, Beverly und Deanna. Immer noch grübelte ich darüber nach, was an den Namen nicht stimmte. Während ich dem entschwindenden Wohnmobil hinterher sah, fiel – warum auch immer ausgerechnet jetzt – endlich der Groschen. Und wie er fiel! Meine Güte, hatte ich denn die ganze Zeit einen Blumenkohl statt Gehirn im Kopf gehabt? Jean-Luc, Beverly und Deanna – das alles waren Personen aus dem Fernsehen, »Raumschiff Enterprise – die nächste Generation«!!!

Jean-Luc war der Vorname von Kapitän Picard, Beverly Soundso war die Schiffsärztin und Deanna der hübsche weibliche Schiffscouncelor vom Planeten Betaset.

Das konnte unmöglich ein Zufall sein.

Ich schlug mir mit der flachen Hand vor den Kopf, weil mir das nicht früher eingefallen war.

»Ist was?« fragte Ute.

Ich schaute sie zerstreut an.

»Beverly Crusher«, sagte ich. »Das ist der Nachname des Doktors!«

»Ich glaube, dein IQ liegt auch auf Blondinenniveau«, sagte Ute kopfschüttelnd. »Obwohl du brünett bist.«

5. Kapitel

Beverly, Deanna und Jean-Luc ... das war doch mehr als seltsam. Diese blöden Namen gingen mir einfach nicht aus dem Kopf. Ich wollte zu gern wissen, warum sie sich solche »Decknamen« ausgedacht hatten. Ich meine, uns hätten sie doch ruhig ihre richtigen Namen sagen können, oder? Im nachhinein erschien es mir fast so, als hätten sie sich über uns lustig machen wollen. Ich erinnerte mich gut an das alberne Kichern, das Beverly und Deanna bei der Vorstellung abgelassen hatten. Ich zog sogar in Erwägung, daß die ganze Geschichte mit dem prügelnden Ex-Mann und so weiter erfunden war, aber dann dachte ich an den blonden Mann in Pisa und an die wenigen Sachen, die Sarah erzählt hatte, und verwarf diese Idee wieder.

»Ist euch aufgefallen, daß Deanna, Beverly und Jean-Luc Namen aus Raumschiff Enterprise sind?« fragte ich die anderen. Ich mußte einfach mit jemandem darüber reden.

»Die heißen doch Spock und Scotty«, sagte Kai. »Ich hab' Briefmarken davon.«

»Nein, ich meine, das *neue* Raumschiff Enterprise«, sagte ich ungeduldig.

»Elisabeth steht auf Sience-fiction-Serien«, erklärte Jens-Uwe. »Sie glaubt, daß sie damit ihre wissenschaftliche Bildung fördert.«

»Herrgott«, sagte Ute. »Wie peinlich.«

Ja, etwas peinlich war das schon, in der Tat. Ich liebe diese Serie *wirklich* heiß und innig. Wenn eine gute Fee käme und mir einen Wunsch gewährte, dann würde ich vielleicht sogar sagen: »Ich möchte gern auf dem Raumschiff Enterprise mitfliegen.« Auf der anderen Seite hätte ich natürlich noch eine Menge andere Wünsche. Wer nicht?

»Aber darum geht es ja jetzt nicht«, sagte ich leicht gereizt. »Ich finde es nur merkwürdig, daß sich Beverly und Deanna genauso nennen wie die Personen in dieser Serie. Und daß ihr Freund Jean-Luc heißt ...«

»Vielleicht waren ihre Eltern auch Fans von Raumschiff Enterprise«, mutmaßte Kai lachend.

»Quatsch.« Damals hatte es die Serie noch gar nicht gegeben. Außerdem war ich felsenfest davon überzeugt, daß sie sich die Namen ausgedacht hatten. »Also, ich finde das seltsam, daß sie unter falschen Namen reisen.«

»Unter diesen Umständen ist das doch völlig normal«, widersprach Jens-Uwe. »Sieh mal, wenn du von einem wahnsinnigen Mörder verfolgt würdest, der dein Kind stehlen wollte, dann würdest du dir sicher auch einen anderen Namen überlegen.«

Ich schüttelte den Kopf. »Aber doch nicht so einen.« Und überhaupt. Wie konnte man nur so phantasielos sein? An der Sache stimmte was nicht, und das wußte ich jetzt mit instinktiver Sicherheit. Aber es war zwecklos, mit den anderen darüber zu reden.

Der Nachmittag verging quälend langsam, ebenso der Abend, ohne daß etwas geschah. Die Linsensuppe, die unser Abendessen darstellte, war ekelhaft, ich aß nur davon, weil ich vor Hunger beinahe umkam.

Anschließend spülte ich freiwillig, während Ute, Jens-Uwe und Kai über den Straßenkarten saßen und den morgigen Tag planten.

Der nächste angepeilte, spottbillige Campingplatz lag südlich von Siena, und laut Plan würden wir an Lucca und Florenz vorbeibrausen, ohne auch nur einen Fuß hinein gesetzt zu haben.

»Wir werden früh aufbrechen«, bestimmte Ute. »Wenn dieser Jean-Luc noch nicht da ist, dann hat er halt Pech gehabt. Lilli soll den Brief der Campingplatzleitung übergeben, das hätte sie sowieso von Anfang an tun sollen.«

Jens-Uwe und Kai nickten. Jetzt, wo Deanna und Beverly weit weg waren, fügten sie sich wieder Utes Worten, als wäre nie etwas gewesen.

»Ich will bis morgen mittag mein Zelt aufgeschlagen haben«, sagte Ute.

»Was ist denn mit *Florenz*?« fragte ich, obwohl ich genau wußte, daß es sinnlos sein würde. »Wir können doch nicht durch Italien fahren und Florenz links liegen lassen!«

»Florenz ist eine stinkende Großstadt«, behauptete Ute. »Und Siena ist schon Touri-Programm genug, da müssen wir uns nicht auch noch Florenz angucken.«

»Außerdem sind diese italienischen Städte alle gleich«, fügte Kai hinzu.

»Ich verstehe dich nicht«, sagte Jens-Uwe. »Wir hatten das doch alles schon abgesprochen.«

»Ja, aber, das ist doch blöd, nur von Campingplatz zu Campingplatz zu fahren, und die tollen Sehenswürdigkeiten einfach zu übergehen.«

»Sehenswürdigkeiten«, wiederholte Ute spöttisch. »Also, du bist wirklich der geborene Tourist! Du hättest als Japaner zur Welt kommen sollen.«

Ich sagte nichts mehr. Ich kaute an einem Apfel, horchte auf das Rumpeln, das die Linsensuppe in meinen Gedärmen verursachte, und wartete.

Aber Jean-Luc kam nicht.

»Wir können nicht die ganze Nacht wachbleiben und warten«, sagte Ute um halb zehn. »Also, ich gehe jetzt schlafen.«

»Beverly hat den Brief ja auch eigentlich Lilli gegeben«, sagte Kai. »Also ist sie auch für die Übergabe zuständig.«

»Stimmt«, sagte Jens-Uwe. »Wir haben morgen einen schweren Tag. Wir sollten ausgeschlafen sein.«

Um zehn Uhr lagen alle außer mir in ihren Schlafsäcken.

»Selber schuld«, sagte Jens-Uwe zu mir, bevor er den Reißverschluß unseres Zeltes zuzog. »Du hättest ja sagen können, daß du den Brief nicht übergibst. Man sollte nicht immer so hilfsbereit sein.«

Das war ja wohl ein Witz. Noch vor ein paar Stunden hätte er alles für Beverly und Deanna getan. Natürlich nicht aus Hilfsbereitschaft, sondern weil die beiden blond und braungebrannt und langbeinig waren und einen Busen hatten wie Pamela Anderson. Na ja, fast!

»Ich bleibe nicht auf, um auf diesen Jean-Luc zu warten, sondern weil ich es schade finde, im Urlaub mit den Hühnern schlafen zu gehen«, stellte ich richtig. »Ich werde es mir jetzt noch gemütlich machen und den lauen italienischen Frühlingsabend genießen.«

»Und die Mücken«, sagte Jens-Uwe spöttisch.

Plötzlich fühlte ich mich schrecklich einsam. »Willst du nicht noch ein bißchen draußen bleiben? Wir könnten am Meer spazieren gehen und Händchen halten ...« Ich ärgerte mich, weil es so sehnsüchtig klang, aber es war genau das, was ich mir wünschte. Ich fühlte mich eben so schrecklich einsam.

»Nee, jetzt hab' ich mir die Zähne schon geputzt«, sagte Jens-Uwe unlustig, als ob geputzte Zähne ein Hinderungsgrund für einen romantischen Abend seien.

»Ach, komm schon, machen wir es uns noch ein bißchen gemütlich«, bettelte ich.

Jens-Uwe zögerte.

»Der Wein ist aber für morgen abend bestimmt, und zwar für die Allgemeinheit«, ließ sich Utes griesgrämige Stimme aus ihrem Igluzelt vernehmen.

»Keine Angst«, sagte ich. »Ich werde nur den angebrochenen Aldi-Orangensaft leertrinken. Den können wir sowieso nicht mitnehmen.«

»Na gut«, sagte Ute gnädig.

Ich sah Jens-Uwe abwartend an.

Er gähnte. Das war eindeutig.

»Gute Nacht«, sagte ich traurig.

Jens-Uwe zog den Reißverschluß zu. »Sei aber bitte leise, wenn du kommst.«

»Das bin ich doch immer«, erwiderte ich, aber er verstand den Witz nicht, den ich damit andeuten wollte. Vielleicht wollte er auch nicht verstehen. Hier im Urlaub spielte Sex ohnehin keine Rolle. Leise hin. Leise her. Im Zelt, nur zwei Nylonwände von Ute und Kai entfernt, hatte ich ohnehin keine Lust auf Sex. Wären wir dagegen zu einem romantischen Spaziergang am Meer aufgebrochen – wer weiß? Aber Jens-Uwe war eben kein Romantiker. Er war auch nicht sonderlich experimentierfreudig. Und so versessen auf Sex war er auch nicht. Auch zu Hause schliefen wir nie öfters als ein- oder zweimal die Woche miteinander.

»Wir sind schließlich keine fünfzehn mehr, und du bist nicht Julia Roberts«, hatte Jens-Uwe einmal gesagt, als wir mal zwei Wochen lang gar keinen Sex gehabt hatten. Nur kein Mißverständnis: Er meinte damit nicht, daß Julia Roberts häufiger Lust auf Sex hätte. Was er meinte, war: Wäre ich so attraktiv wie Julia Roberts, sähe die Sache für ihn schon anders aus. Aber da ich eben nur die durchschnittliche Lilli Moser war, Sekretärin aus Köln, riß das Jens-Uwe nicht täglich vom Hocker.

Na ja, ich will mich nicht beklagen. Mir war's im Grunde ganz recht so. Ich fand sowieso, daß Sex in der Regel überschätzt wurde. Jens-Uwe war der erste Mann gewesen, mit dem ich geschlafen hatte, und so toll, wie alle immer taten, fand ich das Ganze nicht. Ich konnte mir jedenfalls nicht vorstellen, daß Sex die Ursache für Verbrechen und die ganz großen Tragödien aller Zeiten sein sollte.

Ganz alleine machte ich mich auf einen Spaziergang auf. Ich hatte keine Angst im Dunkeln, erstens war hier ja niemand, und zweitens schien der Mond so hell, daß der Sandboden wie Schnee leuchtete. Theodor begleitete mich ein Stückchen, aber bis ans Meer wollte er nicht. Ihm waren diese heranrollenden sanften Wellen offenbar unheimlich. Mir nicht. Ich überlegte, nackt zu baden, ganz allein im mondbeschienenen Mittelmeer, aber dann nahm ich davon Abstand, weil das Wasser nachts noch kälter erschien als tagsüber. Aber ich setzte mich in den Sand und schaute aufs Meer hinaus. Auch jetzt dachte ich noch immer an Beverly und Deanna. Und vor allem an Sarah. Ich sah ihr süßes, ernstes Gesicht vor mir, dann das Gesicht ihres Vaters mit dem durchdringenden Blick, und ich dachte daran, daß sie wenigstens gut gefrühstückt hatte, das arme Kind.

Als ich zurück zu den Zelten kam, hörte ich ein hohles Schnarchen aus Utes und Kais Zelt, und ich konnte nicht heraushören, welcher von beiden es von sich gab. Vermutlich war es Ute, es hörte sich nämlich so mißmutig an. Ich fühlte mich immer noch sehr einsam, obwohl Theodor sein Bestes gab, um mich zu trösten.

Er schleppte seine Plüschmaus herbei, und ich warf sie ein paarmal ins naheliegende Gebüsch, wo er sie in Windeseile fand und zurückbrachte. Dabei schmiegte er sich immer um meine Beine und schnurrte laut.

»Du bist ein lieber Kater«, sagte ich zu ihm. »Aber als Mensch braucht man ab und zu auch mal einen Menschen, der lieb zu einem ist. Ich habe das Gefühl, zu mir hat schon seit Wochen niemand mehr ein nettes Wort gesagt.«

Ich trank etwas von dem angebrochenen Orangensaft, obwohl schon eine Ameise darin herumschwamm, und dachte wieder an Sarah. Sie war noch mehr zu bemitleiden als ich, weil sie noch ein Kind war. Sie hatte eine blonde Diätziege zur Mutter und einen Gewaltverbrecher zum Vater – das war wirklich schlimm. Ich hingegen war an meinem Schicksal selber schuld. Mehr oder weniger.

Ich drehte und wendete den Brief an Jean-Luc in meiner Hand und fragte mich zum hundertsten Mal, was wohl drinnen stehen würde.

Plötzlich verstand ich nicht mehr, warum ich mich mit dieser Frage so lange herumgequält hatte. Weshalb sollte ich diesen Brief nicht öffnen und lesen, was darin stand?

Nun, es gab natürlich mehrere Gründe, es nicht zu tun: Der wichtigste: So was tat man einfach nicht! Beverly oder wie immer sie in Wirklichkeit auch heißen mochte, hatte mir den Brief anvertraut. Es gab – vermutlich auf der ganzen Welt – so etwas wie das Briefgeheimnis. Man las keine Briefe, die nicht an einen gerichtet waren, und damit basta. Es sei denn ...

Also, es sei denn, man starb beinahe vor Neugierde, so wie ich, und man hatte einen begründeten Verdacht, daß irgend etwas nicht stimmte. Dann durfte man auch einen Brief öffnen, der nicht für einen bestimmt war, fand ich.

Natürlich ging mich die ganze Geschichte überhaupt nichts an, wirklich nicht, aber da war dieses traurige kleine Mädchen, dessen Schicksal mir nicht mehr aus dem Kopf ging, und außerdem ... Ach, ich geb's zu, ich war schlichtweg neugierig, und zwar so sehr, daß ich mich über das Briefgeheimnis einfach hinwegsetzte.

Ich warf den Campingkocher an, setzte einen Topf mit Wasser auf und wartete, bis es zu dampfen begann. Dann hielt ich den Brief darüber, so wie man es in Büchern liest. Als er genug eingeweicht war, versuchte ich den Umschlag zu öffnen. An der Stelle, an der Beverly ihn mit ihrer Spucke zugeklebt hatte, öffnete er sich nicht, aber dafür an der Seitennaht, und das war eigentlich noch viel besser, so würde es später weniger auffallen.

Zitternd vor Aufregung zog ich den Brief heraus.

»Lieber J.-L.«, las ich in Beverlys verblüffend kindlicher Schrift – sie hatte, obwohl der Zettel in sichtlicher Eile heruntergeschmiert war, über jedes I einen Kringel gemalt –, *»wir sind hier nicht mehr sicher. Henri hat Sarah in Pisa gesehen, glücklicherweise konnten wir verschwinden, bevor sie ihn gesehen hat.«*

He, Moment mal, was hieß hier: wir konnten verschwinden? Ich war es schließlich gewesen, die Sarah in Sicherheit gebracht hatte. Aber ich war in diesem Brief mit keinem einzigen Wort erwähnt.

»Sicherheitshalber fahren wir weiter. Henri weiß unser Kennzeichen, wer weiß, wen er alles auf uns angesetzt hat. Auf Sardinien wird uns niemand suchen. Wir warten auf dich auf dem Campingplatz in Marina di Sorso. Beeil dich, damit wir die Sache schnell und sauber hinter uns bringen können. Küßchen, B.«

Das war alles. Etwas enttäuscht ließ ich den Brief sinken, weil eigentlich nichts Neues drin stand. Immerhin wußte ich jetzt, wohin die drei unterwegs waren, aber das nutzte mir eigentlich gar nichts.

Ich las den Brief noch einmal, sozusagen zwischen den Zeilen. *Wer weiß, wen er alles auf uns angesetzt hat ...* Was hieß das? Hatte dieser Henri Kontakte zur hiesigen Mafia? Ich konnte es mir durchaus vorstellen, jetzt, nachdem ich ihn mit eigenen Augen gesehen und mich von der Vorstellung des primitiven Vorstadtgangsters mit Dauerwelle, Trainingsanzug und Schnauzbart verabschiedet hatte. Er war äußerlich durchaus mehr der Typ des Gentleman-Gangsters, auch wenn er eine Tankstelle überfallen hatte ...

Etwas stutzig machte mich auch der Satz: »*... damit wir die Sache schnell und sauber hinter uns bringen können.*« Schnell und sauber – was meinte Beverly damit? Die Sache war nicht eher vorbei, bis dieser Henri aufgegeben hatte oder verhaftet worden war oder ... oho, vielleicht dachten sie ja daran, Henri um die Ecke bringen. Schnell und sauber – quasi in Notwehr. Verstehen konnte man das ja. Aber dann hätten sie sich nicht verstecken müssen, im Gegenteil.

Ein lautes Aufschnarchen aus Utes und Kais Zelt riß mich aus meinen Gedanken. Ich sah auf die Uhr. Halb zwei – es war höchste Zeit, schlafen zu gehen.

Am Morgen fand ich eine Kröte im Morgentau unter dem Campingtisch. Ich war versucht, sie in Utes Schlafsack zu schmuggeln, aber dann tat sie mir doch zu leid, die Kröte, meine ich. Wir packten unseren Kram zusammen, und obwohl ich immer wieder zur Einfahrt hinschielte, rührte sich dort nichts in Sachen Jean-Luc. Ich hatte den Brief sorgfältig wieder zugeklebt, und zwar mit Klebestift. (Ich habe immer einen Klebestift bei mir, weil sich Briefmarken, egal wo, aus unerfindlichen Gründen grundsätzlich weigern, nur mit meiner Spucke zu kleben. Und nichts ist ärgerlicher, als eine Briefmarke zu haben, die partout nicht halten will.) Ich weiß nicht genau, was ich mir davon versprochen hatte, aber vorher hatte ich »Marina di Sorso, Sardinien« auf einen Zettel geschrieben und in meine Hosentasche gesteckt. Wie gesagt, ich hatte selber keine Ahnung, was ich damit bezwecken wollte, aber ich hatte es nun mal getan. Als ich den Zettel an diesem Morgen fand, war ich drauf und dran, ihn wegzuwerfen, aber irgendwie brachte ich es nicht übers Herz, und so legte ich ihn in die Innentasche meiner Handtasche, dahin, wo auch mein Reserve-Hunderter lag.

»Und?« fragte Jens-Uwe, als ich geduscht und mit frischen Klamotten aus dem Waschraum kam. »Hast du es dir gestern abend noch gemütlich gemacht?«

Ich nickte. »Der Mond schien aufs Wasser. Wenn ich nicht alleine gewesen wäre, hätte man schwimmen gehen können. Ich habe mich so einsam gefühlt, weißt du.«

»Was sollen diese indirekten Vorwürfe?« sagte Jens-Uwe ungehalten. »Wenn du immer aus der Reihe tanzen willst, mußt du dich nicht wundern, wenn du allein dastehst.«

»Ich dachte, wir hätten in diesem Urlaub auch mal Zeit für uns«, sagte ich.

»Wir sind doch Tag und Nacht zusammen, was willst du mehr?« Jens-Uwe rollte seinen Schlafsack zusammen, nachdem er ihn sorgfältig auf Ameisen und sonstiges Ungeziefer untersucht hatte.

Tja, was wollte ich mehr? Wenn die Frage nicht rhetorisch gemeint gewesen wäre, hätte ich mit der Antwort wahrscheinlich einen ganzen Tag füllen können. Jens-Uwe sagte immer, daß ich lernen sollte, meine Ansprüche an der Realität zu orientieren, aber das war wirklich nicht leicht. Auch wenn ich nicht unbedingt Jens-Uwes Traumfrau war – oder eine Traumfrau überhaupt –, hätte ich mir einfach mehr ... mehr *Liebe* gewünscht. Kai liebte seine Ute ja auch, obwohl sie alles andere als perfekt war. Für einen Außenstehenden wie mich war es sogar unmöglich, überhaupt *irgend etwas* Liebenswertes an ihr zu erkennen.

Beim Frühstück schaute sie mir mürrisch ins Gesicht und sagte: »Was tust du eigentlich gegen deine Sommersprossen?«

»Nichts«, sagte ich und erinnerte mich schwach, daß ich meine Sommersprossen bis vor ein paar Jahren noch ganz wundervoll gefunden hatte. »Ich lasse sie sprießen.«

»Ich finde, es sieht ungepflegt aus«, erklärte Ute.

Ich sagte nichts mehr. Da ich versuchte, meine Ansprüche an der Realität zu orientieren, erwartete ich auch nicht von Jens-Uwe, daß er meine Sommersprossen verteidigte. »Ich finde Lillis Sommersprossen süß«, hätte er zum Beispiel sagen können, das hätte Ute das Maul gestopft. Allerdings wäre das eine glatte Lüge gewesen. Er fand die nämlich nicht süß, er fand sie eigenartig, hatte er mal gesagt. Und: »Gut, daß du die nur im Gesicht hast.«

Als wir mit dem Frühstück fertig waren, alles verstaut hatten und selbst Theodor schon im Auto saß, wo er mißtrauisch sein kleines Reise-Katzenklo beschnupperte, blieb mir nichts anderes übrig, als den Brief bei der Campingplatzverwaltung zu hinterlegen. Die Besitzerin war eine Deutsche, und sie versprach mir hoch und heilig, den Brief einem gewissen Jean-Luc zu übergeben, wenn dieser nach Nachrichten für ihn fragen würde.

Ich gebe zu, ich trennte mich nur mit großem Bedauern von dem Brief, weil er das letzte war, das mich mit Sarah, Beverly, Deanna, Henri, dem Tankstellenvergewaltiger, Jean-Luc, dem geheimnisvollen Retter und dem Thrill eines echten Abenteuers verband. Ich dachte voller Wehmut, daß mein größtes Abenteuer in den nächsten zwei Wochen darin bestehen würde, Ute und Kai zu ertragen. Ja, und Jens-Uwe. Den auch.

Ein erstaunliches Land, dieses Italien. Selbst von der Autobahn aus betrachtet wirkt es noch schön. An den Rändern hinter den Leitplanken – sofern es Leitplanken gab – blühte verschwenderisch der Mohn, die Sonne schien, und allein das Lesen der Straßenschilder versetzte mich in euphorische Stimmung. Ach, hätte ich doch nur überall anhalten und schauen können, anstatt nur im Auto vorbeizuflitzen. Obwohl flitzen nicht das richtige Wort war. Jens-Uwe, Ute und Kai hatten sich geeinigt, nicht schneller als 100 Stundenkilometer zu fahren, auf diese Weise spare man Benzin und schone die Umwelt, hatte Kai erklärt. Wir wurden daher sogar von den langsamsten Lastwagen überholt und manchmal ausgehupt.

»Würdest du nicht gern Lucca anschauen?« fragte ich Jens-Uwe sehnsüchtig, als wir an der Ausfahrt vorbeizockelten. Für einen Bruchteil der Sekunde hegte ich die Hoffnung, daß er »doch« sagen und einfach abbiegen würde. Wir könnten durch die Stadt schlendern, ein echtes italienisches Eis essen und Ute und Kai später wieder treffen …

»Du nervst.« Jens-Uwe machte meine Träume zunichte. »Wirklich, du bist schlimmer als ein Kleinkind. Warum fängst du nicht einfach mal an, den Urlaub zu genießen?«

»Weil ich das Gefühl habe, etwas zu verpassen, deshalb.« Ich sah Jens-Uwe eindringlich von der Seite an. »Sieh mal, Italien war für mich wie ein wunderbarer Traum. Jetzt, wo er Wirklichkeit geworden ist, finde ich es so schade, daß ich so wenig davon zu sehen bekomme.«

»Du hast doch gehört, was Kai gesagt hat: Diese italienischen Städte sind alle gleich.«

Ich lachte spöttisch. »Das ist so blöd, das mußt selbst du einsehen. Venedig ist anders als Rom, Florenz anders als Siena, und Mailand anders als Neapel. Und zwar *völlig* anders!«

Jetzt hatte ich Jens-Uwe verärgert. »Woher willst du das wissen? Aus deinem Reiseführer, du Theoretikerin? Du warst schließlich noch nie in Italien.«

»Kai aber auch nicht.«

Jens-Uwe schwieg eine Weile, die Augen starr auf die Fahrbahn gerichtet. Dann sagte er: »Ich wollte es dir vorhin nicht sagen, aber dieses weite T-Shirt sieht an dir unmöglich aus. Man könnte denken, du bist ein Junge.«

»Warum kann man mit dir nicht ganz normal reden, ohne daß du beleidigend wirst?« fragte ich gekränkt.

»Mein Gott, jetzt sei nicht gleich eingeschnappt. Ich will nur nicht, daß du rumläufst wie der letzte Mensch. Du verträgst wirklich kein bißchen Kritik, egal, wie wohl sie gemeint ist.«

Ich schwieg und sah an mir herunter, ob ich wirklich wie ein Junge aussah in diesem T-Shirt. Na ja, vielleicht nicht gerade wie Pamela Anderson, aber wie ein Junge auch nicht. Es sei denn, jemand kannte den Unterschied zwischen Junge und Mädchen nicht.

»Ich verstehe dich nicht. Ute hat noch viel weniger Busen als ich, und da findest du das nicht schlimm.«

»Ja, weil Ute eben auch sonst viel schlanker gebaut ist. Zu deinen ausladenden Hüften paßt eben nicht so ein kleiner Busen«, sagte Jens-Uwe.

Da sagte ich nichts mehr.

Kurz vor Pistola machten wir einen Stop an einer Tankstelle, die laut Ute und Kai sehr günstig Benzin anbot. Der dazugehörige Parkplatz lag im Schatten kleiner Bäume, wir parkten dort für die Zeit, die Jens-Uwe, Kai und Ute benötigten, um das Klo aufzusuchen. Ich mußte nicht, sondern lehnte mich an den Wagen und hielt das Gesicht in die Sonne. Das grüne Gras verlockte Theodor dazu, aus dem Wagen zu springen und sich zu strecken. Ich hatte Angst um ihn, wegen der vielen schnellen Autos und sperrte ihn wieder ein, was ihm überhaupt nicht recht war. Er maunzte laut, aber ich ließ mich nicht erweichen.

Neben mir bremste ein hellroter Sportwagen mit offenem Verdeck. Der Mann darin trug ein rotes Polohemd und eine Sonnenbrille.

»So sieht man sich wieder«, sagte er, und da erst erkannte ich ihn wieder. Er war der Mann, der mich und Sarah durch halb Pisa gejagt hatte.

»Wo ist sie?« fragte er, während er ausstieg und auf mich zukam.

»Wer?« fragte ich, und erst jetzt, einige Sekunden verspätet, kroch die Angst in mir hoch. Ich wich einen Schritt zurück und stieß gegen die Beifahrertür unseres Autos. Sie war geschlossen, damit Theodor nicht noch mal ausbüchsen konnte.

»Meine Tochter, verdammt noch mal«, sagte der Mann, und es klang sehr wütend.

»Also, hier ist sie jedenfalls nicht«, sagte ich und sah mich nach Jens-Uwe und den anderen um. Warum brauchten sie nur so lange auf dem Klo? Der Parkplatz war nicht menschenleer, weiter hinten picknickte eine Familie, gegenüber knutschte ein Pärchen auf der Motorhaube eines Fiats – ich überlegte, ob ich um Hilfe rufen sollte. Was hieß »Hilfe« auf italienisch? Oder gab es dafür ein internationales Wort?

»Aber du weißt, wo sie ist«, sagte der Mann. Es war eine nüchterne Feststellung.

»Nein«, rief ich. »Sie sind mit ihr weggefahren, ich habe keine Ahnung, wohin! Lassen Sie mich in Ruhe.«

»Du lügst.« Die hellen blauen Augen durchbohrten mich geradezu. »Du steckst mit ihnen unter einer Decke! Du sagst mir jetzt sofort, wo sie ist.«

»Hilfe«, sagte ich laut. Zu mehr Action war ich nicht fähig. Ich überlegte, ob das knutschende Pärchen vor dem Fiat gegenüber wohl reagieren würde, wenn ich »SOS« schreien würde. Vielleicht müßte ich es rhythmisch rufen: Dreimal lang, dreimal kurz dreimal lang – oder war es umgekehrt?

»Ich wette, ich krieg's aus dir raus«, sagte der Mann. »Wir machen jetzt einen kleinen Ausflug.« Er packte mich am Ellenbogen, so fest, daß es weh tat. Mit der anderen Hand öffnete er die Beifahrertür und griff nach meiner Handtasche.

»Dieb! Dieb!« schrie ich und versuchte mich loszureißen. »Hilfe! Man will mich berauben!« Es schien, als würden meine Schreie ungehört auf dem Parkplatz verpuffen. Das Pärchen gegenüber schaute zwar her, aber es schaute auch gleich wieder weg und widmete sich weiter dem Zungenkuß. Die picknickende Familie zeigte überhaupt keine Reaktion. Und das, obwohl mich der Kerl mit Gewalt zu seinem Auto zerrte. Dabei griff er in seine Hosentasche und holte ein Paar Handschellen hervor. Handschellen! Na klar! Die trug heutzutage jeder Bösewicht mit sich herum. Ehe ich mich's versah, war ich an ihn gekettet. Meine linke Hand an seine rechte.

Ich schrie währenddessen natürlich mehrmals laut um Hilfe, auch auf englisch, und ich versuchte auch, ihn vors Schienbein zu treten und an eine noch empfindlichere Stelle – aber es gelang mir nicht, der Typ war einfach stärker, und meine Versuche wirkten geradezu lächerlich. Er stieß mich in seinen Wagen.

»Rüber da«, befahl er und zwang mich, über den Schaltknüppel auf den Beifahrersitz zu rutschen, während er selber auf dem Fahrersitz Platz nahm. Mein Hilfegebrüll verhallte ungehört im Gebüsch. Was war das für eine Welt, an der man am hellichten Tag eine junge Frau ins Auto zerren konnte!

»Theodor, faß«, schrie ich, als der Motor schon lief, aber da fuhren wir auch schon los.

Ich war verloren! Im Rückspiegel sah ich immer noch keine Spur von Jens-Uwe oder Ute und Kai. Das Pärchen von gegenüber knutschte in der Gegend herum. Die Familie hielt in Seelenruhe ihr Picknick ab. Und Theodor konnte nicht sprechen!

6. Kapitel

Während das Auto losbrauste – mein Entführer beschleunigte ziemlich schnell von null auf hundertfünfzig, ich mußte immer mitschalten, wegen der Handschellen – sah ich mich schon im Fernsehen: Mit Foto in »Aktenzeichen XY ungelöst«. »Und nun zu unserem dritten Fall.« (Wahrscheinlich würde Jens-Uwe ein häßliches Foto ausgesucht haben, eins, von dem er fand, daß es »ganz natürlich« aussieht. Ich hasse diese Art Fotos, auf denen man aussieht wie ein Außerirdischer, von denen andere aber sagen, sie hätten frappierende Ähnlichkeit mit einem selber.) »Das ist Lilli M. aus Köln. Sie wird seit vier Monaten vermißt. Mittwoch, den zwölften Mai dieses Jahres, wurde sie zuletzt auf dem Parkplatz einer Raststätte kurz vor Pistola in Italien gesehen. Nach Zeugenaussagen stieg sie in einen roten Sportwagen mit offenem Verdeck.«

An dieser Stelle würde man einen kleinen Film einblenden. »Ich habe gesehen, wie sie zu einem jungen Mann in den roten Wagen gestiegen ist«, würde der weibliche Teil des knutschenden Pärchens sagen. »Nee, jung war der nicht mehr«, würde der männliche Teil widersprechen. »Und das Auto war blau. Ne ganz heiße Kiste.«

»Nein, das Auto war rot, das weiß ich genau. Der Mann trug nämlich auch was Rotes, das ist mir aufgefallen – vielleicht waren seine Haare rot, egal, die beiden spielten jedenfalls mit Handschellen. So ein bißchen sadomasomäßig. Ich weiß noch, wie ich dachte, das müssen der Karl und ich auch mal ausprobieren.«

»Nee, Liebchen, der Mann war blond, die Frau war brünett, und das Auto war blau ..., aber das mit den Handschellen müssen wir wirklich mal ausprobieren.«

»Typisch!« stöhnte ich laut. Auf diese Weise würde man mich niemals finden.

Mein Entführer sah mich etwas verwundert von der Seite an, aber er sagte nichts. Das Auto sauste über die Autobahn, der Fahrtwind war angenehm. Ich muß sagen, wenn ich unter anderen Umständen in diesem Wagen gesessen hätte, – ich hätte es genießen können!

»Wo fahren wir hin?« fragte ich.

»Irgendwohin, wo wir *ungestört* sind«, antwortete mein Entführer, und es klang sehr bedrohlich.

»Und dann?« wagte ich zu fragen. Meine Stimme zitterte leicht.

»Dann wirst du mir sagen, wo ich meine Tochter finde, oder ...«

»Oder?« flüsterte ich und war wieder bei Aktenzeichen XY ungelöst. »Wochen später fand man die Leiche von Lilli M. in einem Gebüsch ein paar Kilometer weiter. Sie hatte mehrere gebrochene Gliedmaßen aufzuweisen ...«

Ich fing an zu weinen. »Bitte, tun Sie mir nichts«, flüsterte ich.

Mein Entführer fuhr sich mit der Schalthand über die Stirn und zwang mich so, diese Bewegung mit meiner linken Hand mitzumachen.

»Verdammt noch mal«, sein Fuß stemmte sich voller Wut gegen das Gaspedal. »Was hast du überhaupt damit zu schaffen? Warum steckst du mit denen unter einer Decke?«

»Aber das tu ich doch gar nicht«, schluchzte ich. Das Weinen tat mir gut, und ich dachte gar nicht daran, wieder damit aufzuhören. »Wir haben nur zufällig auf dem gleichen Campingplatz gezeltet.«

»Und was hattest du mit Sarah in Pisa zu suchen?« Mir fiel auf, daß er »Sarah« sagte und nicht »Särah«. »Und warum bist du mit ihr abgehauen?«

»Ich wollte sie doch nur beschützen«, schluchzte ich.

»Wovor denn?« rief der Mann aus. »Etwa vor mir?«

Ich nickte. »Sie tat mir so leid. Sie ist doch noch ein kleines Mädchen. Und sie kann doch nichts dafür, daß sie solche Eltern hat.«

Mein Entführer sagte nichts mehr. Er starrte geradeaus auf die Fahrbahn.

Ich wagte einen Blick auf den Tacho. 190 – puh, so schnell war ich schon ewig nicht mehr gefahren. Ich schluchzte noch ein Weilchen vor mich hin, dann endlich konnte ich wieder klar denken. Schlimm genug, daß ich von einem Auftritt in Aktenzeichen XY träumte, während ich mich mit hundertneunzig Stundenkilometern von allem entfernte, was mir Sicherheit bot. Es wurde Zeit, die Sache mit Vernunft anzugehen.

»Hören Sie, *Henri*«, begann ich. Irgendwo hatte ich mal gelesen, daß es einem Entführer schwerer fällt, seinem Opfer etwas zu anzutun, wenn es einem gelingt, eine persönliche Bindung aufzubauen. »Bitte, lassen Sie mich doch gehen. Ich bin eine harmlose Touristin, der Sie gerade den Urlaub verderben. Meine Freunde werden mich vermissen und polizeilich suchen lassen. Ich weiß wirklich nicht, wo Sarah jetzt ist, also ist diese Aktion völlig umsonst. Und Sie machen doch alles nur noch schlimmer.«

Ich wagte einen Blick zur Seite und sah direkt in die beunruhigend hellen, blauen Augen, die Sarah von ihrem Vater geerbt hatte. Es waren Augen, die ganz tief in einen hineinschauen konnten. Ich sah schnell wieder zur Seite.

»Wollen Sie denn wieder im Gefängnis landen?« fuhr ich etwas weniger forsch fort.

»Im *Gefängnis?*« wiederholte Henri, als habe er völlig vergessen, daß es so etwas gab.

»Ja, was glauben denn Sie? Auf Entführung steht Gefängnis, soviel ich weiß.« Wir hatten ein Autobahnkreuz erreicht. Rechts ging es ab hinauf nach Bologna oder hinab nach Siena, geradeaus nach Florenz. Der Sportwagen raste mit unverminderter Geschwindigkeit Richtung Florenz.

»Wenn Sie mich gehen lassen, verspreche ich, nicht zur Polizei zu gehen«, sagte ich.

Henri lachte. Es klang richtig amüsiert. »Zur Polizei gehen! Du! Das wäre ja auch noch schöner!«

Mir fiel zum ersten Mal auf, daß er mich duzte, während ich ihn siezte. Obwohl ich so etwas in der Regel nicht dulde, beschloß ich, beim Sie zu bleiben, schon um ihn nicht zu verärgern.

»Sie sind doch ein erwachsener Mann. Sie können sich doch an zwei Fingern ausrechnen, daß das alles nicht gut geht«, sagte ich.

Die Autobahn mündete in eine Art Schnellstraße. Der Sportwagen wurde etwas langsamer.

»Das hättest du dir auch leicht an zwei Fingern ausrechnen können«, erwiderte Henri. »Wer sich an einem solch üblen Spiel beteiligt, muß mit üblen Konsequenzen rechnen.«

»Möglich«, gab ich zu. »Aber wenn ich so tun würde, als ginge mich das alles nichts an, würde ich mich auch schuldig machen. Ich tu das ja nicht für Beverly, sondern nur für Sarah.«

»Für Sarah! Von wegen.« Henri sah mich kopfschüttelnd von der Seite an. »Wer ist Beverly?«

»Ich glaube, das ist Ihre Ex-Frau«, sagte ich höflich. »Keine Ahnung, wie sie wirklich heißt.«

»Meine Ex-Frau heißt Rita. Woher kennt ihr euch? Aus dem zwielichtigen Laden, den sie als Fitnesstudio tarnt?«

»Ich sagte doch, wir haben uns hier auf dem Campingplatz zum ersten Mal gesehen.«

»Und wart euch gleich sympathisch, was? Tja, verwandte Seelen oder so was! Dabei siehst du gar nicht so aus. Hat sie dir Geld versprochen? Vergiß es, sie hat keins. Und wenn's nach mir geht, wird sie auch keinen Pfennig bekommen.«

»Wenn jemand meine Hilfe braucht, dann nehme ich kein Geld dafür«, sagte ich empört. »Schon gar nicht, wenn es sich um ein kleines Kind handelt.«

»Oh, du hast das alles nur aus Nächstenliebe getan!«

»Genau«, sagte ich.

»Der Mensch ist gut. Wenn er noch besser wäre, wär er zu gut für die bescheidne Welt«, sagte Henri spöttisch.

»Shakespeare?« fragte ich und versuchte, genauso spöttisch zu klingen.

»*Shakespeare*! Das war Kästner.«

Ich kam mir dumm und ungebildet vor. Daß so ein Bergheimer Knacki Gedichte zitieren konnte, während ich Shakespeare mit Kästner verwechselte, war mir irgendwie peinlich.

»Auch die Moral hat ihr Gesetz der Schwere: Der schlechte Kerl kommt hoch – der Gute fällt«, fuhr Henri fort.

»Tja«, machte ich. Etwas Besseres fiel mir nicht ein. Eine Weile schwiegen wir. Die Straße führte durch die Außenbezirke von Florenz, und unter anderen Umständen hätte ich sicher frohlockt, daß ich auf diese Weise doch noch ein Auge auf die Stadt werfen konnte. Wie gesagt, unter anderen Umständen.

»Ich habe mir immer gewünscht, hierher zu kommen«, sagte ich leise. »Und in einer Pension zu wohnen, so wie in ›Zimmer mit Aussicht‹.«

»Solche Pensionen gibt es heute nicht mehr«, erwiderte Henri. »Aber die Hotels sind auch ganz nett.« Er lenkte den Wagen an den Straßenrand und drehte den Schlüssel herum. »So, genug der Plauderei. Du sagst mir jetzt, wo Sarah ist, und wir haben es hinter uns!«

»Wenn ich es wüßte, und wenn ich es Ihnen sagen würde, würden Sie mich dann gehen lassen?« fragte ich.

Henris blaue Augen musterten mich ein bißchen erstaunt. »Natürlich. Obwohl – natürlich nicht sofort. Du könntest auf die Idee kommen, Rita zu warnen, und das müßte ich verhindern. Aber dann würde ich dich natürlich freilassen.«

»Natürlich«, sagte ich und versuchte, die Arme zu verschränken. Das ging natürlich nicht, wegen der Handschellen.

»Hör zu. Du siehst im Grunde ganz harmlos aus«, sagte Henri, und zum ersten Mal klang seine Stimme freundlich. »Möglicherweise – ich sage nur: *möglicherweise* – bist du sogar tatsächlich so dumm und ahnungslos wie du tust. Wenn Rita dir Geld geboten hat, dann biete ich dir das Doppelte, und die erste Hälfte davon kriegst du sofort, wenn du mir sagst, wo Sarah ist.«

»Ich bin nicht dumm«, sagte ich. »Daß das mal klar ist. Und man kann mich auch nicht kaufen. Abgesehen davon weiß ich wirklich nicht, wo sie hin sind.«

»Na gut.« Henri seufzte. »Du willst es nicht anders.«

»Ich schreie um Hilfe«, warnte ich ihn.

»Ja, man hat ja gesehen, wohin das führt. Eine Welle der Hilfsbereitschaft bricht über einen herein.« Henri bückte sich und griff mit der Handschellenhand nach meiner Tasche, die im Fußraum lag. Ich mußte mich zwangsläufig mitbücken.

»Dann wollen wir doch mal sehen, wer du bist«, sagte Henri, während er meine Brieftasche öffnete. Natürlich, damit mich seine Mafiakumpane jederzeit ausfindig machen konnten, benötigte er meine Adresse und meinen Namen. Als erstes zog er meinen Personalausweis heraus. »Elisabeth Moser, wohnhaft in Köln – interessant, wir wohnen nur ein paar Häuserblocks auseinander. Vierundzwanzig Jahre alt – ganz schön jung, um kriminell zu werden.«

Ich schwieg. Mir war – siedendheiß! – der Zettel wieder eingefallen, den ich zu meinen Hunderter ins Innenfach der Handtasche gesteckt hatte – o Gott, wie hatte ich nur so blöde sein können!

Henri steckte den Personalausweis wieder in sein Fach und untersuchte den restlichen Inhalt der Brieftasche. Er sah sich meinen Führerschein an, meine EC-Karte, den Bibliotheksausweis, den Firmenausweis, Theodors Impfpaß und das kleine Foto von Jens-Uwe und Theodor, auf dem man sehr viel von Theodor sah und sehr wenig von Jens-Uwe. Während der ganzen Zeit hielt ich die Luft an und hoffte, daß er nur meinen Namen und meine Adresse herausfinden wollte und am Rest der Tasche nicht mehr interessiert war. Aber da hatte mich getäuscht. Als er die Brieftasche gründlich untersucht hatte, schloß er sie und legte sie auf die Ablage. Dann zog er nacheinander jeden Gegenstand aus meiner Handtasche heraus, betrachtete ihn gründlich und legte ihn beiseite – mangels Platz auf meinen Schoß. Meinen angeblich kußechten Lippenstift, den ich nie benutzte, weil Jens-Uwe gesagt hatte, die Farbe stünde mir nicht, eine kleine Dose Wiskas-Crunchys, die ich schütteln konnte und deren Geräusch Theodor noch aus den entferntesten Ecken herbeilockte, mein Sonnenbrillenetui ohne Sonnenbrille (die lag irgendwo bei Jens-Uwe im Wagen! Oh, Jens-Uwe! Was würde er wohl inzwischen tun?) eine Tube Babysonnencreme Schutzfaktor 30 fürs Gesicht, eine Nagelschere, mein Taschenkalender.

»Das ist privat«, sagte ich heftig, als Henri ihn aufschlug.

»Elfter Januar. Allein im Kino, Startrek, habe Jens-Uwe nichts davon gesagt«, las er vor.

»Bitte!« sagte ich und verfluchte mich für die Angewohnheit, den Kalender als Tagebuch zu mißbrauchen. »Bitte *nicht*!«

»Elfter Februar. Mamas Geburtstag. Habe ihren Lieblingskuchen gebacken und achtundvierzig Rosen gekauft. Jens-Uwe ist zu Hause geblieben. Er sagt, es ist doch jedes Jahr das gleiche. Mama hat es ihm nicht übel genommen, ich schon.« Henri blätterte weiter. »Vierzehnter März. Bei Ute und Kai zum Abendessen. Es gab Butterbrote und Kais ätzende Briefmarkensammlung. Jens-Uwe hat gesagt, wir müssen mehr sparen. Ich soll nicht mehr soviel baden. Habe immer noch Hunger.«

Ich war den Tränen nahe. »Bitte! Haben Sie denn überhaupt keinen Anstand im Leib?« Was für eine lächerliche Frage an einen Tankstellenräuber und Vergewaltiger!

»Sechzehnter März. Ärger in der Firma, wie können Menschen mit einem so niedrigen IQ es zum Firmenchef bringen? Würde am liebsten kündigen. Abends Streit mit Jens-Uwe. Haben schon seit Wochen nicht mehr miteinander geschlafen. Sagt, ich würde meiner Mama immer ähnlicher. Habe das Abendessen weggelassen.« Ein paar Seiten blätterte Henri noch weiter, las aber nichts mehr laut vor. Schließlich klappte er abrupt das Büchlein zu. »Scheint mir ja ein nettes Kerlchen zu sein, dein Jens-Uwe.«

»Wenigstens überfällt er keine Tankstellen«, giftete ich und riß ihm den Kalender aus der Hand.

»Na ja, wenn das das einzige Gütekriterium ist, das du bei Männern ansetzt, hast du ja eine große Auswahl«, meinte Henri achselzuckend und wandte sich wieder der Handtasche zu. Mein Füller, ein leerer Notizblock, mein kleiner Fotoapparat und die Tigerente, die mir Jens-Uwe in den allerersten Tagen unserer Beziehung geschenkt hatte, landeten in meinem Schoß.

»Was soll das denn?« fragte ich. »Das ist eine ganz normale Handtasche, Sarah ist da bestimmt nicht drin.«

Dafür aber eine Schachtel Minitampons, mein Klebestift und meine Armbanduhr, die ich schon seit Wochen wegen einer neuen Batterie hatte wegbringen wollen.

»Das ist widerlich«, sagte ich, aber Henri sah nicht so aus, als würde er sich schämen.

»Ja, das ist ein widerliches Geschäft«, sagte er und öffnete den Reißverschluß meines sogenannten Geheimfaches. Der Ersatzhunderter landete auf meinem Schoß. Der Zettel in seinen Finger. Ich überlegte, ihm den Zettel zu entreißen und aufzuessen, aber wenn es schief ginge, wüßte er sogleich, daß darauf Sarah Aufenthaltsort niedergeschrieben war. So war es einfach nur eine X-beliebige Ortsangabe.

»Was ist das?« fragte Henri, nachdem er es gelesen hatte.

»Das ist der Campingplatz auf Sardinien, wo wir hinwollen«, log ich, wie ich fand, sehr klug.

»Wer – wir?«

»Ich und Jens-Uwe und Ute und Kai«, sagte ich.

»Ute und Kai – die mit den Butterbroten und der Briefmarkensammlung?«

Ich nickte.

»Und was habt ihr dann auf einem Parkplatz auf der Autobahn nach Florenz zu suchen?«

»Wir wollten uns erst Florenz angucken, dann erst nach Sardinien.« Das war durchaus plausibel. »Erst Kultur, dann Entspannung.«

»Na, das ist ja interessant.« Henri nahm mir den Kalender aus der Hand und schlug ihn erneut auf. »Sechster Mai. Habe für Italien gepackt. Werden den ganzen Stiefel sehen, bis hinunter nach Neapel. Ich glaube, zwei Wochen sind dafür äußerst knapp bemessen, aber Jens-Uwe sagt, ich soll die Planung Leuten überlassen, die was davon verstehen.«

»Ja, und?«

»Das scheint mir doch sehr unwahrscheinlich, in zwei Wochen, den ganzen Stiefel abzuklappern und auch noch Zeit für einen Entspannungsurlaub auf Sardinien zu haben«, sagte Henri.

Verdammter Kerl. »Wir haben es uns eben anders überlegt. Neapel muß nicht sein. Florenz reicht uns. Und auf Sardinien kann man wunderbar entspannen.«

»Anders überlegt habt ihr's euch, ja?« Henri blätterte spöttisch eine Seite weiter. »Neunter Mai. Italien ist so schön, jedenfalls das, was ich bis jetzt davon gesehen habe. Viel wird es nicht werden, Ute und Kai haben unsere Reiseroute unerbittlich festgelegt, da gibt es keinerlei Abweichungen, ganz gleich, was ich sage. Jens-Uwe sagt, ich solle mich nicht so anstellen.«

Ich stöhnte.

»Das klingt mir nicht nach spontaner Änderung der Reiseroute.« Henri klappte den Kalender zu und legte ihn mir in den Schoß. »Aber es war ein guter Versuch.«

»Na schön. Das ist die Adresse von einem Campingplatz, zu dem ich gern gefahren *wäre*«, sagte ich. »Ich habe die Hoffnung nicht aufgegeben, daß die anderen sich vielleicht erweichen lassen.«

»Hm«, machte Henri.

»*Ehrlich*«, sagte ich mit Nachdruck und versuchte, ihm ohne mit der Wimper zu zucken in die hellen Augen zu gukken.

Henri begann, die Gegenstände von meinem Schoß wieder in meine Handtasche zu räumen. »Weißt du was – Elisabeth? Auch wenn du sehr schöne Augen hast: Ich glaube dir kein Wort.«

»Selber schuld«, sagte ich. Was für eine Logik! Er hatte auch sehr schöne Augen und damit eine Tankstelle überfallen und die Kassiererin vergewaltigt! Das mußte man sich immer wieder buchstäblich vor Augen halten – dieser Kerl war alles andere als harmlos. »Außerdem heiße ich Lilli.«

»*Ich* glaube, daß Rita mit Sarah dorthin unterwegs ist, und daß du sie dort treffen sollst – vermutlich um dir dein Geld abzuholen, wenn die Sache vorbei ist«, sagte er. »Lilli.«

Ich wurde böse. »So was Blödes! Sie sind ja komplett paranoid! Vielleicht können Sie Kästnergedichte zitieren, man lernt ja allerhand im Knast, aber um solch blöde Geschichten an den Haaren herbeizuziehen, muß man schon einen echten Knall haben.«

»Möglich«, gab Henri zu. »Aber das ist meine einzige Chance, Sarah zu finden. Wir werden also nach Sardinien fahren.«

»*Wir*? Sie sind ja vollständig verrückt.«

»Vielleicht. Ich würde auch lieber allein fahren, aber ich kann nicht riskieren, daß du mir noch mal dazwischenfunkst. Und wenn ich Rita nicht erwische, dann habe ich wenigstens dich.« Henri warf meine Handtasche zurück in den Fußraum und startete erneut den Motor.

»Hören Sie – bitte! Ich kann nicht mit Ihnen nach Sardinien kommen. Mein Freund wartet auf mich. Er wird die Polizei nach mir suchen lassen.«

Henri hatte sich bereits wieder in den Verkehr eingeordnet. »Der kann sich ruhig mal ein bißchen Sorgen machen, das schadet ihm ganz sicher nicht, nachdem, was ich von ihm gelesen habe.«

»Aber ... ich kann doch nicht ... Sie ...« Ich konnte es einfach nicht fassen. »Sie können doch nicht einfach auf gut Glück nach Sardinien übersetzen. Das ist doch auch schrecklich weit, oder etwa nicht?«

Henri sah mich wütend an. »Was, bitte soll ich denn sonst tun? Dir ein Messer an die Kehle halten und dich Stückchen für Stückchen aufschlitzen, bis du mit der Wahrheit rausrückst?«

»Nein«, flüsterte ich, obwohl ich genau das von ihm erwartet hätte.

»Also schön, dann halt jetzt die Klappe und lehn dich zurück. Wenn du mir irgendwelchen Ärger machst, dann hol ich mein Messer raus, darauf kannst du dich verlassen!«

Ich glaubte ihm aufs Wort.

7. Kapitel

Während die Landschaft links und rechts an uns vorbeizog, zog ich ganz nüchtern Bilanz. Hier saß ich in einem offenen Sportwagen, mit Handschellen an einen gewalttätigen Entführer gekettet, auf dem Weg nach Sardinien und in eine ungewisse Zukunft.

Wirklich merkwürdig war, daß ich mich keineswegs den Umständen entsprechend mies fühlte. Gut, mein Kopf sagte mir, daß dies eine bedrohliche, eine lebensgefährliche, eine fürchterliche Situation war, aber mein Herz – das sagte etwas ganz anderes. Eigentlich hätte ich fassungslos vor mich hinschluchzen und unkontrolliert zittern müssen, sogar mir vor Angst in die Hosen pinkeln – es wäre durchaus verständlich gewesen. Aber mein Herz war nicht bei Verstand.

Endlich passiert mal was, sagte es und klopfte aufgeregt, endlich ein Abenteuer nach meinem Geschmack.

Du hast sie ja nicht mehr alle, sagte mein Kopf, schau dir diesen Kerl doch mal an, diesen brutalen Tankstellenräuber, der sich nicht scheut, einem Mädchen mit dem Messer zu drohen.

Und mein Herz schaute hin und sagte: Aber er sieht gut aus, dieses helle Haar und diese durchdringenden Augen, außerdem hat er schöne Hände ...

Ja, und mit denen kann er sicher kräftig zudrücken, rief mein Kopf, denk nur an die arme Kassiererin ...

Mein Herz schwieg beschämt. Aber es klopfte weiter aufgeregt.

»Ging es Sarah gut?« fragte Henri unvermittelt.

Ich schrak aus meinen verworrenen Gedanken hoch.

»Na ja«, sagte ich. »Ich weiß ja nicht, wie sie vorher war. Aber Beverly sagt, sie stünde unter Schock, seit Sie wieder aufgetaucht seien.«

»*Was?*«

»Verzeihung, ich meine Rita, nicht Beverly. Sarah sprach

kaum. Zuerst dachte ich, sie ist taubstumm. Aber als wir zusammen in Pisa waren, da hat sie doch gesprochen.«

»Hat sie mich gesehen?«

Ich schüttelte den Kopf. »Nein. Das glaube ich nicht. Ich habe ihr auch nicht gesagt, weswegen wir weggelaufen sind.«

»Beinahe hätte ich sie gehabt«, sagte Henri leise.

»O nein, ich war schneller«, widersprach ich. »Und die Sache mit dem Bus war doch eine geniale Idee, oder?«

Henri antwortete nicht. Nach einer Weile fragte er: »Hat sie mal von mir gesprochen?«

»Ein- oder zweimal«, sagte ich. »Man wurde nicht schlau daraus. Aber sie hat gesagt, daß sie ihre Katze vermißt.«

»Hat sie was von ihrem grünen Hasen gesagt?«

»Von einem grünen Hasen – nein, ich glaube nicht.«

»Sie kann nicht ohne ihn einschlafen«, sagte Henri. Es klang unendlich traurig.

»Sie sind ein seltsamer Mann«, sagte ich. »Wenn man Sie so reden hört, könnte man denken, Sie seien tatsächlich am Wohlergehen Ihrer Tochter interessiert. Dabei sind Sie doch an allem schuld.«

Henri sah mich entgeistert von der Seite an. Beinahe hätte er einem leid tun können. Aber auch nur beinahe. Und was gesagt werden mußte, mußte gesagt werden.

»Wenn Sie ein richtiger Vater wären, würden Sie sie in Ruhe lassen«, fuhr ich mit strenger Stimme fort. »Das ist doch kein Leben für ein kleines Kind, immer auf der Flucht, immer in Angst vor einem gewalttätigen Vater. Nur weil Sie und Beverly sich nicht mehr verstehen, muß ein unschuldiges Kind leiden.« Ja, das hatte gesessen. Henri sagte kein Wort. Er hatte seinen Blick auf die Fahrbahn der autobahnähnlichen Schnellstraße gerichtet und biß sich auf die Unterlippe.

»Noch ist es nicht zu spät«, fuhr ich fort. Man soll das Eisen schmieden solange es heiß ist. »*Noch* können Sie sich diese blödsinnige Aktion aus dem Kopf schlagen. Fahren Sie einfach zurück nach Hause und lassen Sie Sarah bei ihrer Mutter.

Sie können mich einfach irgendwo absetzen, ich verspreche, Sie nicht anzuzeigen.«

Henri schwieg immer noch. Innerlich begann ich zu frohlocken. Es sah ganz so aus, als wären ihm meine Worte zu Herzen gegangen. Ich beschloß, nichts mehr hinzuzufügen, um das Gesagte in Ruhe einwirken zu lassen. Livorno, 50 km, stand auf dem Schild, das an uns vorbeiflog. Wenn Henri mich hier irgendwo absetzte, würde ich mir einen Bus nach Siena suchen. Ich würde die anderen schon wiederfinden. Vorausgesetzt, sie waren nach meinem Verschwinden trotzdem zu dem verabredeten Campingplatz weitergefahren.

»Geben sie ihr wenigstens genug zu essen?« fragte Henri nach einer ganzen Weile.

»Ähm«, sagte ich verwirrt. Diese Frage hatte ich nun wirklich nicht erwartet. Wahrscheinlich wäre ein empörtes: »Natürlich!« die kluge Antwort gewesen, aber ich konnte nun mal so schlecht lügen. »Na ja, sie verhungert schon nicht«, sagte ich diplomatisch.

»Dachte ich's mir doch. Rita mit ihrem ewigen Diätwahn – die vergißt doch völlig, daß ein Kind regelmäßige Mahlzeiten braucht. Und kochen kann die nur Fertiggerichte in der Mikrowelle.« Es klang zornig. »Ich glaube, Rita hat in ihrem Leben noch nichts Gesundes zu sich genommen. Die ernährt sich von Luft und Diätgetränken. Und von Zigaretten.«

»Dafür sah sie aber ganz schön gesund aus«, sagte ich.

»Gesund? Mit dieser sonnenbankgegerbten Haut?«

»Na ja, *ich* habe jedenfalls nicht so einen knackigen Body.«

»Vielleicht hast du ja auch noch was anderes zu tun, als im Fitnessstudio, auf der Sonnenbank, beim Friseur und im Nagelstudio abzuhängen«, sagte Henri. »Abgesehen davon bestehst du nicht zur Hälfte aus Silikon und Collagen.«

»Das stimmt«, gab ich zu. Ha, hatte ich's doch gleich gewußt, daß dieser Busen zu schön war, um echt zu sein.

»Rita hat so getan, als habe die Schwangerschaft ihren Körper komplett ruiniert«, sagte Henri mehr zu sich selber als zu mir. »Und das, obwohl sie neun Monate lang nur Diät gehalten hat. Ein Wunder, daß Sarah gesund war. Rita hat sich geweigert, sie zu stillen, aus Angst, daß ihre Brustwarzen deformiert werden könnten. Und dann hat sie trotzdem wochenlang nur geheult, weil ihr Körper angeblich auf immer verschandelt sei. Ich habe einen Kredit aufgenommen für ihre Brustoperation, weil ich dachte, daß sie dann wieder glücklich wäre und vielleicht eine Beziehung zu Sarah aufbauen könnte. Aber sie hat dann den halben Tag im Fitnessstudio herumgehangen, und Sarah lag allein im Kinderwagen irgendwo in einer Ecke. Und sie war so süß, das süßeste Baby, das man sich denken kann. Rita aber hat an nichts anderes gedacht, als daran, wie sie ihren angeblich verschandelten Körper wieder in Schuß bekommt. Bei der Gelegenheit hat sie sich die Lippen mit Collagen unterspritzen lassen. Vor der Geburt, hat sie behauptet, hätte sie auch so einen Schmollmund gehabt. Eine Fettabsaugung an Bauch und Oberschenkel wollte sie haben, aber keine Bank wollte mir noch einen Kredit geben, ich hatte schon zu viele Schulden wegen Ritas Klamotten, ihrer Brust-OP, ihrem Permanent-Make-up, ihrem neuen Wagen, der Wohnungseinrichtung ... Als wir uns haben scheiden lassen, war ich dann komplett ruiniert.« Henri machte eine Pause.

Mein Herz hatte dem Bericht geradezu erschüttert gelauscht. Obwohl ich Beverly alias Rita kaum kannte, klang es in meinen Ohren doch durchaus glaubwürdig. Ja, Rita war eine Rabenmutter, das hatte ich gleich gesehen. Und Henri hier war vielleicht wirklich mal gar kein so übler Kerl gewesen. Bis die Schulden und das Unglück ihn gezwungen hatten, kriminell zu werden. (Was für eine Schmonzette, spottete mein Kopf, aber mein Herz und ich ließen uns nicht irritieren.)

»Und deshalb hast du die Tankstelle überfallen, stimmt's?« schloß ich messerscharf. Ich war so voller Mitleid und Verständnis, daß ich gar nicht merkte, daß ich ihn geduzt hatte.

Henri warf mir wieder einen seiner durchdringenden Seitenblicke zu und sagte: »Was du nur immer mit der Tankstelle hast!«

Richtig, die Tankstelle, sagte mein Kopf ironisch. Der arme Kerl war so überschuldet, daß er gleich noch die Kassiererin vergewaltigen mußte.

»Das mit der Kassiererin allerdings«, murmelte ich. »Das war widerlich!«

»Was für eine Kassiererin?«

»Die von der Tankstelle.«

»Oh, klar. Die Kassiererin von der Tankstelle«, wiederholte Henri spöttisch. »Und was ist mit der?«

Ich zuckte mit den Achseln. »Keine Ahnung. Vermutlich ist sie in therapeutischer Behandlung. Ich müßte jedenfalls in therapeutische Behandlung.«

»Wenn du Kassiererin bei einer Tankstelle wärst?« Henri lachte. »Ich glaube, es gibt schlimmere Berufe. Toilettenfrau zum Beispiel.«

Es war klar, daß er nicht näher auf dieses Thema eingehen wollte. Das war vielleicht auch gut so, ich wollte ihn nicht auf dumme Gedanken bringen.

»Ja, oder Schlachter«, sagte ich.

»Oder Gärtner in einer holländischen Gewächshausblumenzucht«, sagte Henri.

»Genau, die müssen die ganze Zeit Atemschutzmasken tragen, wegen des vielen Giftes«, stimmte ich zu.

»Ich wäre auch nicht gern Hundefriseur«, meinte Henri.

Ich kicherte. »Nee, ich auch nicht.«

Na klasse, sagte mein Kopf, jetzt plauderst du schon mit deinem Entführer wie mit deiner besten Freundin. Dabei hat er noch nicht mal ansatzweise eine Gehirnwäsche bei dir versucht.

Sei still, sagte mein Herz. Siehst du nicht, daß wir uns schon seit Wochen nicht mehr so gut amüsiert haben?

»Aber du hast doch einen Hund«, sagte Henri. »Oder hast du den erfunden?«

»Einen Hund? Ich?«

»Auf dem Parkplatz hast du gerufen: Theodor, faß! Ich dachte, mich beißt jeden Augenblick so ein Riesenvieh in die Kehle.«

»Theodor ist mein Kater«, sagte ich ernüchtert.

»Oh. Aber den habt ihr doch nicht mit in den Urlaub genommen! Quer durch Italien.«

»Doch«, sagte ich und fühlte einen dicken Kloß in meiner Kehle hochsteigen. »Er liebt es zu reisen. Er ist nicht wie andere Katzen.«

»Unsere Katze macht schon ein Heidentheater, wenn sie zum Tierarzt muß«, sagte Henri.

»Theodor nicht. Der fährt sogar gerne Straßenbahn«, sagte ich, und der Kloß wanderte noch ein Stückchen weiter die Kehle hinauf. »Er sitzt dann auf meinem Schoß und faucht die kleinen Yorkshireterrier an, die den alten Damen auf dem Schoß herumsitzen. Er würde eingehen, so ganz allein zu Hause.« Jetzt hatte der Kloß das Ende der Kehle erreicht und löste sich in Tränen auf. »Aber wenn ich nicht da bin, ist er traurig«, schluchzte ich. »Jens-Uwe kann sich nicht so richtig um ihn kümmern, und Ute und Kai können sowieso keine Katzen ausstehen. Niemand wird mit ihm spielen, und keiner wird ihn streicheln. Vielleicht vergessen sie sogar, sein Reisekatzenklo sauberzumachen.« Jetzt heulte ich richtig los, so sehr, daß ich nicht weiter sprechen konnte.

Henri streichelte mir mit der Hand über das Haar, aber weil er das mit der Handschellenhand tat, streichelte ich mich automatisch mit.

»Hey«, sagte er. »Sie werden schon gut auf ihn aufpassen.«

Ich schniefte nur und ließ mich weiter streicheln.

Wie lieb er doch ist, sagte mein Herz.

Pfui, schäm dich, sagte mein Kopf. Läßt dich von *so einem* streicheln.

Abrupt nahm ich unsere Hände nach unten.

»Laß das«, sagte ich. »Du bist sowieso alles schuld.«

Henri sagte nichts. Er schaute wieder geradeaus.

Bis Livorno schwiegen wir. In mir tobte eine heftige Diskussion zwischen Herz und Kopf, aber ich versuchte, den beiden nicht zuzuhören und schaute aus dem Fenster. Immerhin hatte ich es geschafft, eine persönlichere Bindung zwischen Henri und mir aufzubauen, und es ihm somit erschwert, mir etwas anzutun. Seine Drohung mit dem Messer war mir noch gut im Gedächtnis.

In Livorno, kurz vor dem Fährhafen, hielt er an, um zu tanken. Ehe ich eine Chance zur Flucht gewittert hatte, hatte Henri mich schon mit beiden Händen und den Handschellen an den Türgriff gefesselt, was wenig bequem war. Außerdem schloß er das Verdeck, bevor er selber ausstieg.

»Davon bekomme ich Rückenschmerzen«, sagte ich. Vor allem für meinen linken Arm war die Stellung nicht sehr bekömmlich.

»Es dauert ja nicht lange«, sagte er nur.

Ich schaute aus dem Fenster und überlegte, wie ich mich ohne Hände bemerkbar machen könnte. Aber selbst wenn mir etwas eingefallen wäre, es sah überhaupt niemand zu mir herein. Ich seufzte. Es war alles zwecklos.

Na toll, sagte mein Kopf, seufzen kannst du. Aber jetzt wird es langsam mal Zeit, daß du dich am Riemen nimmst und darüber nachdenkst, wie du dem Irren entkommst.

»In dieser Stellung kann ich nicht denken«, antwortete ich gereizt.

Vorher hast du auch nicht gedacht, erwiderte mein Kopf.

»Ich stehe unter Schock«, sagte ich.

Haha, sagte mein Kopf.

»Halt den Mund«, sagte ich.

»Mit wem sprichst du?« erkundigte sich Henri, der sich offenbar wirklich beeilt hatte.

»Sag ich nicht.« Henri würde wohl kaum verstehen, daß man sich mit seinem eigenen Kopf unterhalten konnte. Jens-Uwe jedenfalls verstand es nie. Er sagte immer, Leute, die Selbstgespräche führten, gehörten in eine geschlossene Anstalt. Ich hatte es mir abgewöhnt, in seiner Gegenwart innere Dispute auszutragen.

Henri befreite mich aus meiner unbequemen Stellung und fesselte meine Hand wieder an seine. Dann ließ er mit einem leisen Surren das Verdeck auffahren und gab Gas.

»Wir haben Glück«, sagte er. »In einer halben Stunde fährt die nächste Fähre nach Olbia, und der Tankstellenmann sagt, auf der Mittagsfähre ist um diese Jahreszeit immer Platz. Heute abend um sieben sind wir schon da.«

»*Schon*!« schnaubte ich.

Er warf mir eine Straßenkarte in den Schoß. »Sieh mal nach, wie weit es von Olbia bis zu diesem Campingplatz ist.« Es handelte sich um eine Straßenkarte von Sardinien, die er offenbar gerade gekauft hatte.

»Ich denke nicht daran, für dich auch noch den Führer zu spielen«, sagte ich. »Außerdem – woher soll ich wissen, wo dieser verdammte Campingplatz liegt?«

»Deshalb sollst du ja suchen«, sagte Henri geduldig.

Nur der Neugier halber schlug ich die Karte auf. Herrje, wie riesig diese Insel war. Olbia fand ich deshalb sofort, weil ein paar gestrichelte Linien über das Meer dorthin führten, die die Fähren markierten. Ich fuhr mit dem Finger die Küstenlinie hinauf.

»Oh, da ist die Costa Smeralda. Ob das Wasser dort wirklich so grün wie ein Smaragd ist?« entfuhr es mir.

»Wir werden es sehen«, sagte Henri.

»Da gibt es jede Menge Campingplätze«, erklärte ich, und tippte auf die unzähligen Zeltzeichen entlang der Küste.

»Such weiter. Wie ich Rita kenne, wird sie irgendwo am Meer sein, also kannst du alles im Landesinneren vergessen.«

Ich suchte Kilometer für Kilometer die Küste ab und prägte mir dabei die schönen Ortsnamen ein. Porto Cervo, Santa Teresa, Vignola, Isola Rossa, Castelsardo.

»Hier ist es«, rief ich. »Marina di Sorso. Aber es ist verdammt weit weg von Olbia.«

»Wie weit?« fragte Henri.

»Nun, das kommst drauf an, welche Strecke man nimmt«, sagte ich.

»Die kürzeste«, sagte Henri.

Ich begann zu rechnen. »Etwa hundertsechzig Kilometer«, sagte ich schließlich. »Ziemlich kurvige Strecke. Wenn wir eine Fähre nach Porto Torres genommen hätten, wären es nur zwanzig Kilometer.«

»Heute nacht«, sagte Henri wieder mehr zu sich selber. »Noch heute nacht.«

Mir lief ein Schauder den Rücken hinab.

»Und wenn Jean-Luc schon da ist?« entfuhr es mir.

»Wer zur Hölle ist Jean-Luc?«

»Keine Ahnung, wie der wirklich heißt«, erklärte ich und fühlte mich wie ein Pokerspieler, der noch ein As aus dem Ärmel ziehen kann. »Aber du mußt nicht denken, daß Beverly und Deanna allein sind. Sie haben einen Freund, der sie beschützt.« Und der eine Yacht hat, setzte ich in Gedanken hinzu. Wenn Sarah Glück hat, sind alle längst auf hoher See und in Sicherheit. Auf der anderen Seite war das nicht sehr wahrscheinlich. Selbst wenn dieser Jean-Luc direkt nach unserem Aufbruch Beverlys Nachricht erhalten und sich kräftig beeilt hätte, würde er nur wenige Zeit vor uns ankommen, und da niemand wußte, daß ich den Brief geöffnet und die Adresse direkt in Henris Finger gespielt hatte, würden sie es wohl kaum eilig haben.

»Wenn ich diesen Kerl in die Finger bekomme, hat sein letztes Stündlein geschlagen.« Henri steuerte den Wagen mit Lichtgeschwindigkeit durch das unübersichtliche Hafengelände. »Beverly, Deanna und Jean-Luc – das klingt ja wie aus Raumschiff Enterprise.«

»Ja, genau«, sagte ich überrascht. Kompliment: Er hatte es sofort gemerkt, ich hatte zwei Tage dafür gebraucht.

»Typisch Rita«, sagte Henri und lachte. »Sie war schon immer eine Hochstaplerin.« Er hielt auf einem großen Platz, direkt vor dem weit geöffneten Bauch einer riesigen Fähre. »Noch ein paar Verhaltensmaßregeln, Lilli! Du bleibst während der ganzen Überfahrt an mich gekettet, und wenn du irgendwelche Tricks versuchst ...« Er machte eine eindeutige Geste mit der linken Hand, aus der ich schloß, daß er mir unter diesen Umständen die Kehle aufschlitzen wollte. »Verstanden?«

»Ja«, sagte ich. »Nur, wenn du mir was tust unter all den Leuten, dann wirst du wohl kaum unbehelligt von der Fähre kommen.«

»Das laß nur meine Sorge sein«, sagte Henri und kniff seine Augen zusammen. »Auch auf einer Fähre gibt es verschwiegene kleine Ecken, in denen man sich jemandes entledigen kann.«

Und keiner würde wissen, wer die Leiche war, die unter dem Beiboot an der Schattenseite lag ...

»Die Leute werden sich wundern, wenn du und ich die ganze Zeit in Fesseln dahergehen«, brachte ich heraus.

»Sie dürfen sich ruhig wundern«, meinte Henri.

»Aber ich muß mal«, jammerte ich.

Das brachte Henri aus dem Konzept. »Na ja, das wird sich schon irgendwie einrichten lassen. Wenn wir auf hoher See sind.«

»Aber ich muß jetzt«, sagte ich wie ein kleines Kind. »Und Durst habe ich auch.«

»Halt den Mund«, sagte Henri.

8. Kapitel

Es ist schon äußerst merkwürdig, was man alles direkt vor den Augen der Menschen tun kann, ohne daß sie stutzig werden. Niemand, wirklich niemand schenkte der Tatsache Beachtung, daß Henri und ich mit Handschellen aneinander gekettet waren. Henri hatte diese unglückliche Verbindung mit meiner Handtasche und einem roten Nickituch nur schlecht getarnt, aber trotzdem sah niemand, in welcher Zwickmühle ich steckte. Ich fragte mich, ob ich ähnlich blind durch die Gegend ging und ob sich vor meinen Augen auch schon wahre Tragödien abgespielt hatten, ohne daß ich etwas davon gemerkt hatte. Auf dem Schiff tummelten sich wahre Menschenmassen. Nicht nur Touristen aus aller Herren Länder, sondern in der Überzahl Italiener, Sarden und Scharen von Schulkindern, die sich die Treppen hinauf und hinab stürzten und ununterbrochen redeten, in einer Lautstärke, die sogar den Maschinenlärm übertönte. Jeder zweite hatte ein Handy dabei und benutzte es auch ausgiebig.

Wir hatten das Auto im Bauch des Schiffes stehengelassen und kletterten an Deck, vorbei an vielen Schildern mit dem WC-Zeichen, die ich sehnsüchtig anschaute.

»Ich muß mal«, sagte ich und blieb vor einer mit einem feschen Weibchen gekennzeichneten Tür stehen.

»Später«, sagte Henri.

»Nein, jetzt«, beharrte ich. »Jetzt sind die Toiletten auch noch schön sauber!«

»Also gut. Aber versuch keine Tricks.«

Ich zeigte auf die Handschellen. »Willst du etwa mit reingehen?«

Widerstrebend zog Henri den Schlüssel aus seiner Hosentasche. »Wenn du nach zwei Minuten nicht wieder draußen bist, komme ich rein.«

»Drei Minuten, minimum«, verlangte ich. »Ich kann schließlich nicht abhauen, so tief unter der Wasserlinie sind sicher keine Fenster.«

Henri nahm mir die Handschellen ab, packte mich im Nakken und schob mich durch die Toilettentür.

»Ich gucke auf die Uhr«, sagte er.

In erster Linie mußte ich tatsächlich dringend aufs Klo, und während ich es erleichtert plätschern ließ, überlegte ich, wie ich diese Gelegenheit für eine Flucht nutzen könnte. Fenster gab es hier natürlich wirklich keine, ebensowenig einen Hinterausgang. Und vor der Tür stand Henri, an dem war kein Vorbeikommen. Jedenfalls nicht ohne Hilfe.

Es waren mindestens zehn Klos in einer Reihe, alle leer, aber vor den Waschbecken hätte eine Frau gestanden und sich die Lippen nachgezogen. Vielleicht sollte ich hinausgehen und ihr meine mißliche Lage auseinandersetzen. Sie könnte dann zum Kapitän gehen, und das Sicherheitspersonal der Fähre würde Henri festnehmen.

Die Sache hatte nur einen Haken: Wie sollte ich die Frau dazu bringen, meine Geschichte in weniger als einer Minute anzuhören und zu glauben?

Ich zog ab und trat neben sie ans Waschbecken. »Hören Sie, ich brauche Ihre Hilfe. Vor der Tür wartet ein Mann, der mich entführt hat und der von der Polizei gesucht wird. Bitte benachrichtigen Sie den Kapitän, damit er ihn verhaften kann.«

Die Frau sah mich irritiert aber nicht unfreundlich an und schraubte ihren Lippenstift zu.

»Non capisco niente« sagte sie.

O nein! Es war eine Italienerin, und ich wußte beim besten Willen nicht, wie ich meine Situation in ihrer Sprache beschreiben sollte.

Die Zeit lief.

Ich überprüfte hastig alle meine italienischen Sätze auf ihre Tauglichkeit. Haben Sie ein Zimmer für diese Nacht? Den Schlüssel bitte! Ich reise morgen ab. Danke, das ist genug. Ich bin satt. Ich bin Deutsche ... alles unbrauchbare Floskeln.

»Äh«, sagte ich wenig eloquent.

Die Frau hatte mich bis jetzt abwartend angesehen, aber nun ließ sie den Lippenstift in ihrer Handtasche verschwinden und wandte sich zum Gehen.

»Scusi?« rief ich hinter ihr her.

Sie drehte sich noch einmal um.

»Draußen, der Mann, das ist ein Verbrecher. Mafioso!« sagte ich eindringlich. Mafioso, das mußte sie doch verstehen!

Die Frau schüttelte den Kopf und drehte sich wieder um. Während sie den Raum verließ, murmelte sie etwas auf italienisch, das ich nicht verstand. Wahrscheinlich hielt sie mich für verrückt.

Ich kaputulierte.

Henri steckte seinen Kopf durch die Tür.

»Bist du endlich soweit?« fragte er.

Ich hielt ihm seufzend mein Handgelenk hin. Mit einem leisen Schnappen war ich wieder an ihn gefesselt.

»Ich hatte schon Angst, du wärst abgehauen«, sagte Henri und grinste. »Ich habe die Zeit nämlich genutzt, um ebenfalls aufs Klo zu gehen.«

Was?????

»Ich hasse dich«, sagte ich.

Die Sonne brannte, und ich war froh, daß Henri uns eine Bank im Schatten gesucht hatte, auf einem der Zwischendecks. Hier war kaum jemand, die meisten Menschen hielten sich in der Sonne auf oder in den zahlreichen Aufenthaltsräumen im Inneren, die im Nu eingequalmt waren. Das Schiff hatte, kurz nachdem wir an Deck waren, abgelegt, schon jetzt war die Küstenlinie nur noch verschwommen zu erkennen.

Aneinandergekettet hatten wir im Gedränge ein paar belegte Baguettes und ein paar Dosen Mineralwasser erstanden, und Henri hatte einen deutschsprachigen Reiseführer von Sardinien erworben. Natürlich hatte er auch die Baguettes und die Getränke bezahlt, abgesehen von meinem Ersatzhunderter hatte ich nämlich kaum Geld in meiner Tasche, schon gar keine Lire. Alle meine Lire waren in der Reisekasse, die Ute verwaltete. Niemand hatte es merkwürdig gefunden, daß wir mit Handschellen aneinander gekettet waren.

Jetzt saßen wir gesättigt und ziemlich schläfrig nebeneinander – wie sonst! – auf der eisernen Bank und schwiegen wieder einmal.

»Warst du wirklich auf dem Klo vorhin?« fragte ich schließlich und wischte mir die Krümel vom Kinn.

»Natürlich! Meinst du, ich mache mir deinetwegen in die Hosen?«

»Aber ich hätte abhauen können«, sagte ich.

»Ich weiß. Aber ich habe darauf gebaut, daß du glaubst, ich stehe vor der Tür.«

»Das habe ich auch«, sagte ich und hätte meinen Kopf am liebsten gegen einen Eisenpfeiler gedonnert. Meine Güte, war ich naiv!

»Na, siehst du.« Henri schlug den Reiseführer auf. »Bist du satt geworden?«

Ich nickte.

»Fein.« Henri begann zu lesen.

»Ich würde ja nur zu gern wissen, was Jens-Uwe und die anderen gerade machen«, sagte ich. »Meinst du, sie haben die Polizei verständigt?«

»Nein«, sagte Henri, ohne von seinem Buch aufzuschauen.

»Warum nicht? Stell dir vor, was sie für einen Schreck gekriegt haben müssen. Kommen vom Klo zurück, und ich bin nicht mehr da. *Natürlich* haben sie die Polizei verständigt.«

»Hm«, machte Henri undeutlich.

»Wahrscheinlich ist mein Bild morgen ganz groß in allen Zeitungen«, fuhr ich fort.

»Blödsinn«, sagte Henri. »Selbst wenn deine komischen Freunde zur Polizei gegangen sind – was meinst du, wie sich denen die Geschichte darstellt?«

»Sie werden ein Gewaltverbrechen vermuten und die Gegend nach einer Leiche absuchen!«

Henri grinste. »Ach was! Sie werden denken, daß du von deinem abartigen Freund und seinen Kumpanen die Schnauze voll hattest und abgehauen bist. Ganz einfach.«

»Niemals!« rief ich. »Ich wäre doch nicht ohne meine Zahnbürste abgehauen! Und ohne Theodor.«

Henri sagte nichts. Er las wieder in dem Reiseführer.

»Außerdem ist Jens-Uwe nicht abartig«, sagte ich.

»Nicht? Also, was ich von ihm gelesen habe, ist er mehr als das! Wann hat er zum letzten Mal etwas Nettes zu dir gesagt?«

»Na ja«, sagte ich. »Er sagt dauernd was Nettes. Also wird es heute morgen gewesen sein.«

»Und was war das?«

Ich überlegte. Dummerweise fielen mir nur negative Dinge ein, die Jens-Uwe geäußert hatte. In dem T-Shirt siehst du aus wie ein Junge, hatte er gesagt. Und daß ich keine Kritik vertrüge. Und daß ich breite Hüften hätte. Und daß ich nerven würde.

Ich überlegte weiter und kam zu dem Schluß, daß Jens-Uwe auch gestern nichts Nettes zu mir gesagt hatte. Überhaupt noch nichts Nettes, den ganzen Urlaub lang. Und davor? Da auch nicht. Es war einfach nicht Jens-Uwes Art, etwas Nettes zu sagen. Aber das mußte Henri ja nicht unbedingt wissen.

»Er hat gesagt, daß mir das T-Shirt gut steht«, log ich.

»Da hat er recht«, sagte Henri freundlich.

»Wirklich?« fragte ich überrascht. »Habe ich nicht zu wenig Busen darin?«

»Das ist Geschmackssache. Ich persönlich mag kleine Busen lieber als große.«

»Aber ich sehe aus wie ein Junge«, sagte ich.

Henri lachte. »Nein, wirklich nicht.«

»Verstehe. Wegen meiner breiten Hüften nicht«, sagte ich.

Henri klappte das Buch zu. »Was soll das werden, fishing for compliments? Du hast keine breiten Hüften. Die sind gerade richtig.«

»Aber dicke Oberschenkel habe ich«, sagte ich. »Und Knubbelknie. Sagt Jens-Uwe.«

Mein Gott, jetzt reicht's aber, sagte mein Kopf. Halt den Mund, Lilli!

»Jens-Uwe ist ein Idiot«, sagte Henri und schaute auf meine Beine. Viel konnte er davon in den Jeans nicht sehen. Es tat mir trotzdem gut, daß er Jens-Uwe für einen Idioten hielt.

»Er ist nur kritisch«, sagte ich.

Mund halten, schrie mein Kopf, aber mein Herz sagte: Rede es dir ruhig mal von der Seele, Süße.

»Ist er denn selber so ein Supermann?«

Ich schüttelte den Kopf. »Nee, er ist eigentlich ganz durchschnittlich. Aber er sagt, bei Männern ist das was anderes. Außerdem will er ja nur mein Bestes.«

»Indem er dir sagt, daß du Knubbelknie hast?«

»Genau. Damit ich nicht rumgehe und aller Welt meine häßlichen Beine zeige.«

»Und das tust du dann auch nicht«, sagte Henri.

»Manchmal schon«, gab ich zu. »Manchmal finde ich meine Beine gar nicht so schrecklich.« Er sollte nicht denken, daß ich alles tat, was Jens-Uwe wollte. »Ich schneide mir ja auch nicht die Haare ab, nur weil Jens-Uwe das will.«

»Da wärst du auch schön blöd«, sagte Henri und wandte sich wieder seinem Buch zu.

Ich hätte gerne noch weitergeredet, aber ich sah ein, daß es wirklich lächerlich war, ausgerechnet meinen Entführer als Kummerkasten zu mißbrauchen. Mittlerweile war die Küstenlinie im Mittagsdunst verschwunden, man sah nur das weite, blaue Mittelmeer, hörte das Stampfen der Maschinen und die Stimmen der Passagiere. Ein paar Möwen begleiteten das Schiff, und ihr Schreien erinnerte mich an zu Hause, an den Rhein. Eine Weile dachte ich noch an Jens-Uwe und an Theodor und machte mir Sorgen um das arme Tierchen, dann fielen mir die Augen zu, und ich versank in einen wirren Traumschlaf.

Als ich nur Minuten später wieder aufwachte, war mein Kopf an Henris Schulter gesunken, und da es bequem war und Henri keinerlei Anzeichen machte, mich wegzuschubsen, blieb ich, wo ich war, und hielt die Augen geschlossen.

Ach, ach, seufzte mein Herz. Was für ein schönes Gefühl, an einer so starken Schulter zu lehnen.

Jetzt reicht's aber, keifte mein Kopf. Wie oft soll ich es euch denn noch sagen: Dieser Mann ist ein gesuchter Verbrecher!

Deshalb fühlt er sich aber trotzdem gut an, seufzte mein Herz.

Und er riecht auch gut, setzte ich in Gedanken hinzu.

Du solltest dich wirklich schämen, sagte mein Kopf.

Aber ich *schlafe*, antwortete ich. Da ist man nicht für sein Tun verantwortlich.

Du schläfst nicht, du tust nur so als ob, sagte mein Kopf streng.

Laß sie doch, flüsterte mein Herz. Sie hat es wirklich nicht leicht im Augenblick.

Ach, ihr könnt mich mal, sagte mein Kopf, und dann dämmerte ich erneut weg und träumte wirres Zeug.

»Delphine!« sagte Henris Stimme dicht an meinem Ohr. »Da sind Delphine! Wach auf, Lilli, das muß du einfach sehen.«

Ich öffnete meine Augen und rieb meinen verspannten Nacken. »Wo sind Delphine?«

Henri zeigte aufs Wasser. »Da vorne, mindestens zwölf Stück. Ich hatte gerade in diesem Reiseführer gelesen, daß es hier durchaus Tümmlerherden gibt, als ich sie sah.«

Da war er nicht der einzige. Es schien, als würden sich alle Passagiere auf einmal auf unsere Schiffseite stürzen, um die Delphine zu sehen. Wir konnten gerade noch einen Platz an der Reling ergattern. Die Delphine taten uns den Gefallen und kamen noch näher an das Schiff heran. Die Leute schrien und kreischten hysterisch.

Ich kreischte auch. Ich hatte noch niemals Delphine in freier Wildbahn gesehen, und sie waren wirklich beeindruckend. Wenn sie aus dem Wasser sprangen, konnte man ihre freundlichen Gesichter mit den nach oben gebogenen Mundwinkeln sehen. Links und rechts klickten die Fotoapparate. Ich dachte an meine Kamera in der Handtasche, aber dann entschloß ich mich, das Ereignis nur durch meine eigenen Augen zu betrachten, nicht durch die Linse des Apparates.

»Am liebsten schwimmen sie in der Bugwelle«, sagte Henri. Ich fürchtete sofort, sie könnten dort vom Schiff zermahlen werden.

»Ach was, die sind so klug, denen passiert nichts«, sagte Henri.

»Sie sind so riesig, und trotzdem möchte am liebsten ins Wasser springen und mit ihnen schwimmen«, sagte ich. »Wie kommt das?«

»Delphine sind eben etwas Besonderes«, sagte Henri. »Es gibt so viele Geschichten von ihnen, in denen sie Menschen helfen, und unzählige Filme wie Flipper haben ihr übriges getan.«

»Ich glaube, das liegt daran, daß sie immer lächeln«, sagte ich.

Henri lachte.

Die Delphine hatten genug und drehten ab. Immer weiter weg sah man ihre glänzenden Rücken noch aus dem Wasser springen, dann waren sie verschwunden. Die Menschen verteilten sich wieder gleichmäßig auf dem Schiff, was gut war, denn ich hatte ernsthaft eine Schlagseite vermutet.

Henri und ich gingen zu unserer Bank zurück.

»Habe ich lange geschlafen?« erkundigte ich mich.

»Über zwei Stunden«, sagte Henri. »Und du hast im Traum gelächelt. Wie die Delphine.«

»Hm«, machte ich. »Leider weiß ich nicht mehr, was ich geträumt habe.«

Ich aber, sagte mein Kopf, und du solltest dich dafür schämen.

»Und was hast du gemacht?«

»Gelesen«, sagte Henri. »Und dich beobachtet, wie du schliefst.«

Ich lächelte unwillkürlich.

Ja, flirte du nur mit einem Gewaltverbrecher, giftete mein Kopf. Demnächst sagst du mir dann, daß du Handschellenspielchen stehst.

»Deine Wimpern sind so lang, daß sie Schatten werfen«, fuhr Henri fort. »Ganz seidig und schön gebogen.«

Weiter, rief mein Herz.

Was soll das? rief mein Kopf. Sag ihm, er soll die Klappe halten.

Aber ich dachte nicht daran.

»Wenn du schläfst, siehst du so harmlos aus. Unschuldig irgendwie«, sagte Henri.

»Aber ich *bin* harmlos«, rief ich.

»Wenn du nur nicht mit Rita unter einer Decke stecktest«, seufzte Henri. »Sie hat dich nur mißbraucht. Du wirst keinen Pfennig von ihr sehen.«

»Natürlich nicht«, rief ich. »Wieso sollte ich auch?«

»Sie hat überhaupt kein Geld, nur Schulden«, fuhr Henri fort. »Es sei denn, sie findet wieder einen Dummen mit Geld.«

Jean-Luc, dachte ich. Der hat eine Yacht.

»Wieso, *wieder?*« fragte ich. »*Du* hattest doch kein Geld. Du mußtest doch auch Schulden machen.«

»Also erstens sind wir seit fünf Jahren geschieden, und Rita hatte in der Zwischenzeit mehr als einen Lover, den sie ausgenommen hat, und zweitens mußte ich nur Schulden machen, weil ich am Anfang meiner Karriere stand und noch nicht so viel verdient habe, wie Rita ausgegeben hat.«

»Wieviel verdient man denn so in deiner Branche?« erkundigte ich mich.

»Das kommt drauf an«, sagte Henri vage. Natürlich, es machte sicher einen himmelhohen Unterschied, ob man nur Autos knackte oder einen Callgirl-Ring unterhielt oder als Geldeintreiber arbeitete. Ich hätte gern gewußt, auf was sich Henri spezialisiert hatte.

»Na ja, schlecht wird es nicht sein, wenn du dir so einen Sportwagen leisten kannst«, sagte ich.

»Nein, schlecht ist es nicht«, stimmte Henri zu. »Gerade als ich Rita keinen Unterhalt mehr zahlen mußte, weil der Richter einsah, daß sie durchaus selber für ihren Lebensunterhalt aufkommen konnte, starben meine Eltern, und Rita hat sich schwarz geärgert, weil sie nichts vom Erbe abbekommen hat. Hätte sie noch ein paar Monate länger durchgehalten, wäre sie eine reiche Frau gewesen. Das hat sie mir nie verziehen.«

»Waren deine Eltern denn so reich?« fragte ich.

»Ziemlich. Mein Vater hat seit Kriegende jeden Pfennig in Grundstücke gesteckt und damit ein Vermögen gemacht.«

»Und warum hattest du es dann nötig ...« Ich verstummte. Na ja, das kannte man ja. Söhne reicher Eltern, hoffnungslos verwöhnt, gerieten schneller auf die schiefe Bahn als manches Autoknackerkind. Ehe man sich's versah, überfielen sie auch schon eine Tankstelle.

»Warum ich's nötig hatte, Schulden zu machen?« fragte Henri. »Na, weil ich mir Rita schließlich selber eingebrockt hatte. Und weil ich da ganz allein wieder rauswollte. Bin ich ja auch.«

»Ja, aber *wie*!« sagte ich. »Gut, daß das deine Eltern nicht mehr erlebt haben.«

Henri sah mich irritiert an. »Was meinst du jetzt schon wieder?«

»Ich glaube nicht, daß deine Eltern deine kriminelle Karriere gutgeheißen hätten«, sagte ich streng.

Gut so, sagte mein Kopf.

»Kriminelle Karriere?« wiederholte Henri. »Ich helfe nur nach, wo das Gesetz versagt.«

»Haha«, sagte ich.

»Ich will meine Tochter wiederhaben«, sagte Henri. »Das ist kein Verbrechen.«

»Entführung etwa auch nicht?« fragte ich und zeigte mit dem Kopf auf die Handschellen zwischen uns. Auf der Tankstellengeschichte wollte ich nicht schon wieder herumreiten.

»Der Zweck heiligt manchmal die Mittel«, sagte Henri achselzuckend. »Du bist derzeit meine einzige Verbindung zu Sarah. Und wer von uns beiden der kriminellere ist, das wird sich noch herausstellen. Außerdem – bis jetzt kannst du dich wirklich nicht beklagen.«

Na ja, vielleicht nicht, wenn man mich mit anderen Entführungopfern verglich, die man in finsteren Verliesen festhielt und denen man nach ein paar Wochen die Ohren abschnitt!

»Du hast mich mit dem Messer bedroht«, sagte ich anklagend.

»Ja, stimmt.«

»Und du würdest es auch benutzen, wenn ich fliehen wollte, stimmt's?«

Henri antwortete nicht. Er sah mir nur in die Augen.

Wow, machte mein Herz. Dieser Blick geht einem bis in die Eingeweide.

Und meine Knie sind auch ganz weich, sagte ich.

»Du hast seltsame Augen«, sagte Henri leise. »So ... hungrig.«

Ha, das hast du davon, keifte mein Kopf. Der Kerl merkt, daß du dich ihm am liebsten an den Hals werfen willst.

Jaaa, rief mein Herz.

Schäm dich, rief mein Kopf.

»Was meinst du mit hungrig?« fragte ich beschämt. »Gucke ich ... *nymphoman*?«

Henri brach in lautes Gelächter aus. Er lachte, bis ihm die Tränen kamen.

Dabei hatte er wirklich eine wunde Stelle bei mir getroffen. Einmal, als ich Jens-Uwe verführen wollte, so mit Kerzenlicht, einem guten Essen, Rotwein und einem ziemlich tiefen Ausschnitt, hatte er gesagt, ich führte mich auf wie eine Nymphomanin. Und das, bevor er auch nur einen Blick auf die Unterwäsche geworfen hatte. Ich war *äußerst* beschämt gewesen. Nichts lag mir ferner, als wie ein sexgeiles Monster zu wirken. Ich hatte mir nur einen romantischen Abend gewünscht. Die sexy Unterwäsche hatte ich in der Mittagspause bei H&M gekauft, sie war aus Samt und Satin und dunkelrot. Ich habe sie noch am selben Abend in den hintersten Winkel meiner Wäscheschublade gestopft. Jens-Uwe hat sie nie zu Gesicht bekommen.

Henri hörte endlich auf zu lachen.

»Man kommt ja bei dir auf allerhand Gedanken«, sagte er. »Aber daß du nymphoman sein könntest, wäre mir nie in den Sinn gekommen.«

»Warum nicht? Ich kann manchmal ganz schön nymphoman sein«, sagte ich provozierend.

Schnauze, brüllte mein Kopf. Du machst dich hier mit jedem Wort lächerlicher.

Ich ignorierte meinen Kopf. »Ich ziehe dann rote Unterwäsche an und koche Jens-Uwes Lieblingsessen.«

»Oho«, machte Henri spöttisch.

»Außerdem lege ich eine Kuschelrock-CD ein und sorge für gedämpftes Licht.« Jetzt war schonungslose Ehrlichkeit angesagt.

»O ja, das klingt ausgesprochen nymphoman. Dein Jens-Uwe ist wirklich ein Glückspilz.«

Ich schüttelte den Kopf. »Das sieht er aber nicht so. Er findet es ekelhaft, wenn man als Frau mal die Initiative ergreift.«

»Indem sie sein Lieblingsessen kocht und eine Kerze anzündet«, sagte Henri und kicherte albern. »Verstehe. Das ist wirklich unerträglich für einen Mann.«

»Jedenfalls für Jens-Uwe. Er findet es *billig*«, sagte ich. Ja genau, das waren seine Worte gewesen: »Es ist billig und widerlich, wenn du dich so anbietest, Elisabeth«, hatte er gesagt. Ich erinnerte mich jetzt, daß ich die halbe Nacht im Badezimmer geheult und mich billig und widerlich gefühlt hatte.

»Der arme Jens-Uwe scheint ein Potenzproblem zu haben«, sagte Henri. »Vielleicht sollte er es mal mit einem Therapeuten versuchen.«

Ich überlegte, ob Jens-Uwe vielleicht wirklich ein Potenzproblem hatte. Nun, er wollte zwar nicht oft, aber wenn er wollte, dann hatte er keinerlei Probleme. Er mochte eben nur nicht so ein Getue um Sex. Wenn, dann fand »es« abends in unserem Bett statt, ohne große Vorankündigung. Kerzenlicht oder Musik hielt er für überflüssig, er machte es sowieso am liebsten im Dunkeln. Und lange dauerte es auch nie.

»Impotent ist er aber nicht«, sagte ich.

»Dann ist er eben einfach nur ein Idiot«, sagte Henri. »Ich meinte jedenfalls nicht, daß deine Augen nymphoman aussehen, sondern ... lebenshungrig. Neugierig. Und sehr schön.«

Oooh, seufzte mein Herz. Und deine erst!

Schau ihn nicht so verzückt an, sagte mein Kopf, er denkt sonst noch, er kann dich ...

Aber Henri ließ meinen Kopf nicht ausreden. Er beugte sich vor und küßte mich auf die Lippen.

Mein Kopf war im wahrsten Sinne des Wortes mundtot.

Mein Herz klopfte viel zu schnell.

Und ich nahm meine freie Hand, legte sie in Henris Nakken und preßte meine Lippen fester auf seine.

9. Kapitel

Hm«, räusperte sich Henri, als wir nach ungefähr dreißig Sekunden zu küssen aufhörten.

Ich faßte bestürzt an meine glühenden Wangen und wußte nicht, was ich sagen sollte. Ich wußte eigentlich überhaupt nichts mehr. Ich meine, es war nicht das erste Mal, daß ich geküßt worden war, beileibe nicht, aber es war das erste Mal, daß es mich so vollkommen durcheinander gebracht hatte. Ich hätte niemals gedacht, daß ein Kuß so erotisch sein kann – herrje, ganz ehrlich, es hätte nicht viel gefehlt, und ich hätte einen *Orgasmus* gehabt!

Henri schien ebenfalls verwirrt zu sein, wenn auch in einer

anderen Richtung. Er starrte an mir vorbei auf den Boden und machte ein Gesicht, als habe er puren Essig getrunken.

»Verdammte Scheiße«, sagte er schließlich.

Ich war wider Willen verletzt. Es war verrückt gewesen, vollkommen verrückt, alles, ja, nur nicht scheiße.

»Na ja, ich habe auch schon mal bessere Küsse bekommen«, sagte ich beleidigt.

Henri tat, als habe er mich nicht gehört. »Man muß sich schließlich klarmachen, in welcher Situation wir uns befinden«, sagte er. »Bis gestern kannte ich dich noch gar nicht, und außerdem steckst du bis über beide Ohren in dieser häßlichen Geschichte drin.«

»Ja, weil du mich da hineingezerrt hast«, sagte ich und rüttelte demonstrativ an den Handschellen.

»Jedenfalls hätte ich dich nicht küssen dürfen«, fuhr Henri unbeirrt fort. »Das *gehört* sich einfach nicht!«

Ich sagte nichts mehr, ich war immer noch peinlich berührt davon, daß der berühmte Funke offenbar nur einseitig übergesprungen war.

Tja, was hast du denn erwartet? fragte mein Kopf sarkastisch. Hättest du wegen einer Hormonschwemme das Lager gewechselt und fortan Bonnie und Clyde gespielt?

»Natürlich nicht«, sagte ich böse.

Aber das war ein Kuß, wie er nur einmal in einem Jahrhundert vorkommt, sagte mein Herz. Wenn es so kribbelt, dann ...

Dann was? rief mein Kopf.

Dann haben sich zwei Seelen gefunden. Für immer.

Daß ich nicht lache, sagte mein Kopf. Erstens hat dieser Kerl überhaupt keine Seele – ich sage nur Tankstelle und *Kassiererin* –, und zweitens hat es bei ihm offenbar kein bißchen gekribbelt.

»Genau«, sagte ich und sah Henri böse an.

»Ich bin froh, daß du das genauso siehst«, sagte er. Er dachte wohl, ich spräche mit ihm. Aber ich lauschte immer noch meinem inneren Dialog.

Woher willst du wissen, ob es ihm nicht doch genau so gegangen ist? fragte mein Herz. Nur weil er uns keinen Heiratsantrag gemacht hat?

Weil *ich* frei von Gefühlen und romantischen Vorstellungen urteilen kann, sagte mein Kopf hochnäsig. Und weil ich unter keinerlei hormonellem Einfluß stehe.

»Tut mir leid«, sagte Henri. Das setzte dem ganzen wirklich die Krone auf. Er entführte mich am hellichten Tag, fesselte mich mit Handschellen und fuhr mit mir durch halb Italien – aber wenn er mal was Nettes tat, dann tat es ihm gleich leid. Na wunderbar!

»Mir tut's auch leid«, sagte ich und meinte es auch so. »Es tut mir leid, daß dieses Wohnmobil jemals neben uns geparkt hat, es tut mir leid, daß ich mir Beverlys und Deannas Geschichte angehört habe, es tut mir leid, daß ich Sarah mit nach Pisa genommen habe, es tut mir leid, daß ich diesen blöden Brief geöffnet habe, es tut mir leid, daß ich die Adresse abgeschrieben habe, und vor allem tut es mir leid, daß ich dich jemals getroffen habe.« Je weiter ich sprach, desto lauter wurde ich.

Henri sagte nichts, er guckte nur erschrocken. Eigentlich war mir nach Heulen zumute, aber das hätte den Gipfel aller Peinlichkeiten bedeutet, und so schniefte ich nur einmal kurz auf und sagte: »Dürfte ich mir jetzt mal den Reiseführer angucken? Man möchte ja schließlich wissen, wohin man entführt wird.«

»Klar«, sagte Henri und legte mir das Buch auf den Schoß. »Ich bin sowieso damit fertig.«

Bis das Schiff in Olbia anlegte, sprach ich kaum ein Wort mehr mit Henri. Ich steckte meine Nase möglichst tief in den Reiseführer und tat, als würde ich lesen. In Wirklichkeit konnte ich mich kaum konzentrieren und sah mir mehr die Bilder an als den Text. Über den Fotos geriet ich ins Träumen. Sardinien schien wirklich wundervoll zu sein – wie schön wäre es doch, wenn ich zum Urlaubmachen hinführe und nicht, um einem Verbrecher zu helfen, sein eigenes Kind zu entführen.

Ich träumte, wie schön es wäre, wenn Henri kein Verbrecher, sondern ein ganz normaler Mann mit ganz normalem Beruf wäre, sagen wir, Filialleiter eines Supermarktes.

Und das wäre unsere wirkliche Geschichte: Ich lernte Henri kennen, als ich mit dem Einkaufwagen eine Pyramide aus Büchsenpfirsichen rammte, und es funkte sofort zwischen uns. Innerhalb weniger Tage verließ ich Jens-Uwe und zog mit Theodor und einem kleinen Teil meiner Besitztümer – den Rest konnte Jens-Uwe behalten – in Henris Zweizimmer Apartment. Wir waren so glücklich! Dies war unsere erste gemeinsame Reise. Wir hatten ein stilvolles 4-Sterne-Hotel in diesem romantischen Ort mit der alten Festung gebucht, den ich auf dem Foto vor mir sehen konnte. Castelsardo. Das Zimmer hatte natürlich eine phantastische Aussicht auf die blaue Bucht, und wir machten täglich Ausflüge mit dem Sportwagen, um die Insel zu erkunden. Unser erster Fotostopp galt diesem lustigen Felsen hier, den Wind und Wetter zum steinernen Standbild eines Elefanten geformt hatten. *L'Elefante*. Hier würde Henri mich küssen und mir sagen, wie schön meine Augen doch wären, und ich würde sagen, daß wir schleunigst weiterfahren sollten, in jene phantastische einsame Bucht auf Seite 22.

»Du starrst jetzt schon eine halbe Stunde auf die gleiche Seite«, sagte der echte Henri neben mir leise.

Sofort war ich wieder zurück in der Wirklichkeit, in der Henri leider kein Filialleiter, sondern ein Tankstellenräuber und Schlimmeres war.

»Was dagegen?« fauchte ich ihn an.

»Hör mal, Lilli, wenn ich dich gekränkt haben sollte ...« Henri versuchte, mir in die Augen zu sehen, aber ich sah betont zur Seite. »Es tut mir leid, wirklich.«

»Das hast du schon mal gesagt«, erwiderte ich böse. Warum machte er denn alles noch schlimmer, als es ohnehin schon war. Ich hatte ihn mit meinen blöden Fragen und dem albernen Gespräch über Nymphomanie geradezu dazu getrieben, mich zu küssen – und jetzt war es mir furchtbar peinlich, daß es ihm nicht gefallen hatte. Aber deshalb mußte er sich nicht gleich dafür entschuldigen!

»Wir sind gleich da«, sagte Henri. »Wir sollten vielleicht langsam mal zum Auto gehen.«

»Von mir aus.« Gleichgültig klappte ich das Buch mit den Bildern von Castelsardo und dem Elefantenfelsen zu. Erst jetzt sah ich, daß wir längst in Sichtweite der Insel waren, sogar schon so nah, daß man die Häuser an der Küste genau erkennen konnte. Das Schiff hatte seine Geschwindigkeit stark gedrosselt und stampfte nun dem Anlegedock entgegen.

Alle Passagiere schienen auf einmal abwärts zu den Autodecks zu strömen. Auf den Treppen und vor den Aufzügen herrschte ein fürchterliches Gedränge.

Als wir uns schon tief im Bauch des Schiffes befanden, drehte ich mich zu Henri um und sagte: »Ich muß aber noch mal.«

Henri seufzte. »Also gut.«

Das nächste Damenklo war mit einer Schulklasse vollgestopft, die sich vor den Spiegeln schminkte und jede der vier Zellen besetzt hielt. Zwanzig pubertierende Mädchen kreischten auf, als Henri prüfend seine Nase zur Tür hineinsteckte, und deshalb suchten wir eilig nach einem anderen Klo.

Hier unten gab es jede Menge Kabinen, weit unter der Wasseroberfläche, in denen man bei Nachtfahrten einigermaßen bequem schlafen konnte. Wir fanden die dazugehörigen Waschräume im allerhintersten Winkel des Schiffes, und dort war kein Mensch mehr.

»Beeil dich aber«, sagte Henri, als er die Handschellen abnahm. »Und diesmal warte ich vor der Tür, da kannst du dich drauf verlassen!«

»Ja, ja«, sagte ich, aber ich beeilte mich kein bißchen.

Als ich schließlich vor dem Waschbecken stand, meine

Hände wusch und mein Spiegelbild betrachtete, hatte ich eine Idee. Es war eine verrückte, eine verzweifelte Idee, aber es bestand der Hauch einer Chance, daß sie funktionierte.

Ich schaufelte mir jede Menge Wasser aufs Gesicht und den Nacken und legte mich leicht gekrümmt unter das Waschbekken auf den Fußboden. Letzteres kostete mich einiges an Überwindung, denn der Fußboden war alles andere als sauber. Aber egal, da mußte ich jetzt durch. Ich versuchte, möglichst flach zu atmen und hoffte, daß das Neonlicht und der Widerschein der schmuddeligen, weißgrauen Fliesen eine ungesunde Farbe in mein Gesicht zauberten.

Voller Ekel betrachtete ich die zerknüllten Taschentücher und Klopapierfetzelchen, die überall herumlagen und wartete ungeduldig. Der unangenehme Geruch, der mir in die Nase stieg, trug sicher zu einer ungesunden Gesichtsfarbe bei.

Es ist eben nichts so schlecht, daß es nicht irgendwann zu etwas gut wäre, dachte ich sarkastisch.

Glücklicherweise mußte ich nicht lange warten. Henri hatte offenbar die Geduld verloren und beschlossen, mich abzuholen. Ich kniff die Augen zusammen und stöhnte leise.

»Lilli? Können wir?« hörte ich seine Stimme, und dann einen erschrockenen Schrei: »Lilli! Was ist passiert?«

Ich öffnete – schön mühsam – meine Augen und flüsterte mit schwacher Stimme: »Ich weiß auch nicht. Meine Knie haben plötzlich nachgegeben. Dann brach mir der Schweiß aus, und alles wurde schwarz vor Augen. Und dann – ich weiß auch nicht, dann muß ich wohl gefallen sein.«

Henris Gesicht zeigte echte Besorgnis.

»Das ist sicher der Kreislauf.« Er strich mir das Wasser aus dem Gesicht. »Kalter Schweiß!« rief er alarmiert. »Komm, du mußt aus dem Siff hier raus.«

»Nein, bitte«, flüsterte ich und hielt seine Hand fest. »Ich kann nicht.« An seinem Handgelenk fühlte ich die Handschelle, »mein« Teil der Metallfessel baumelte daran herab.

»Du mußt aber hier raus«, sagte Henri eindringlich. »Es ist widerlich dreckig hier. Vielleicht brauchst du einen Arzt. Hast du so was schon öfter gehabt?«

»Nein«, flüsterte ich und tastete nach seiner anderen Hand. Er kniete direkt über mir, mit seiner Schulter am Waschbekkenrohr. »Noch nie.«

»Komm jetzt, versuch aufzustehen«, ermunterte er mich. »Ich helfe dir.«

Ich setzte mich vorsichtig auf, lehnte dann wie erschöpft meinen Kopf an seine Brust.

»Gut so«, sagte Henri und streichelte mir sanft das feuchte Haar aus dem Gesicht. Ich tastete wieder nach seiner anderen Hand und schielte zum Waschbeckenrohr hinüber.

Jetzt oder nie, schrie mein Kopf. Du mußt ihn überrumpeln. Du mußt schneller sein als der Schall.

Und das war ich.

Wie genau es mir gelang, Henris freie Hand in die Handschelle zu zwängen, und zwar so, daß das Waschbeckenrohr zwischen der Kette und seinem Körper plaziert wurde, ist mir heute noch ein Rätsel. Ich kann es mir nur so erklären, ihn tatsächlich so überrumpelt zu haben, daß er sekundenlang zu keiner Reaktion fähig war.

Erst als ich mit einem Triumphschrei aufsprang und ein paar Schritte Sicherheitsabstand hielt, wurde er hellwach.

»Was ...?« stotterte er und zerrte an den Fesseln. Vergebens. Das Rohr sah haltbar aus, schließlich mußte es die wildesten Schulklassen und deren verrückte Ideen aushalten.

»Da guckst du aber, was?« rief ich.

»Lilli«, sagte er, als er begriff, was ich getan hatte. »Du hinterhältiges Biest. Und ich dachte, du liegst mindestens im Sterben!«

»Was denkst denn du? Daß ich nur Grütze im Gehirn habe?« In dieser Stellung konnte er mir nicht mal mit den Beinen gefährlich werden, stellte ich fest. Ich kniete mich daher wieder hin und griff frech in seine Hosentaschen. An seinem

Schlüsselbund hingen neben dem Handschellenschlüssel auch die Autoschlüssel.

Ich nahm auch seine Brieftasche heraus.

»Keine Angst, ich leihe mir dein Auto nur«, sagte ich. Henri stieß mit seiner Stirn gegen das Waschbecken und sagte keinen Mucks mehr.

Ich nahm mir nur die Wagenpapiere aus der Brieftasche, das Geld und die anderen Papiere ließ ich drin. Schließlich wollte ich mir nicht nachsagen lassen, daß ich eine Diebin sei.

»Es kommt sicher bald jemand, der dich befreit«, sagte ich. »Nimm's nicht so schwer.«

»Hinterhältiges Biest«, sagte Henri nur erneut.

»Nicht hinterhältiger als du«, sagte ich und wusch mir zwei Waschbecken weiter noch einmal die Hände. »Mach's gut. Ich hoffe, wir sehen uns so schnell nicht wieder.«

»Das würde ich an deiner Stelle auch hoffen«, knurrte Henri und rüttelte so fest an dem Rohr, daß ich dachte, er schafft es doch, sich zu befreien.

Höchste Zeit abzuhauen, sagte mein Kopf.

Aber, begann mein Herz, aber ich nahm mir nicht die Zeit, auf die sentimentale Pumpe zu hören.

»Leb wohl«, sagte ich zu Henri und machte, daß ich wegkam.

Der Sportwagen war glücklicherweise so auffallend, daß ich ihn sofort wiederfand. Während ich darauf wartete, daß ich hinausfahren konnte – ich hatte alle Knöpfchen runtergedrückt und schaute mich ständig hektisch nach allen Seiten um, ob Henri nicht auftauchen und die Scheibe einschmeißen würde – sah ich mir die Autopapiere an.

Es handelte sich bei diesem schicken Cabriolet um eine Fiat Barchetta mit unverschämt viel PS, las ich, und der Besitzer war ein gewisser Henri Raab, wohnhaft in Köln, Mandelbaumpfad vierzehn.

Na, wenigstens ist der Wagen nicht gestohlen, dachte ich einigermaßen beruhigt.

Die Familienkutsche vor mir startete den Motor, und ich tat das gleiche. Nur Minuten später war ich draußen im Licht der Abendsonne.

»Sardinien, ich komme«, sagte ich laut und gab Gas. Das Adrenalin, das meine Damenkloaktion freigesetzt hatte, schwappte in mir herum wie Branntwein in einem Cognacschwenker.

10. Kapitel

Das Adrenalin wirkte wie eine gute Droge, besser als eine Kanne schwärzester Kaffee. Es sorgte dafür, daß ich die Nerven behielt und ganz gezielt vorging. Zuerst fuhr ich ein Stück vom Hafen weg, dann parkte ich an der Seite und studierte die Straßenkarte, die im Handschuhfach liegengeblieben war. Es gab mehrere Wege, die zur Nordküste führten, aber ich entschied mich für den längsten, am besten ausgebauten Weg über Santa Teresa und dann die Küste entlang bis Marina di Sorso.

Ich rechnete mir aus, daß Henri sich im schlimmsten Fall bald selber befreit und sich ein Mietauto besorgt haben würde, und ich ärgerte mich, daß ich ihm nicht doch seine Brieftasche weggenommen hatte. Ohne Geld, Kreditkarte und Führerschein würde er es viel schwerer haben, ein Mietauto zu bekommen. Na ja, dafür war es jetzt zu spät.

So oder so würde ich einen guten Vorsprung haben, zumal, weil ich aus dieser Kutsche mehr herausholen konnte, als er aus jedem Mietwagen, da war ich mir sicher. Und vollgetankt hatte Henri ja zuvorkommenderweise auch schon.

Ich merkte mir alle größeren Orte auf der Strecke und fuhr los.

Das Auto fuhr sich hervoragend. Kaum hatte ich die Stadt hinter mir gelassen, drückte ich so richtig das Gaspedal. Der

Fiat schnurrte wie eine Katze und fraß die Kilometer schneller als ich erhofft hatte. Man konnte sich tatsächlich daran gewöhnen, so richtig verschwenderisch Gas zu geben, auch wenn Jens-Uwe immer sagte, nur minderbemittelte Volltrottel mit Potenzproblemen hätten es nötig, schnell zu fahren. Potenzprobleme hatte ich jedenfalls nicht, das war mal klar.

Ich fuhr mich richtig ein. Obwohl die Luft schön lau war, verzichtete ich darauf, das Verdeck wieder herunterzufahren. Es reichte mir, etwas Fahrtwind durch das Fenster ins Gesicht gepustet zu bekommen.

Bis Santa Teresa war ich noch sehr konzentriert – schließlich hatte ich noch nie eine solche PS-Schleuder unter dem Hintern gehabt, und der sardische Verkehr war auch erst mal gewöhnungbedürftig – aber von dort fuhr ich schon bedeutend entspannter und konnte meinen Gedanken wieder freien Lauf lassen. Das Meer war jetzt beinahe ständig im Blickfeld zu meiner Linken, und ich sah auch die Sonne, die im Begriff war, unterzugehen.

Soweit, so gut, sagte mein Kopf. Aber was machst du, wenn du am Campingplatz bist?

»Dann sage ich Beverly und Deanna Bescheid, daß sie sich verkrümeln sollen, weil Henri im Anmarsch ist«, sagte ich laut. Hier war ja weit und breit kein Jens-Uwe, der mich wegen Selbstgesprächen für verrückt erklären konnte.

Ja, das ist klar, sagte mein Kopf. Aber dann?

Dann ... ja, dann sollte ich mich wohl schleunigst selber verkrümeln, oder?

Allerdings, sagte mein Kopf. Denn wenn Henri dich erwischt, wird er dich nicht leben lassen. Nicht, nachdem du ihn im Damenklo angekettet und sein Auto geklaut hast.

Vielleicht kann man mit ihm reden, meldete sich mein Herz ganz schüchtern. Ich meine, wir sind uns doch immerhin nähergekommen. Der Kuß ...

O ja, der Kuß, sagte mein Kopf streng. Gut, daß du mich daran erinnerst. Ich wollte deswegen sowieso noch ein Hühnchen mit dir rupfen. In so einer Situation ist es überaus gefährlich, auf sein Herz zu hören. Vor allem, wenn die Hormone so aufgescheucht durch den Körper flitzen.

Ich sage nur, dieser Kuß war etwas ganz Besonderes, sagte mein Herz.

»Ja, aber nur für mich«, sagte ich laut. »Ihm war's nur peinlich. Und deshalb habe ich ihn auch auf dem Damenklo angekettet und sein Auto geklaut.«

Nein, widersprach mein Kopf. Das hast du getan, um das kleine Mädchen zu retten, aus keinem anderen Grund.

Du mußt es ja wissen, sagte mein Herz.

Ich gähnte. Der Adrenalinschub ließ merklich nach, jetzt kam die Erschöpfung. Es war ohne Zweifel ein anstrengender Tag gewesen, der seltsamste, den ich in meinem ganzen Leben hinter mich gebracht hatte. Kein Wunder, daß ich jetzt müde war. Außerdem hatte ich in der vergangenen Nacht auch nicht gerade viel geschlafen.

Die Straße entfernte sich wieder vom Meer, ich fuhr durch Pinienwälder, dann durch karge, felsige Landschaft mit niedrigen Büschen, die in der Dämmerung völlig unbewohnt wirkte. Ich sah auf die Uhr im Armaturenbrett: Ich war jetzt gut anderthalb Stunden unterwegs, ich hatte gedacht, ich würde schneller vorankommen, zumal ich ein wirklich mörderisches Tempo vorgelegt hatte. Und ich war so müde!

Castelsardo 27 km stand auf dem Schild, das ich etwas später passierte. Gleich mußte dann irgendwann dieser Elefantenfelsen kommen, von dem ich im Reiseführer ein Foto gesehen hatte. Schade, daß es so schnell dunkel wurde.

Um wach zu bleiben, drückte ich auf die Musikanlage. Es ertönte die Titelmelodie von »Michel in der Suppenschüssel« von Astrid Lindgren. »Oje, o ja, das war ein Kind, so frech und wild und blond, kein Junge so wie Michel hat in Småland je gewohnt!« sang eine Frauenstimme voller Schwung.

Ich vergewisserte mich, daß ich nicht träumte, aber das war tatsächlich die CD, die in der Anlage steckte. Henri hatte, bevor er mich entführte, ganz offensichtlich ein Hörspiel für *Kinder* gehört! Dieser Mann steckte unbestritten voller Überraschungen. Na ja, immer noch besser als Heino oder so was.

Weil ich keine Lust hatte, an den Straßenrand zu fahren und nach einer andern CD zu suchen, hörte ich mir die Geschichte von »Michel in der Suppenschüssel« an. Sie war wider Erwarten lustig und spannend und hielt mich besser wach, als schwarzer Kaffee es gekonnt hätte. Ich war richtig traurig, als sie zu Ende war. Aber da hatte ich mein Ziel fast erreicht.

Hinter Castelsardo war die Straße wieder nahe ans Meer gebaut worden, und es dauerte nicht lange, da sah ich den Mond auf der Wasseroberfläche blinken.

Marina di Sorso war kein besonders großer Ort, er lag unmittelbar an der Straße, zum Campingplatz ging es links ab.

»Und jetzt, lieber Gott, mußt du nur noch machen, daß sie wirklich dort sind«, betete ich.

Es gab eine Schranke, die den Campingplatz nach außen hin abschirmte, aber diese Schranke war hochgeklappt, und niemand hinderte mich daran, einfach hindurchzufahren. Auch hier war um diese Jahreszeit offensichtlich noch kein Hochbetrieb, aber es war doch deutlich bevölkerter als auf Utes und Kais Geheimtip-Campingplatz, auf dem wir Beverly und Deanna zum ersten Mal gesehen hatten.

Ich hatte mir das Kennzeichen gemerkt, aber es war gar nicht nötig, jemanden zu fragen, ich fand das Wohnmobil an einem gut erleuchteten Platz unter einer Pinie. Auf dem Campingtisch stand eine leere Flasche Wein, und an einer Leine zwischen Baum und Wagen baumelten zwei knappe Bikinunterteile. String-Tangas, nannte man die Dinger wohl, ich hatte noch nie eins angehabt, stellte es mir aber auch nicht besonders bequem vor.

Zutiefst erleichtert parkte ich den Fiat. Im Wohnmobil brannte kein Licht, woraus ich schloß, daß Beverly, Sarah und Deanna bereits ihren Schönheitsschlaf hielten. Es war erst halb zehn, aber sie hatten vermutlich auch einen anstrengenden Tag hinter sich. Wer weiß, ob sie bei der Überfahrt vergangene Nacht überhaupt ein Auge zugetan hatten. Na, darauf konnte ich jetzt aber keine Rücksicht nehmen. Sie mußten weg von hier, und zwar sofort.

Ich stieg aus und klopfte an die Tür. Erst dabei fiel mir der kleine gelbe Zettel auf, der an der Scheibe klebte.

Mein Liebster! Sind das Warten leid. Kannst Du nicht einmal pünktlich sein? Gehen in die Disco einen abtanzen. Tausend Küsse, Deine heiße Rita. Aha, ihren »Decknamen« hatte Beverly also schon fallengelassen. Ich erkannte ihre Handschrift aber an den albernen Kringel auf den Is.

Der Brief war offensichtlich an Jean-Luc gerichtet. Die alte Trödeltasche hatte wohl noch nicht hierhergefunden. Na ja, der konnte ja schließlich auch nicht fliegen.

Aber daß Beverly und Deanna einfach tanzen gingen, wenn ich mit einer so dringenden Nachricht hier ankam, das ging über meinen Verstand! Typisch Bergheimer Miezen. Hatten nichts als Disco im Kopf.

Wo, zur Hölle, war denn diese verdammte Disco?

Die Tür des Wohnmobils öffnete sich, und eine etwas zerzauste Sarah sah mir entgegen.

»O hallo«, sagte ich und war beinahe erschrocken, wie ähnlich sie Henri sah.

»Was machst du denn hier?« fragte Sarah, sah aber dabei nicht besonders erstaunt aus.

»Ähm, ich habe euch gesucht«, antwortete ich. »Ich muß deiner Mutter ganz dringend was sagen.«

»Die ist aber nicht da«, sagte Sarah.

»Hm, ich weiß.« Verdammt, verdammt, verdammt. Wenn Henri einen Mietwagen aufgetrieben hatte, dann konnte er jeden Augenblick hier sein. Und dann war meine ganze Aktion umsonst.

»Weißt du was, Sarah? Ich suche deine Mutter, dann komme ich wieder. Kannst du das Wohnmobil von innen abschließen?«

Sarah nickte. »Ja, soll ich aber nicht. Weil die sonst nicht mehr reinkönnen.«

»Jetzt darfst du aber von innen abschließen«, sagte ich. »Und du darfst nur wieder aufmachen, wenn deine Mutter kommt oder ich, hast du verstanden?«

Sarah nickte wieder.

»Also gut, dann schließ jetzt ab, ja?«

Sarah schloß die Tür, und ich hörte, wie sie sie von innen verriegelte. Gut.

Ich spurtete zum Auto zurück und fuhr bis an den Eingang. In dem beleuchteten Gebäude neben der Schranke fragte ich den jungen Mann am Tresen, wo denn hier die Disco wäre.

Er zeigte vage auf das Städtchen.

»Disco«, sagte er. »Bum, bum.«

»Ja, aber wo?« fragte ich.

Er beehrte mich mit einem Schwall Italienisch und einer Menge ausladender Gesten, begleitet von einem freundlichen Lächeln. Ich hatte den Eindruck, er machte mir gerade ein unmoralisches Angebot, aber ich war mir nicht sicher.

»Schon gut«, sagte ich, um keinen Deut klüger, und ging zum Auto zurück. Die verdammte Disco würde ich auch ohne seine Hilfe finden.

Ich kurvte eine Weile ziellos durch den Ort, bis mir die Laserstrahlen auffielen, die von irgendwoher in den Himmel geschickt wurden.

»Da«, frohlockte ich. »Das ist genau wie in Bergheim!« Und tatsächlich führten mich die Laserstrahlen direkt zu einem Gebäude an der Uferpromenade, aus dem laute Musik erscholl.

»Na also«, sagte ich nicht ohne Stolz auf meinen Spürsinn, während ich den Wagen abstellte. Hoffentlich war das auch die einzige Disco, die um diese Jahreszeit geöffnet hatte.

Ich stiefelte zum Eingang.

»Guten Abend«, sagte ich zu der Dame hinter Glas, die zusammen mit einem Türsteher den Eingang bewachte.

Die Dame sagte etwas auf italienisch.

»Wie bitte?«

»Fünftausend Lire«, sagte die Dame auf deutsch.

»Was? Aber ich will überhaupt nicht tanzen, ich will nur sehen, ob ich eine Bekannte hier finde«, sagte ich.

»Fünftausend Lire«, wiederholte die Frau.

»Ich habe keine fünftausend Lire«, sagte ich. »Bitte, ich muß nur ganz kurz hinein, um jemanden zu suchen.«

»Fünftausend Lire«, wiederholte die Frau hartnäckig und sah träge hinüber zum Türsteher. Der machte einen Schritt auf mich zu.

»Hey, wo bleibt denn Ihre italienische Lässigkeit«, empörte ich mich. »Ich denke, hübschen Mädchen gegenüber sind Sie alle so großzügig. Und überhaupt, wieso kostet diese Disco was? Ich dachte, man verdient an den Getränken und nicht am Eintritt. Bitte, bitte, lassen Sie mich doch rein. Ich bleibe auch nicht lange!«

»Fünftausend Lire«, sagte die Frau. Allmählich erinnerte sie mich an eine gesprungene Schallplatte. Der Türsteher kam noch näher.

»Schon gut«, sagte ich sauer. Ich hatte definitiv keine fünftausend Lire und konnte es kaum fassen, daß meine Mission an etwas Kleingeld scheitern sollte.

Aber da war nichts zu machen. Unglücklich schlurfte ich zum Auto zurück.

Tja und nun? fragte mein Kopf. Henri kann jeden Augenblick hier sein. Vielleicht ist er es sogar schon!

Ich fuhr kamikazemäßig zurück zum Campingplatz. Glücklicherweise schien Henri dort noch nicht aufgetaucht zu sein. Und auch der Zettel für Jean-Luc hing noch da.

Ich klopfte erneut. »Sarah, ich bin's. Mach auf.«

Sarahs Kopf erschien sofort hinter der Scheibe. Ich hörte, wie sie an der Tür rüttelte.

»Das geht nicht auf«, sagte sie schließlich.

O nein, nicht auch das noch.

»Es *muß* aber aufgehen«, sagte ich mit einem hektischen Blick über meine Schulter. »Versuch es noch mal.«

Sarah versuchte es noch einmal. Aber die Tür klemmte offensichtlich. Scheiße, Scheiße, Scheiße!

Wie ich Beverly und Deanna einschätzte, tanzten sie noch, bis der Laden dichtmachte, und bis dahin konnte es zu spät sein. Henri würde diese Tür aufbrechen, wenn er kam, das traute ich ihm zu.

»Du *mußt* da rauskommen, Sarah«, sagte ich eindringlich, nachdem wir von beiden Seiten vergeblich versucht hatten, die verdammte Tür zu öffnen.

»Ich könnte durch das Fenster krabbeln«, schlug Sarah von drinnen vor. »Durch die Dachluke. Das habe ich schon mal gemacht.«

»Ja, tu das«, sagte ich und mußte mich wieder einmal über die Kreativität dieses Kindes wundern. Eine so einfache und doch geniale Lösung war mir gar nicht in den Sinn gekommen.

Sarah kletterte geschickt durch die Dachluke und rutschte auf dem Hintern bis zum Rand.

»Spring, ich fang dich auf«, sagte ich und hielt sie gleich darauf in den Armen. Sie trug T-Shirt, Shorts und Sandalen, als habe sie sich bereits für einen Aufbruch gerüstet.

»Und jetzt?« fragte sie, als ich sie auf dem Boden abgesetzt hatte.

»Jetzt müssen wir weg von hier«, sagte ich und versuchte meiner Stimme einen heiteren, lässigen Klang zu verleihen. »Wir machen einen Nachtausflug. In diesem todschicken Auto da.« Mit großartiger Geste zeigte ich auf den Fiat. »Wenn Madame bitte einsteigen würden!«

»Aber das ist ja Papas Auto«, sagte Sarah und blieb stocksteif stehen.

Ich war, gelinde gesagt, überrascht. Und irgendwie fühlte ich mich ertappt.

»Ähm, ja«, sagte ich.

»Hat er ihn dir geliehen?« fragte Sarah.

»Nicht direkt«, antwortete ich verlegen. »Komm, wir müssen uns beeilen.«

»Ich darf da aber nicht einsteigen«, sagte Sarah.

»Oh, doch, das geht schon klar. Deine Mutter würde es erlauben«, beteuerte ich.

»Nein, ich darf da nicht einsteigen«, wiederholte Sarah. »Papa hat gesagt, das Auto ist leider nichts für Kinder unter zwölf. Weil es keine Rücksitze hat.«

Herrgott, das sah diesem Mann ähnlich. Überfiel Tankstellen, aber ließ Kinder unter zwölf nicht vorne sitzen – was für eine Moral!

»Ich verstehe«, sagte ich. »Aber das hier ist eine Ausnahmesituation. Ausnahmsweise darfst du heute mal vorne sitzen.«

Über Sarahs müdes Gesicht ging ein Lächeln. »Wirklich?« Mit einem zufriedenen Gesichtsausdruck nahm sie auf dem Beifahrersitz Platz und schnallte sich an. Erleichtert wollte ich an der anderen Seite einsteigen, aber da fiel mir noch etwas ein. Ich mußte Beverly ja eine Nachricht hinterlassen! Aber in meiner verdammten Tasche fand sich kein Kugelschreiber, obwohl ich sonst immer mehrere dabei habe. Auch im Auto konnte ich keinen Stift auftreiben. Schließlich blieb mir nichts anderes übrig, als meine Nachricht in den Schmutz eines der Fenster vom Wohnmobil zu schreiben.

Habe Sarah in Sicherheit gebracht. H. ist auf dem Weg hierher und sehr böse. Lilli Moser.

Ja, das müßte genügen. Vorausgesetzt, die Barbiepuppen erinnerten sich noch an meinen Namen. Aber das konnte man ihnen durchaus zutrauen, schließlich war unser letztes Zusammentreffen nur einen Tag her.

Endlich startete ich den Motor.

»Papa sagt, das Auto ist eine typische Junggesellenschleuder«, erklärte Sarah. »Eigentlich braucht er sie nicht, sagt er, aber später würde ich mich mal freuen, wenn er mich damit von der Schule abholen würde.«

»Hm, hm«, machte ich abgelenkt. Ich hielt noch ein letztes Mal Ausschau nach Beverly und Deanna und nach einem Auto, das wie ein Mietwagen aussah und von einem stinksauren Henri gesteuert war. Ich sah nichts von alledem.

Kein einziges Auto begegnete mir auf der kurzen Strecke zurück zur Hauptstraße. Kein Wunder, denn es war mittlerweile halb ein Uhr morgens.

»Wohin fahren wir eigentlich?« erkundigte sich Sarah.

»Irgendwohin, wo uns niemand findet«, sagte ich. Und wo ich in Ruhe nachdenken kann, setzte ich in Gedanken hinzu.

Sarah war mit dieser Antwort offenbar zufrieden. Als ich die Hauptstraße erreicht hatte, überlegte ich, welche Richtung ich einschlagen sollte. Weiter Richtung Porto Torres oder zurück Richtung Santa Teresa? Die Wahrscheinlichkeit, daß Henri mir dort irgendwo entgegenkam, war ziemlich groß. Auf der anderen Seite würde er aber nicht damit rechnen, und es war dunkel und ein entgegenkommendes Fahrzeug nicht unbedingt leicht zu identifizieren.

Außerdem, dachte ich listig, soll man in solchen Situationen immer das machen, was der andere auf keinen Fall erwartete. Also entschied ich mich, zurückzufahren. Irgendwo auf halber Strecke würde ich mir ein Versteck suchen und ausschlafen müssen.

Aber erst mal weg von hier.

»Sag mal, woher kennst du eigentlich das Auto von deinem Papa?« fragte ich Sarah.

Sie antwortete nicht. Als ich zur Seite blickte, sah ich, daß sie tief eingeschlafen war.

»Schlaf du nur«, flüsterte ich neidisch.

Bei jedem Auto, das uns entgegenkam, fürchtete ich, Henri hinter dem Steuer sitzen zu sehen. Ängstlich beobachtete ich im Rückspiegel, ob der Fahrer eine Vollbremsung und dann einen New-Turn auf quietschenden Reifen vollführen würde, um uns zu verfolgen. Aber alle Wagen fuhren weiter.

Vielleicht sitzt er ja noch auf der Fähre fest, sagte mein Kopf hämisch.

Der Arme, flüsterte mein Herz müde.

Der Fiat fraß die Kilometer noch schneller als bei der Hinfahrt, aber ich wurde mit jedem Meter müder. Es fehlte nicht mehr viel, und die Augen wären mir zugefallen, fatal, zumal mit einem Kind im Auto. Nur der Fahrtwind, der durch das offene Fenster wehte, hielt mich noch aufrecht. Wir ließen Castelsardo links liegen – wieder spähte ich an der Abzweigung vergebens nach dem berühmten Elefantenfelsen – fuhren dann eine längere Strecke durchs Nichts, was mir auf der Hinfahrt gar nicht aufgefallen war. Das Meer mußte hier ziemlich weit von der Straße entfernt sein.

Sarah schlief tief und fest.

»Ich kann nicht mehr«, sagte ich zu mir selber. »Die nächste Straße, ob links oder rechts, fahre ich hinein und penne. Ganz gleich, was das kommt.«

Sehr vernünftig, sagte mein Kopf.

Mein Herz sagte nichts. Es schlief schon.

COSTA PARADISO 200 m, stand auf einem Schild, und ich verlangsamte meine Fahrt beträchtlich. Costa Paradies, ja, das klang gut. Es klang, als könne man sich dort in Ruhe ausschlafen.

Eine kleine unauffällige Straße zweigte links ab, und ich folgte ihr durch die rabenschwarze Nacht, links und rechts nichts als dunkle Büsche. Sogar der Mond hatte sich hinter einer großen Wolke versteckt. Es hätte mich nicht gewundert, wenn ein Werwolf vor den Scheinwerfern erschienen wäre.

»Trostlos«, flüsterte ich.

Hier wird uns wenigstens niemand finden, sagte mein Kopf und gähnte.

Nach einer guten Weile tauchte ein beleuchtetes Häuschen mit einer Schranke vor mir auf – und die Schranke war geschlossen.

»Das war's dann wohl«, stöhnte ich. Ein Werwolf wäre mir noch lieber gewesen als eine Schranke.

In dem Häuschen saß ein junger Mann in Uniform. Als ich nicht sofort den Rückwärtsgang fand, kam er an den Wagen.

»Scheiße«, sagte ich leise. Offenbar war ich an eine bewachte und eingezäunte Ferienanlage geraten. Hektisch suchte ich nach den elektrischen Fensterhebern – ich hatte keine Lust, mich mitten in der Nacht anschnauzen zu lassen. Aber der junge Mann war schneller. Er streckte seinen Kopf zum Fenster herein und – lächelte.

Ach, diese Italiener! Welcher uniformierte Deutsche hätte um diese Tageszeit gelächelt?

Ich schöpfte Hoffnung und stotterte: »*Buona sera*«, um ihn bei Laune zu halten.

Der junge Mann antwortete mit einem Schwall Italienisch, in dem die Worte *signorina* und *bambina* vorkamen.

Ich lächelte, so sehr ich konnte, und nickte dazu.

Der junge Mann tippte sich an die Mütze und ging zu seinem Häuschen zurück. Sekunden später öffnete sich die Schranke.

»Lieber Gott, ich danke dir«, sagte ich voller echter Dankbarkeit und legte den ersten Gang wieder ein.

Es ist erstaunlich, wie egal einem alles wird, wenn man wirklich müde ist. Mit allerletzter Kraft folgte ich der Straße, bog ein paarmal willkürlich ab, und sah schließlich das Meer wieder. Weit unten zwischen Felsen glitzerte die Wasseroberfläche im Licht des Mondes. Die Häuser, die hier oben standen hatten auch nachts einen paradiesischen Blick. Aber das war mir im Augenblick wirklich vollkommen gleichgültig.

Schlaf! schrie mein Kopf. Park das verdammte Auto und mach die Augen zu.

Ich parkte das verdammte Auto in der Einfahrt eines der paradiesischen Häuser, ohne Rücksicht darauf, was der Besitzer wohl davon halten mochte. Ich drehte den Schlüssel um und schlief ein, noch ehe ich die Handbremse angezogen hatte.

11. Kapitel

Jens-Uwe schnarchte. Nicht ganzjährig, aber immer von April bis Juli, wenn die Gräserpollen flogen. Und Birken. Und Erlen. Und Getreide. Er schnarchte gottserbärmlich. Röchelnd, grunzend, schnaufend – man konnte unmöglich neben ihm schlafen. Ich zog dann manchmal ins Wohnzimmer auf die Couch, nur um eine Mütze voll Schlaf zu bekommen, worüber Jens-Uwe sauer war. Nicht weil er mich so gerne neben sich im Bett hatte, sondern weil er meinen Auszug als stummen Vorwurf auffaßte.

»Du solltest *froh* sein, daß ich schnarche«, sagte er. »Denn wenn ich schnarche, heißt das, daß ich schlafe, und wie nötig ich den Schlaf gerade jetzt habe, weißt du ganz genau. Ich bekleide schließlich einen wichtigen Posten.«

Um ihn nicht unnötig zu kränken, zog ich daher auch nur ganz selten aufs Sofa, dann, wenn ich das Röcheln, Schnaufen und Grunzen einfach nicht mehr ertragen konnte.

Auch jetzt hatte mich ein Grunzen aus dem Schlaf gerissen, das mir sehr bekannt vorkam. Ich wollte mich schon seufzend auf die andere Seite legen, als ich merkte, wo ich war. Ich lag in einem geklauten Sportwagen neben einem geklauten Kind in einer fremden Einfahrt, und draußen dämmerte soeben ein neuer Tag herauf. Jens-Uwe war meilenweit entfernt. Lichtjahre! Und trotzdem grunzte es hier Jens-Uwe-mäßig. Merkwürdig.

Ich sah mich suchend nach der Ursache um.

Mein Nacken war höllisch verspannt, und hinter meinen Augen schmerzte es. Zuerst prüfte ich, ob mit Sarah alles in Ordnung war. Sie schlief immer noch, auf dem Sitz eingerollt wie ein Embryo. Es war aber kalt, weil ich das Fenster nicht hochgedreht hatte, und sicher fror sie. Leider hatte ich nichts, um sie zuzudecken. Außerdem fror ich selber wie ein Schneider.

Das Grunzen war immer noch deutlich zu hören. Und

dann sah ich auch, wo es herkam: Gleich neben der Einfahrt, in die ich mich geflüchtet hatte, machten sich fünf dunkle Schweine von beeindruckender Rückenhöhe an einer Mülltonne zu schaffen, in der sie in der Vergangenheit offenbar schon Eßbares vorgefunden hatten. Aber diesmal war die Mülltonne leer, wie man feststellen konnte, als sie umgekippt und der Deckel davongerollt war. Mißmutig trollten sich die Schweine zum Haus gegenüber. Aber auch dort wurden sie nicht fündig.

Die leeren Mülltonnen sind ein gutes Zeichen, sagte ich mir. Die Hausbesitzer waren offenbar nicht anwesend. Es war ja auch noch früh im Jahr.

Es wurde mit jeder Minute heller, und die Wildschweine – ich nahm an, daß es wilde Schweine waren, sie sahen so ursprünglich aus – verschwanden hintereinander im Niemandsland, das an die Einfahrt meines Hauses angrenzte. Ich wagte mich aus dem Wagen, zum ersten, weil ich meine eingeschlafenen Beine strecken mußte, zum zweiten, weil ich ein dringendes Bedürfnis verspürte.

Außerdem hatte ich Hunger wie ein Bär.

Ich hockte mich hinter einen Busch und hoffte sehr, daß die Wildschweine nicht zurückkehrten. Aber es waren offenbar scheue Tierchen, sie ließen mich in Ruhe tun, was getan werden mußte.

Als ich mich erleichtert wieder erhob, schob sich die Sonne über einen Felsen, und ich sah die Landschaft zum ersten Mal mit wachen Augen. Rosarote, bizarr geformte Felsen ragten aus der grünen, duftenden Macchia, die um diese Jahreszeit mit Tausenden von bunten Blüten überzogen war. Das Gelände fiel ziemlich steil zum Meer ab, das im Augenblick ruhig dalag wie ein Spiegel. Die Häuser hatten die gleiche Farbe wie die Felsen und duckten sich dezent zwischen die Pflanzen, so daß sie kaum störten.

»Mein« Haus hatte, soweit ich es beurteilen konnte, eines der schönsten Grundstücke erwischt. Bis auf den Nachbarn gleich gegenüber hatte es zu niemandem Sichtkontakt, und gleich neben der Einfahrt, dort, wo die Wildschweine verschwunden waren, begann die wilde Macchia, durch die ein schmaler Pfad führte, vermutlich bis hinab ans Meer.

Es duftete nach Rosmarin und Wacholder.

Ich wünschte, es wäre mein Haus gewesen. Dann hätte ich hierbleiben und in Ruhe überlegen können, wie es weitergehen sollte.

Als ich ins Auto schaute, sah ich, daß Sarah eine Gänsehaut hatte. Wahrscheinlich träumte es sich nicht besonders gut, wenn man fror, und es würde sicher noch eine Weile dauern, bis die Sonne warm genug schien, um uns zu wärmen.

Vielleicht hatte Henri ja eine Decke im Kofferraum. Hoffnungsvoll öffnete ich die Klappe. Nein, keine Decke, nur ein kleiner Koffer, vermutlich mit Henris Sachen. Daneben lag sein Kulturbeutel und eine Plastiktüte, in der sich offenbar schmutzige Wäsche befand. Ganz kurz meldete sich mein Gewissen, weil ich ihn nicht nur um sein Auto, sondern auch noch um sein Gepäck gebracht hatte, aber da keifte mein Kopf sofort hellwach los: Das ist nur recht und billig. Schließlich reist du ja seinetwegen auch ohne Zahnbürste.

Der Koffer war glücklicherweise nicht abgeschlossen, obwohl er über ein sechsstelliges Zahlenschloß verfügte. Direkt oben auf lag ein grüner Stoffhase. Ich nahm ihn verblüfft in die Hand. Hatte er nicht etwas über einen grünen Stoffhasen gesagt? Ich meinte, mich erinnern zu können, wie er ganz traurig erklärt hatte, daß Sarah ohne diesen Hasen nicht einschlafen könne. Es hatte sich angehört, als habe er Angst, daß Beverly Sarah ihr Schmusetier vorenthielte. Und dabei hatte er es selber in Gewahrsam gehabt!

Ich war empört.

Erst hat er den Hasen gekidnappt, und jetzt will er sich auch noch das Kind schnappen, sagte mein Kopf. Typisch.

Ich nahm den Stoffhasen und zwei ordentlich zusammengelegte Pullover aus dem Koffer und schloß ihn wieder.

Vorsichtig legte ich Sarah den einen Pullover um. Er war aus dicker Wolle, dunkelblau mit Zopfmuster, und so groß, daß er die kleine Sarah fast vollständig zudeckte. Den grünen Stoffhasen setzte ich vor sie auf den Schaltknüppel. Sarah rührte sich nicht. Sie atmete nur etwas entspannter.

Mir zog ich den anderen Pullover über, ein edles Teil aus weißer Baumwolle, und machte mich zu einem Rundgang um »mein« Haus auf. Es war viel größer, als es von der Straße aussah, weil es sich so geschickt in den Hang hineinduckte. Rund ums Haus führten überdachte ummauerte Terrassen, auf der Meerseite so breit, daß man wilde Parties dort feiern konnte. Nirgendwo lag etwas herum, das auf anwesende Besucher schließen ließ. Die Wäscheleinen, die zwischen den Mauern gespannt waren, waren leer, die Gartenmöbel waren zusammengeklappt und an die Wand geschoben, nirgendwo lag eine einzelne Sandale oder eine Flasche Sonnenmilch herum.

Je weiter ich ums Haus vordrang, desto weniger ängstlich wurde ich, daß sich die Schlagläden plötzlich öffnen und jemand einen Hund auf mich hetzen könnte. Vor fast allen Fenstern waren Schlagläden angebracht, zum Teil mit Schlössern versehen, nur die Panoramafenster, die aufs Meer hinauszeigten, waren nackt.

Ich preßte mein Gesicht an die Scheibe, um ins Hausinnere zu sehen und blickte in ein gemütliches Wohnzimmer mit Terracottafliesen, einer gemauerten Bank mit dicken Kissen und einem offenen Kamin. Wie gemütlich. Wäre es mein Haus gewesen, hätte ich hier sogar überwintert.

Auf einem kleinen Tischchen stand ein Telefon.

Ein Telefon!

Plötzlich taten sich ungeahnte Möglichkeiten auf. Schon seltsam, daß ich in den Stunden meiner Freiheit – und das waren jetzt immerhin fast zwölf – nicht ein einziges Mal daran gedacht hatte, zu telefonieren.

Wie denn, ohne Lire und ohne Telefonkarte, spottete mein Kopf. Und mit wem? Etwa mit der Polizei?

»Mit Jens-Uwe!« sagte ich. »Der muß doch wissen, was mit mir los ist.«

Der hat aber leider kein Handy, sagte mein Kopf.

Nein, aber er hatte vielleicht in der Zwischenzeit bei meiner Mama angerufen, und die würde vor Sorgen vergehen, soviel war klar. Ich mußte einfach an dieses Telefon kommen. Dafür brauchte man sicher weder Karte noch Lire.

Ja, aber es steht in einem verschlossenen Haus, erinnerte mich mein Kopf. Du willst sicher nicht das Fenster einschlagen, oder?

Nein, das wollte ich nicht. Aber ich wollte da hinein, koste es was es wolle. Probeweise rüttelte ich an den Läden und Griffen, aber alles war gut verriegelt.

»Scheiße«, sagte ich laut und dachte an meine arme Mama. Sie machte sich ohnehin schon immer zuviel Sorgen, aber wenn Jens-Uwe ihr gesagt hatte, daß ich, mitten in Italien, spurlos verschwunden sei, dann würde sie vor Angst umkommen. Arme Mami.

Ich machte mich auf einen weiteren Rundgang ums Haus auf. Wenn es mein Haus wäre, dann würde ich irgendwo einen Ersatzschlüssel deponieren, überlegte ich, für den Fall der Fälle. Nur wo? Ich tastete zuerst alle Simse ab – nichts. Dann drehte ich alle Steine um, die in Hausnähe lagen, schöne runde Findlinge, die ich unter anderen Umständen aufgesammelt und mit nach Hause genommen hätte. Aber auch hier außer Ameisen und Kellerasseln nichts.

Verzweifelt schaute ich in jeden Winkel, aber einen Schlüssel fand ich nicht. Schließlich zog ich, den Tränen nahe, einen der Stühle von der Wand, klappte ihn auseinander und ließ mich darauf nieder.

Es ist gut so, versuchte mich mein Kopf zu trösten. Schließlich bist du keine Einbrecherin, oder?

Nein, sagte ich kleinlaut und streckte meine Beine aus. Mein Schuh blieb an der Kante einer Bodenfliese hängen. Sie war etwas lose.

Vergiß es, sagte mein Kopf. Aber ich hörte nicht auf ihn.

Hoffnungsvoll beugte ich mich vor und schob meine Fingernägel darunter, um sie aufzuheben. Eine lose Bodenfliese – gab es ein wunderbareres Versteck für einen Schlüssel? Ich fand, nein.

Und siehe da, ich hatte Glück. Unter der Fliese lag ein kleiner, verheißungsvoll blinkender Schlüssel.

»Ja!« jauchzte ich. »Ja, ja, ja!«

Freu dich nicht zu früh. Das kann *irgendein* Schlüssel sein, unkte mein pessimistischer Kopf.

Ich rannte schon zur Haustür. Sie war aus schwerem Holz, das kleine Fensterchen mit einem verschnörkelten Eisengitter geschützt. Erwartungsfroh steckte ich den Schlüssel ins Schloß. Er paßte nicht.

Siehst du, sagte mein Kopf.

»Der Schlüssel liegt nicht umsonst in diesem Versteck, sagte ich, hartnäckig optimistisch. »Wenn er hier nicht paßt, dann paßt er woanders.«

Und so war es dann auch. Der Schlüssel paßte auf die nächste Tür, sowohl auf den Schlagladen als auch auf die Fliegentür.

Unvermittelt fand ich mich in einer weißgetünchten Küche wieder.

»Sehr geschmackvoll«, sagte ich aufgeräumt. Das war es wirklich. Eine typische südländische Küche, jedenfalls, so wie ich mir eine typische südländische Küche immer vorgestellt hatte. Die Arbeitsplatte war bunt gefliest, die Schränke waren aus dunklem Holz, die Zwischenräume gemauert und weiß verputzt.

Einbrecherin, sagte mein Kopf tadelnd.

Ich versuchte, ihn zu ignorieren und sah mich weiter um. Mein Blick fiel beinahe sofort auf eine Hakenleiste, an der sich eine wahre Flut von Schlüsseln tummelte. Auf kleinen Plastikschildern stand, wofür sie gedacht waren. GARAGE, SCHUPPEN 1, 2 UND 3, GAS, WASSER, HAUSTÜR, AUTO, BRIEFKA-

STEN – voilà, das Haus gehörte praktisch mir! Am liebsten hätte ich sofort alles erforscht, aber dann fiel mir Sarah wieder ein, und daß sie womöglich schon aufgewacht sein könnte.

Ich riß den Schlüssel mit der Aufschrift GARAGE vom Haken und rannte zurück zum Auto.

Sarah schlief immer noch, obwohl die Morgensonne bereits über einen Felsen stieg und ins Autofenster schien.

Die Garage war riesig, für mindestens zwei Autos gedacht. Sie grenzte direkt an die niedrigen Gebäude, die wohl Schuppen 1, 2 und 3 darstellen sollten, die ich aber bei meinem Rundgang für separate Gästehäuschen gehalten hatte.

In der Garage stand nur ein Wagen, ein ziemlich altersschwach wirkender Jeep, neben ihm war noch ein Stellplatz frei. Ich parkte Henris Auto dort. So würde niemand, der am Haus vorbeifuhr irgendeinen Verdacht schöpfen. Und wir konnten uns hier eine Weile aufhalten und in aller Ruhe unsere Angelegenheiten klären. Ich war genial, fand ich!

Sarah rieb sich die Augen.

»Du bist ja wach, mein Schatz«, sagte ich aufgeräumt.

»Hm«, machte Sarah, und dann setzte sie sich stocksteif auf. »Mein *Hase*!«

Sie drückte sich das grüne Tier an die Brust. Ich war gerührt.

»Hat mein Papa ihn dir gegeben?« fragte sie freudestrahlend.

»Ähm, ja«, log ich. Wieso die Freude trüben, indem ich erklärte, daß ich das Auto samt Hasen gestohlen hatte?

»Mein lieber Hase«, sagte Sarah und streichelte ihn zärtlich. »Ich habe dich solange nicht gesehen. Warst du sehr traurig? Ich war auch sehr traurig.«

»Komm, wir gehen ins Haus«, sagte ich ablenkend.

Sarah folgte mir, den Hasen fest an sich gedrückt.

»Das ist Papas Pullover«, stellte sie fest, während ich die Garage von außen abschloß.

»Ja.« Erstaunlich, das Kind erkannte selbst die Kleidung seines Vaters. »Mir war so kalt.«

Ich zog Sarah in die Küche und schloß die Fliegentür hinter ihr. »Und jetzt wollen wir doch mal sehen, ob wir nichts zu essen finden.«

Ach, und ich dachte, du wolltest nur telefonieren, sagte mein Kopf spöttisch.

»Ist das dein Haus?« wollte Sarah wissen.

»Nö, ich hab's mir nur geliehen«, sagte ich vage. Leihen war mittlerweile ein Euphemismus für Klauen geworden, der mir erstaunlich leicht über die Lippen ging.

Der Kühlschrank war natürlich außer Betrieb, abgetaut stand er da mit offener Tür, aber direkt an die Küche grenzte eine Art Kammer, deren Regale reich gefüllt waren. Dort gab es Konserven mit Würstchen, Obst und Gemüse, jede Menge Alete-Gläschen für Babys, Pakete mit Nudeln und Reis, Saftkartons, H-Milch, Marmelade, Olivenöl, Essig, Nutella, Wasserflaschen, Klopapierrollen, Puddingpulver, Mehl, Margarine, Erdnüsse, Kaffee, Tee, Knäckebrot und Kekse.

»Hast du Hunger?« fragte ich voller Vorfreude.

Sarah nickte.

»Ich auch«, beteuerte ich. »Auch wenn das hier nicht gerade ein klassisches Frühstück wird – ich verspreche dir, daß du satt wirst.«

Diebin, zischte mein Kopf, aber wenn man Hunger hat, hört man nur auf das Knurren in seinem Bauch. Außerdem würde ich diesen netten Menschen, denen das Haus gehörte, alles, alles wiedergeben, was ich ihnen nahm, das war doch klar.

Unser Frühstück war etwas eigenartig, aber köstlich. Sarah beschwerte sich mit keinem Wort, sie war zu sehr damit beschäftigt, Obstsalat aus Dosenfrüchten, Knäckebrot mit Margarine, Marmelade und Nutella zu futtern. Leider bekam ich den Gasherd nicht in Betrieb, um Milch oder Wasser warmzumachen. Ich hätte natürlich mit dem Schlüssel, auf dem »Gas« stand, versuchen können, die Sache in Gang zu bringen, aber das war mir doch zu heikel. Schließlich war mit Gas nicht zu scherzen, und nur wegen einer Tasse Kaffee oder einer warmen Dusche wollte ich nicht riskieren, das Haus in die Luft zu jagen.

Ich aß wild durcheinander, Knäckebrot, kalte Würstchen und ein Alete-Gläschen mit Apfel-Birnen-Kompott.

»Köstlich«, sagte ich zu Sarah und studierte die Etiketten der anderen Gläschen. Auf pürierte Möhrchen mit Rindfleisch war ich nicht so scharf, aber die Obstsachen hörten sich göttlich an. »Babys haben es gut«, sagte ich.

Sarah kicherte. Sie war überhaupt allerbester Stimmung, seit sie ihren Hasen wiederhatte. »Du bist komisch, du ißt Babygläschen.«

»Nur was in den Gläsern ist. Und das ist wirklich lecker«, verteidigte ich mich. »Probier mal.«

Aber Sarah wollte lieber noch ein Nutella-Knäcke essen. »Weißt du, wieviel Kalorien Nutella hat?« fragte sie mich vergnügt.

»Eine Million«, sagte ich. »Aber es schmeckt so gut, daß man vor lauter Freude alle Kalorien wieder abbaut.«

»Rita würde niemals Nutella kaufen«, erklärte Sarah.

Das war typisch für Rita, ebenso wie sich von der eigenen Tochter beim Vornamen nennen zu lassen. Wahrscheinlich war es ihr peinlich, die fünfundzwanzig schon hinter sich gelassen und sich zu so einer großen Tochter zu bekennen.

»Na ja, gesund ist es sicher nicht«, sagte ich. »Aber wenn man sonst genug Obst und Gemüse ist, dann darf man es essen, glaube ich.«

»Kriegt man aber einen fetten Hintern von«, sagte Sarah.

»Ja«, sagte ich und klopfte mir bekümmert mit dem Messer auf meine Jeans. Dann biß ich herzhaft in mein drittes Würstchen. Es schien mir Lichtjahre her zu sein, daß ich das letzte Mal etwas zu mir genommen hatte. Das war gestern mittag gewesen, die Baguettes mit Henri auf der Fähre. Na, die hatte ich schon nach zwei Stunden wieder verbrannt.

»Ich muß mal«, sagte Sarah.

»Wir suchen eine Toilette«, sagte ich und erhob mich. Hand in Hand machten wir uns zu einer Entdeckungstour durchs Haus auf. Die Küche mündete in das Wohnzimmer, das ich schon von außen gesehen hatte. Hier gab es außerdem einen großen Holztisch mit vielen Stühlen, ein Bücherregal, vollgeladen mit deutschsprachigen Ferienschmökern und einen Ohrensessel, der auch an verregneten Tagen zum Relaxen einlud. Von hier führten ein paar Stufen hinauf in den Schlaftrakt des Hauses. Es gab vier große Schlafzimmer, und jedes hatte sein eigenes Bad. Welch ein Luxus.

»Such dir eins aus«, sagte ich mit großzügiger Geste zu Sarah.

»Ich nehme das mit den Fischen auf den Kacheln«, entschied Sarah und verschwand hinter der Tür.

Ich betrachtete sinnend das dazugehörige Schlafzimmer. Die verputzten Wände waren türkisfarben gewischt und mit einem Fries aus Muscheln, Seesternen und Seeigelhüllen beklebt. Von der Decke hing ein zusammengeknotetes Moskitonetz, und selbst mit nackter Matratze sah das Bett so einladend aus, daß ich mich nur schwer bezähmen konnte, mich nicht daraufzuwerfen und meinen versäumten Schlaf nachzuholen.

Sarah kam aus dem Badezimmer. »Die Klospülung tut es nicht«, sagte sie verlegen.

»Das Wasser wird abgestellt sein«, überlegte ich und erinnerte mich an den Schlüssel, auf dem »Wasser« stand. Mit einem bißchen Spürsinn fand ich die Hauptwasserleitung hinter einem Türchen an der Wand von Schuppen 3. Es war ganz leicht, man mußte nur einen Hahn aufdrehen, schon funktionierte die Klospülung wieder. Auch eine Dusche war jetzt möglich, ich hatte dringend eine nötig. Ich durfte nur nicht vergessen, das Wasser hinterher wieder abzudrehen.

Sarah und ich erkundeten aber zunächst weiter das Haus. Es machte uns beiden Spaß, uns vorzustellen, wer hier wohl den Sommer über wohnen würde.

»Auf jeden Fall ein Baby«, sagte Sarah, als wir ein rosafarbenes Doppelschlafzimmer mit Kinderbett fanden. »Für das sind auch die Gläschen, die du aufgegessen hast.«

»Und das Spielzeug in der Kiste Wohnzimmer«, sagte ich. Wir hatten unsere Nasen schon überall hineingesteckt.

»Nein, das ist für die großen Kinder«, sagte Sarah. »Die, die in den Etagenbetten im weißen Zimmer schlafen. Babys können noch nicht puzzeln und Mensch-ärgere-dich-nicht spielen.«

»Aber du kannst«, schlug ich vor. Es war mittlerweile acht Uhr, und meine Mama würde wach sein. Ich schielte zum Telefon hinüber.

»Das Bauernhof-Puzzle würde ich gerne machen«, sagte Sarah. »Wenn ich darf.«

»Ja, sicher. Die Leute haben nichts dagegen«, sagte ich überzeugt. Nachdem ich ihre persönlichen Gegenstände angesehen hatte, war mir, als würde ich sie bereits Jahre kennen.

Schäm dich, sagte mein Kopf.

Sarah setzte sich mit dem Bauernhof-Puzzle an den großen Tisch und begann zu spielen.

Ich wandte mich dem Telefon zu. Hoffentlich war es nicht gesperrt oder so. Aber ich hatte Glück, es ertönte das Freizeichen, als ich mir den Hörer ans Ohr hielt.

Du brichst in ein Haus ein, ißt die Vorräte weg, benutzt die Toilette – und jetzt telefonierst du auch noch auf deren Kosten, sagte mein Kopf streng. *Schäm dich*.

»Ich schäme mich ja«, versicherte ich ihm. »Aber ich zahle alles zurück.«

Es gab allerdings noch eine weitere Möglichkeit. Auf dem Telefon klebte ein Aufkleber mit einer Telefonnummer, von der ich annahm, daß sie die eigene war. Italienische Vorwahl und dann noch acht Ziffern. Ich konnte meiner Mama sagen, daß sie mich zurückrufen sollte, dann würde es billiger werden. Jedenfalls für die Hausbesitzer, nicht für meine Mama.

Ich wählte ihre Nummer. Sie war nach dem zweiten Klingeln dran. Als ich ihre Stimme hörte, hätte ich beinahe geweint. Die Nerven! Kein Wunder, nach dem, was ich in den letzten vierundzwanzig Stunden erlebt hatte.

»Hallo, Mama, ich bin's«, sagte ich. Sarah sah verblüfft von ihrem Puzzle auf.

»Kind! Lillikind! Gott sei Dank!« rief meine Mutter. Jens-Uwe hatte sie offenbar schon angerufen.

»Mama, hör mal, du mußt mich zurückrufen. Hast du einen Zettel? Ja? Die Nummer ist null null drei zwei für Italien ...« Ich diktierte ihr alle Ziffern. »Hast du's?«

Mama wiederholte brav die Zahlen, dann legte ich auf.

»Meine Mama«, sagte ich zu Sarah. »Sie macht sich immer Sorgen.«

Sarah nickte nur und wandte sich wieder ihrem Bauernhof-Puzzle zu.

Das Telefon klingelte. Die Nummer hatte offenbar gestimmt.

»Mama?«

»Lillikind! Wo steckst du nur? Ist alles in Ordnung?«

»Alles bestens, Mama, mach dir keine Sorgen!« Ha, von wegen alles bestens! Aber so gern ich jemandem mein Herz ausgeschüttet hätte, ich konnte meine arme Mama doch nicht mit dieser Sache belasten. Außerdem, wie würde sie mir von Deutschland aus wohl helfen können?

»Wie soll ich mir keine Sorgen machen?« rief meine Mutter aus. »Gestern hat Jens-Uwe hier angerufen und gesagt, daß du verschwunden bist. Einfach, ohne jemandem Bescheid zu sagen. Er meinte, du bist abgehauen, um ihm eins auszuwischen, aber ich kenne dich doch. So etwas würdest du niemals tun.«

Nicht? Na ja, vermutlich nicht, jedenfalls nicht, ohne jemandem Bescheid zu sagen.

»Ich dachte, du bist entführt worden oder Schlimmeres!«

Wie scharfsinnig Mütter doch manchmal sein können. »Aber Mama, mir geht es wirklich gut«, beteuerte ich.

»War Jens-Uwe denn so schlimm?« fragte meine Mutter.

»Ja«, sagte ich, was ja auch der Wahrheit entsprach. »Aber deswegen bin ich nicht verschwunden. Es ist eine lange Geschichte, ich erzähle sie dir, wenn ich nach Hause komme.«

»Wann kommst du denn?«

»Ich weiß nicht. Ich habe hier noch einiges zu erledigen.«

»Und was ist mit Jens-Uwe? Habt ihr euch wieder vertragen?«

»Ich weiß gar nicht, wo er steckt. Ich habe ihn seit gestern morgen nicht mehr gesehen.«

»Er ist weitergefahren wie geplant. Ich soll dir sagen, daß sie die Reiseroute genau einhalten werden, damit du jederzeit wieder dazustoßen kannst. Das soll ich dir sagen, falls du anrufst. Er hat mir für jeden Tag genau durchgegeben, wo sie sind. Heute auf einem Campingplatz hinter Siena, Conno di irgendwas, warte, ich hol den Zettel.«

»Nein, Mama, warte, ich brauche das noch nicht. Wenn, dann rufe ich dich noch mal an«, sagte ich. »Erstmal muß ich hier noch einiges erledigen. Und sie haben nicht die Polizei verständigt?«

»Aber nein, Kind. Nur ich habe so hysterisch reagiert. Hast du denn genug Geld? Ich könnte dir welches postalisch überweisen, dann kannst du Jens-Uwe mit Bus und Zug hinterherreisen. Er sagt ja, du hast nicht mal deinen Kulturbeutel mitgenommen.«

»Das stimmt. Es mußte sehr schnell gehen.«

»Lillikind?«

»Mama?«

»Da steckt doch sicher ein anderer Mann dahinter?« Täuschte ich mich, oder klang die Stimme meiner Mutter hoffnungsfroh.

»Na ja, in gewisser Weise schon«, sagte ich und dachte an Henri und unseren Wahnsinnskuß auf der Fähre. Mein Herz fing sofort wieder wie wild an zu klopfen. Es hatte wohl bis jetzt noch tief und fest geschlafen. Die unangenehmen Sachen hatte es meinem Kopf überlassen.

»Lilli!« sagte meine Mama begeistert, nur um gleich darauf wieder einen besorgten Tonfall aufzusetzen. »Hoffentlich weiß er dich mehr zu schätzen als Jens-Uwe. Ich meine, nichts gegen Jens-Uwe, aber er hat dich nie wirklich glücklich gemacht.«

»Da gehören wohl immer zwei zu«, sagte ich.

»Das stimmt, Lillikind. Ich hoffe aber, dieser neue Mann ist ein anderer Typ.«

»Das ist er, Mama.« Ja, weiß Gott, mit Jens-Uwe hatte Henri nicht die geringste Ähnlichkeit. Aber trotzdem würde er wohl kaum einen passenden Schwiegersohn für meine Mama abgeben. Zumal nicht, wenn er nach dieser Geschichte im Gefängnis landen würde. Der Verbrecher.

Selber Verbrecher, sagte mein Kopf streng.

»Was ist mit dem Geld, Kind? Soll ich dir welches schikken?«

»Danke, Mama, das ist nett, aber ich habe ja meine EC-Karte für alle Fälle. Ich melde mich wieder, das verspreche ich.«

»Paß gut dich auf.«

»Du auch auf dich. Ich hab' dich lieb.«

»Ich dich auch, Lillikind. Ach – was soll ich denn Jens-Uwe sagen, wenn er wieder anruft?«

Gute Frage. »Sag ihm, er soll gut auf Theodor aufpassen. Und mit ihm spielen, wenn er die Maus anschleppt. Und daß ich bald komme. Ja, in ein oder zwei Tagen.« Bis dahin würde die Sache hier doch hoffentlich über die Bühne sein. Sarah wäre bei ihrer Mama und in Sicherheit auf dieser Yacht, und Henri im besten Fall in Polizeigewahrsam.

Träum weiter, sagte mein Kopf ironisch. Wenn hier einer in ein oder zwei Tagen in Polizeigewahrsam ist, dann bist du das.

»Ich sag's ihm«, versprach meine Mutter und legte auf.

So, sagte mein Kopf. Und jetzt?

Und jetzt?

Hier ist es doch herrlich, flüsterte mein Herz. Wieso bleiben wir nicht einfach noch ein bißchen?

Das fehlte noch, sagte mein Kopf.

Ich sah seufzend zu Sarah hinüber. Mein Kopf hatte recht. Die Zeit der Erholung war vorbei. Jetzt mußte ich handeln.

Nehmen wir uns mal die Fakten vor, sagte mein Kopf.

Fakt war, daß ich Sarah gestern nacht quasi entführt hatte, nur meine Schrift im Staub des Fensters hatte ich als Nachricht hinterlassen. Fakt war also auch, daß Beverly und Deanna sich sicherlich schreckliche Sorgen machten und vielleicht sogar glaubten, Henri habe Sarah erwischt. Daraus folgerte unweigerlich, daß ich zurück mußte, um ihnen Bescheid zu geben.

Fakt war aber auch, daß Henri dort irgendwo herumkurvte, stinkesauer und brandgefährlich. Er kannte Beverlys und Deannas Aufenthaltsort, und er hatte sie in der Zwischenzeit ganz sicher gefunden. Wer weiß, ob sie überhaupt noch lebten.

Jetzt übertreibst du aber, rief mein Herz.

Keineswegs, sagte mein Kopf. Denk nur an die Tankstelle und die arme Kassiererin.

Und ich wäre es schuld, dachte ich entsetzt. Ich hatte Henri schließlich auf die Spur gesetzt. Aber womöglich war ja in der Zwischenzeit dieser Freund namens Jean-Luc eingetroffen, um Beverly und Deanna zu beschützen.

Wie dem auch sei, ich mußte sie davon in Kenntnis setzen, daß Sarah in Sicherheit war. Nur wie?

Das Telefon! Ja, das war eine Möglichkeit. Ich war heute wirklich erfinderisch!

Fieberhaft sprang ich auf. Im Bücherregal fand ich ein Telefonbuch von Sardinien und einen Sprachführer für Italienisch. Perfekt. Mehr benötigte ich nicht.

Mühsam suchte ich mir folgenden Satz zusammen: »Bitte, ich möchte sprechen eine Dame mit Wohnmobil, Autokennzeichen BM-HK-drei eins eins.« Das klang zwar etwas holperig, müßte aber genügen. Sicherheitshalber konnte ich »der Dame« noch folgende Attribute hinzufügen: Blond, deutsch, große Brüste – ehrlich, das stand alles im Sprachführer und beschrieb Beverly bestens.

Die Übersetzung nahm einiges an Zeit in Anspruch, und ich spürte von Zeit zu Zeit Sarahs prüfende Seitenblicke auf mir. Sie sagte kein Wort, aber ich hatte das Gefühl, daß sie ziemlich genau mitbekam, was um sie herum vor sich ging.

Das Puzzle war schon ziemlich weit fortgeschritten, ich konnte bereits einen Schweinestall, ein Getreidesilo und Geranien auf der Fensterbank des Bauernhofes erkennen.

»Das machst du toll«, sagte ich, während ich das Telefonbuch nach dem Campingplatz in Marina di Sorso durchforstete. Es dauerte eine Weile, aber schließlich hatte ich ihn gefunden.

Ich wählte die Nummer und murmelte noch einmal den einstudierten Satz vor mich hin.

Am anderen Ende ertönte das Freizeichen. Dann piepte es seltsam, es folgte ein mechanisch erzeugtes Gurgeln. Ich hatte ein Faxgerät angewählt.

»Verdammt«, sagte ich. Ich war so nahe drangewesen. Leider war dies die einzige Nummer, die im Telefonbuch angegeben war. Und ein Faxgerät gab es selbst in diesem perfekt ausgerüsteten Haushalt nicht.

Es half alles nichts – ich würde hinfahren müssen.

12. Kapitel

Am meisten Sorgen machte ich mir um Sarah. Wenn ich sie mitnahm, bestand die Gefahr, daß Henri uns beide schnappte, und dann wäre alles umsonst gewesen. Wenn ich ohne sie fuhr, dann blieb das arme Kind stundenlang allein – und im Falle, daß mir etwas passierte, würde sie in diesem Haus ganz auf sich gestellt sein. Ich entschied, daß letzteres immer noch die sicherere Variante war. Ich würde einen Brief an die Hausbesitzer schreiben, nur für den Fall, daß sie ausgerechnet jetzt kamen und ein kleines Mädchen in ihrem Wohnzimmer vorfanden, und ich würde Sarah gewisse Verhaltensvorschriften eintrichtern, für den Fall, daß ich nicht innerhalb von, na sagen wir mal, zwölf Stunden wieder zurück wäre.

»Ich muß nachher noch mal weg«, sagte ich zu ihr. »Du müßtest dann eine längere Zeit allein bleiben.«

Sarah sah mich nur an. Ich hatte den Eindruck, daß sie es gewöhnt war, allein gelassen zu werden.

»Für den Fall, daß ich nicht wiederkomme, schreibe ich dir hier eine Nummer auf, die du anrufen mußt. Das ist die Nummer meiner Mama. Der sagst du dann, wo du bist, und sie schickt jemanden her, der dich abholt, in Ordnung?«

»Wo sind wir denn?« fragte Sarah.

»Ähm.« Dieses Kind war wirklich klüger als ich. »Das schreibe ich dir auch auf, Mäuschen. Ich schreibe die Adresse gleich unter die Telefonnummer.« Ja, das war wirklich das beste. Meine Mutter würde zwar völlig verwirrt sein, aber sie würde es schaffen, jemanden – die Polizei – zu dem Haus zu schikken und Sarah in Gewahrsam zu nehmen. Sie hatte sechs Volkshochschulkurse für Italienisch besucht und würde ihre Sache gut machen.

»Ich kann aber nicht lesen«, sagte Sarah.

»Was?«

»Ich bin noch nicht in der Schule.«

»Oh! Das hatte ich ganz vergessen.« Verdammt. Das arme Kind war wirklich zu klein, um es hier allein zu lassen. Vielleicht sollte ich sie doch mitnehmen und bei der nächsten Polizeistation abgeben. Ich könnte sagen, ich hätte sie am Strand gefunden, ganz allein. Da wäre sie in Sicherheit, solange ich unterwegs war. Aber falls mir etwas passieren würde, würde man sie möglicherweise in ein Heim stecken ... nein, das war auch keine gute Idee. Vielleicht waren Beverly und Deanna ja in der Zwischenzeit schon zur Polizei gegangen und hatten Sarahs Entführung gemeldet. Und wenn`ich dort jetzt mit dem Kind ankäme, würde man mich verhaften ...

»Was machen wir denn jetzt?« fragte Sarah. »Es ist so schönes Wetter. Gehen wir zum Strand?«

Ich seufzte. Ja, an den Strand gehen, sich im Sand ausstrecken, an nichts denken – das wär's jetzt. Ich sah auf die Uhr. Es war halb zehn, noch früh am Morgen. Vielleicht sollte ich nichts übereilen. Hier waren wir vorläufig so sicher wie in Abrahams Schoß. Und der Pfad, auf dem die Wildschweine verschwunden waren, führte sicher zu einer verschwiegenen kleinen Bucht ...

»Ja«, sagte ich. »Wir gehen an den Strand. Wir packen ein paar Sachen zusammen und picknicken.«

»Au ja«, freute sich Sarah. »Das Puzzle kann ich später fertig machen.«

Das ist nicht klug, sagte mein Kopf.

»Dann sag mir, was klug ist«, erwiderte ich aggressiv.

Darüber müßte ich erst nachdenken, sagte mein Kopf.

»Siehst du, und eben deshalb lasse ich dir Zeit dazu«, sagte ich.

»Mit wem sprichst du?« wollte Sarah wissen.

»Mit mir selber«, sagte ich. »Manchmal bin ich mit mir selber nicht ganz einer Meinung. Und dann muß man das ausdiskutieren.«

Sarah nickte. »Ich spreche manchmal mit meinem Hasen. Der ist auch nicht immer meiner Meinung.«.

Der Pfad führte tatsächlich in eine verschwiegene kleine Bucht. Aber vorher mußte man eine Wanderung Unternehmen, die nicht ohne war. Wir überquerten einen steilen Bachlauf und kletterten über steile Felsen – es war das reinste Abenteuer. Aber es machte Spaß. Und der Ausblick am Ende des Pfades belohnte uns für alle Mühen. Eine kleine, beinahe kreisrunde Bucht, zum Meer hin geschützt mit hohen Felsen, das Wasser glasklar, wartete auf uns. Es gab zwar keinen Sandstrand, aber die ausgewaschenen Felsen führten wie Terrassen bis ins Wasser. Man konnte die Handtücher darauf ausbreiten und sich gemütlich darauf ausstrecken.

Und das taten wir auch. Die Sonne tat meinen Nerven unendlich gut, und auch Sarah machte einen zufriedenen Eindruck. Das Wasser allerdings war saukalt, so kalt, daß wir quiekten wie die Ferkel, als wir eintauchten. Aber wenn man einmal ganz drin war, war es unübertroffen herrlich. Wir krabbelten erst wieder an Land, als wir schon ganz blaue Lippen hatten.

Im Haus hatten wir Badeanzüge gefunden, die uns paßten, aber wir zogen sie gar nicht an, weil es so herrlich einsam war, daß uns niemand sehen konnten. Splitterfasernackt hielten wir um die Mittagszeit ein Picknick bestehend aus Plätzchen, Saft und Knäckebrot ab, dann tobten wir noch eine Weile im Wasser herum und ließen uns von der Sonne trocknen.

»Ich muß nachher noch mal weg«, sagte ich zu Sarah. »Meinst du, du kannst über Nacht allein bleiben?«

Sarah nickte.

»Geht es um meinen Papa?« fragte sie.

»Ja.«

»Dann warte ich, bis du wiederkommst«, sagte Sarah.

»Egal, wie lange es dauert?«

»Egal«, sagte Sarah. Ich fing an, das Kind wirklich zu lieben.

Als ich in Marina di Sorso ankam, war es schon fast dunkel. Ich hatte Sarah ein üppiges Abendessen bereitet und sie ins Bett gebracht. Sie hatte sich das obere Etagenbett im Kinderzimmer ausgesucht, und ich hatte es mit blau-weiß-karierter Bettwäsche frisch überzogen. Als Gute-Nacht-Geschichte hatte ich ihr das Märchen von Brüderchen und Schwesterchen erzählt, aber sie war schon eingeschlafen, ehe ich zu der Stelle kam, an der der Geist des Schwesterchens in der Nacht erscheint und ruft: »Wo ist mein Kind? Wo ist mein Reh, nun komm ich noch zweimal und dann nimmermehr!« Meinen Gute-Nacht-Kuß hatte sie sicher gar nicht mehr mitbekommen.

Auf dem Eßtisch hatte ich Sachen für ein Frühstück zurechtgestellt und Sarah außerdem eingeschärft, nach dem Aufwachen so lange zu puzzeln, bis ich wieder da war.

Jetzt konnte man nur hoffen, daß das recht bald sein würde.

Aus einer Porzellandose im Bücherregal hatte ich mir ein paar Zehntausend-Lire-Scheine genommen – geliehen! –, um diesmal für alle Eventualitäten gerüstet zu sein. Auf halber Strecke hatte ich dann gleich getankt, weil ich keine Ahnung hatte, wieviel Liter in den Tank eines Fiat Barchetta paßten, und sparsam war ich ja nun auch nicht gefahren. Fast alle meine geklauten, oder besser geliehenen Lire waren dafür draufgegangen.

Von dem Rest hatte ich mir ein Mars gekauft. Meine Nerven hatten einfach nach Schokolade verlangt.

»Bitte, lieber Gott, mach, daß sie noch da sind«, hatte ich unterwegs immer wieder vor mich hin gebetet, »und mach, daß Henri sie nicht gefunden hat.« Wieder hatte ich »Michel in der Suppenschüssel« gehört, um meine Nerven zu beruhigen.

Aber der Stellplatz, auf dem das Wohnmobil gestanden hatte, war leer.

Tja, sagte mein Kopf. Ich hab' es ja gleich gesagt.

Verzweifelt stieg ich aus dem Wagen und suchte den ganzen Campingplatz ab.

Nichts! Niente! Das Wohnmobil war nicht mehr da.

Schließlich blieb mir nichts anderes übrig, als zur Rezeption zu gehen und nach einer Nachricht für mich zu fragen. Das Mädchen hinter dem Tresen sprach glücklicherweise besser deutsch als ich italienisch.

»Ein Nachricht? Für ein Lilli? Nein«, sagte sie.

»Und für einen Jean-Luc? Von den Frauen, die mit dem Wohnmobil hierwaren. Kennzeichen BM-HK-drei eins eins.«

»Sind du Jean-Luc?«

»Ja, ja«, rief ich.

»Du nicht Lilli?«

»Doch, auch«, sagte ich. Herrgott noch mal, ich mußte wissen, wo das Wohnmobil hingefahren war.

Das junge Mädchen runzelte die Stirn, ließ sich aber auf keine Diskussion mit mir ein, von wegen, man könne nicht Männlein und Weiblein zugleich sein. Sie durchsuchte noch einmal die Ablage hinter sich.

»Ein Nachricht für ein Doktor Stefan, ein für ein Luigi und ein für ein Familie Peet aus Holland«, sagte sie und zuckte bedauernd mit den Schultern. »Nix für Jean-Luc oder Lilli. Oder du auch Familie Peet aus Holland?«

»Nein.« Ich war völlig am Boden zerstört. »Vielleicht wissen Sie ja, wo das Wohnmobil hingefahren ist. Ich meine, vielleicht haben die beiden ja irgend etwas verraten?«

»Isch weiß nix, mein Kolleg hatte vielleischt Dienst«, sagte das Mädchen und lächelte dann den jungen Mann an, der neben mir an den Tresen getreten war. »Kann isch helfen?« fragte er mit samtiger Stimme.

»Das hoffe ich. Haben Sie denn eine Nachricht für mich?« Trotz all meiner Verzweiflung registrierte ich das warme, unglaublich erotische Timbre in seiner Stimme. Neugierig sah ich zur Seite, um zu prüfen, ob die Stimme zum Körper paßte. Und das tat sie. Dieser Mann war das schönste Exemplar dieser Gattung, das mir jemals über den Weg gelaufen war. Groß, breitschultrig, perfekt gebaut, kurzgeschnittenes dunkles, gelocktes Haar, braungebrannt und phantastische grüne Augen, die mich durch unverschämt lange Wimpern neugierig musterten.

»Ihr Name, *signore*?«

»Luigi Benetutti«, antwortete das Mannsbild.

»Luigi Benetutti? Italiano, si?« Das Mädchen lächelte und rasselte einen Haufen italienische Wörter herunter.

Der junge Mann bremste sie lächelnd aus. »Nein, nein, meine Großeltern kommen zwar aus Italien, aber ich spreche kaum ein Wort italienisch. Leider. Ich bin in Deutschland aufgewachsen.«

Das Mädchen überreichte ihm dennoch strahlend einen Briefumschlag. »Für Sie, Signor Luigi.«

Während er ihn öffnete und las, versuchte ich noch einmal mein Glück. »Ihr Kollege – könnte ich den vielleicht sprechen?«

»Kolleg nix da«, sagte das Mädchen.

»Hören Sie, Sie müssen sich doch an die beiden Frauen erinnern«, sagte ich am Ende meiner Geduld. »Sie waren blond und groß und sahen aus wie Barbiepuppen. Sie hatten ein kleines Mädchen dabei.«

Das Mädchen zuckte mit den Schultern. »Isch weiß nix«, sagte es wieder. »Isch erst heute abend hier.«

»Ach, verdammt«, sagte ich böse.

Der junge Mann, der zu schön für diese Welt war, faltete seine Nachricht zusammen und steckte sie in die Taschen seines Leinenjacketts.

»Probleme?« fragte er mich.

»Kann man wohl sagen«, seufzte ich.

»Vielleicht kann ich Ihnen ja helfen«, sagte der Schöne.

»Das glaube ich kaum«, antwortete ich frustriert. »Ich habe wieder mal alles vermasselt. Ich wollte mich hier mit Freunden treffen. Sie fahren ein Wohnmobil mit Bergheimer Kennzeichen und haben mir keine Nachricht hinterlassen.«

»Bergheimer Kennzeichen? Ich bin mir fast sicher, daß ich heute morgen eins gesehen habe«, sagte der Schöne. »Ein Wohnmobil auf der Straße nach Castelsardo. Ich weiß noch, daß ich dachte, sieh an, noch ein Bergheimer auf Sardinien.«

»Sie kommen auch aus Bergheim?« fragte ich, weit davon entfernt, Hoffnung zu schöpfen. Wenn er das Wohnmobil heute morgen auf der Straße nach Castelsardo gesehen hatte, konnte es inzwischen überall sein – sogar wieder auf dem Festland!

»Ja, und Sie, *bella*?«

»Aus Köln«, sagte ich abgelenkt. Es gibt Situationen, da kann einem der tollste Mann über den Weg laufen, und selbst die Hormone stellen sich tot.

Jetzt sitzt du ganz schön in der Scheiße, meldete sich mein Kopf wieder. Was willst du jetzt tun?

»Ich muß zurück zu Sarah«, antwortete ich laut.

Na gut, sagte mein Kopf gnädig, hier kannst du im Augenblick sowieso nichts mehr tun.

Der Schöne sah mich nachdenklich an. »Ich würde Ihnen wirklich gerne helfen. Ich kann es nur schwer ertragen, eine so schöne Frau ratlos zu sehen.«

»Danke«, sagte ich und wandte mich zum Gehen. »Aber es gibt wirklich nichts, was Sie für mich tun können.«

Der Schöne hob bedauernd die Schultern.

Jetzt sitzt du wirklich in der Tinte, sagte mein Kopf, und ich war geneigt, ihm recht zu geben. Beverly und Deanna waren verschwunden, und die Insel war zu groß, um sie ohne weiteres ausfindig zu machen. Und Sarah ... Ich würde sie wohl wirklich zur Polizei bringen müssen. Beverly und Deanna waren ja wohl hoffentlich so klug, sie dort als vermißt zu melden.

»Dachte ich's mir doch«, sagte eine Stimme, bei deren Klang es mir eiskalt den Rücken hinunterlief, mein Herz aber freudig zu klopfen begann. An den Fiat Barchetta gelehnt stand niemand anders als Henri und sah mir finster entgegen.

Ich korrigiere mich, sagte mein Kopf. *Jetzt* sitzt du wirklich in der Tinte.

Mein erster Impuls war wegzulaufen, aber Henri war schneller. Er packte mich an beiden Handgelenken und zog mich zum Auto. Dort preßte er mich gegen die Beifahrertür.

»Du kleines, tückisches Biest! Diesmal entkommst du mir nicht«, zischte er.

»Henri«, stotterte ich. »Seit wann bist du denn ...?«

»Seit heute morgen«, sagte Henri. »Und du sagst mir jetzt sofort, wo Rita und Sarah sind!«

»Wenn ich das nur wüßte«, seufzte ich. In meinem Inneren stritten sich wieder zwei Stimmen.

Tritt ihn in seine Weichteile, sagte mein Kopf. Sobald sich die Gelegenheit dazu ergibt.

Weißt du noch, wie wundervoll es war, als er dich geküßt hat? sagte mein Herz. Ach, ich wünschte, er würde es noch mal tun.

»Verdammt, Lilli«, rief Henri. »Nicht wieder das alte Ich-bin-ein-Unschuldslamm-Spiel! Diesmal bin ich vorgewarnt! Hinter dieser niedlichen Sommersprossenfassade verbirgt sich eine echte Messalina.«

»Aua, du tust mir weh!« Wer zur Hölle war Messalina?

»Ich tu dir gleich noch viel mehr weh, wenn du nicht auf der Stelle mit der Wahrheit rausrückst!«

»Die Wahrheit! Die Wahrheit«, schnaubte ich. »Die glaubst du mir ja doch nicht.«

»Ich Blödmann habe dir einmal deine ganze verdrehte Geschichte geglaubt. Um ein Haar hätte ich dir deine Unschuldsnummer abgenommen. Aber du bist ja noch schlimmer als Rita!«

»Weil ich es satt hatte, von dir an Handschellen durch die Gegend geführt zu werden?« rief ich wütend. »Und weil ich ein kleines Kind nicht in die Hände eines Verbrechers fallen lassen wollte? Was blieb mir denn anderes übrig? Ich mußte dich überlisten, um vor dir hier zu sein.«

»Aber sicher doch. Alles zum Wohle meines Kindes!« Henri zerquetschte meine Handgelenke beinahe zu Mus. »Wo ist Sarah denn, verdammt noch mal! Ich habe Rita nur knapp verpaßt, hat mir der leicht beschränkte Mann von der Rezeption gesagt. Er konnte sich noch gut an ihre Airbags erinnern. Aber er hat auch gesagt, daß das Kind nicht mehr dabei war. Rita und Gaby haben es überall gesucht, sagt er, aber dann sind sie einfach losgefahren, ohne die Polizei zu verständigen. Dem beschränkten Mann haben sie gesagt, Sarah sei sicher von Freunden abgeholt worden. Stell dir vor, das kam selbst diesem Deppen merkwürdig vor. Und da habe ich zwei und zwei zusammengezählt und bin zu folgendem Schluß gekommen.« Er machte eine dramatische Pause.

»Da bin ich aber mal gespannt«, sagte ich, ziemlich frech für jemanden in meiner Situation.

Henri erlaubte sich ein selbstgefälliges Grinsen. »Sieh mal: Wenn ich Sarah nicht hatte und Rita auch nicht, und wenn sie auch ganz offensichtlich nicht wußte, wo sie war, dann blieb eigentlich nur noch eine Person, die sie haben konnte: Du!«

»Ich?«

»Ja, dieselbe Person, der ich zwei Stunden an ein Waschbecken im Damenklo gefesselt zu verdanken habe und ein überaus peinliches Verhör durch die Schiffsoffiziere.«

»Was hast du denen denn erzählt?« fragte ich neugierig.

»Was wohl, irgendeine haarsträubende Geschichte von einer verrückten Freundin, die sich an mir rächen wollte ...« Henri räusperte sich. »Ich denke nicht, daß sie mir geglaubt haben.«

»Die Wahrheit ist eben manchmal schwer zu glauben«, sagte ich, und meine Lippen begannen zu zittern.

»Egal. Wie dem auch sei, ich habe also gefolgert, daß diese Person, dieselbe Person, die mein Auto gestohlen und samt Inhalt davon gefahren ist, daß eben diese Person beschlossen hat, das große Geld nicht Rita und ihren Kumpanen zu überlassen, sondern es selber einzuheimsen. Also ist sie losgezogen und hat Sarah kurzerhand noch einmal entführt.«

»Nenn mich nicht immer diese Person!« fauchte ich. »Außerdem sind deine Schlußfolgerungen lächerlich. Beverly und Deanna waren nicht da, und weil ich nicht wissen konnte, ob du nicht ganz schnell befreit würdest, habe ich Sarah mitgenommen, um sie vor dir in Sicherheit zu bringen. So einfach ist das.«

»Aber sicher doch! Du hast nur vergessen, Rita Bescheid zu sagen, stimmt's?«

»Nicht vergessen. Ich hatte keine Zeit dazu. Aber ich bin ja jetzt wiedergekommen, um es ihr zu sagen.«

»Und wo ist Sarah?«

»In Sicherheit«, sagte ich kläglich.

»Wer ist bei ihr? Hast du einen Komplizen?«

»Einen Komplizen? Das wird ja immer lächerlicher.« Ich wurde wieder wütend, was gut war, denn sonst hätte ich losgeheult.

»Paß auf, Lilli, ich habe nicht den ganzen Tag umsonst hier gewartet, ich habe die Nase bis oben hin voll. Du fährst jetzt mit mir an einen ruhigen Ort ...«

»... wo du mich dann mit dem Messer bearbeiten wirst«, ergänzte ich für ihn.

»Wo wir in Ruhe verhandeln können. Du hast Sarah, und ich habe das Geld. Du sagst mir, wieviel du willst, wir holen es, und dann tauschen wir Geld gegen Kind – einverstanden?«

»Bist du jetzt vollkommen blöde geworden?« rief ich aus. »Ich habe dir doch gesagt, ich bin nicht käuflich.«

»Jetzt habe ich aber genug«, sagte Henri und preßte mich noch fester an den Wagen. Dabei schien er ganz zu vergessen, was er hatte sagen wollen.

Wie nahe er dir ist, flüsterte mein Herz aufgeregt. Man kann ja beinahe jedes Körperteil fühlen.

In die Weichteile, sagte mein Kopf, in die Weichteile.

An dem gibt es keine weichen Teile, flüsterte mein Herz und kicherte frivol.

»Das ist ja mein Pullover!« stellte Henri in diesem Augenblick fest.

Ich beugte mich vor und biß ihn so fest ich konnte in den Unterarm. Es schmeckte nach Blut. Ich löste meine Kiefer erst wieder, als Henri mich an den Haaren nach hinten zog.

»Du blutrünstiges Biest«, keuchte er und hielt mich weiter an den Haaren gepackt.

»Du tust mir weh«, rief ich.

»Das ist mir egal.« Henri zog mich auf die Fahrerseite seines Autos. »Wo ist der Schlüssel?«

Ich gab keine Antwort. Soeben hatte ich einen Silberstreif am Horizont erblickt: Aus dieser neuen Position konnte ich nämlich erkennen, daß der schöne Mann von vorhin an einen dunkelblauen Jaguar etwa zehn Meter entfernt gelehnt war und unseren Streit offensichtlich mit Neugier verfolgte. Wahrscheinlich hielt er uns nur für ein durchgeknalltes Liebespärchen, aber es war eine Chance. Ich versuchte, ihm eine telepathische Botschaft zu schicken.

Henri griff mir mit seiner freien Hand – aus meiner Bißwunde an seinem Arm tropfte Blut, wie ich nicht ohne Triumph registrierte – in die Hosentasche, exakt dorthin, wo der Schlüssel lag.

»Na also«, sagte er.

»Hilfe, ich werde entführt«, schrie ich zu dem Schönen hinüber. »Hilfe! Helfen Sie mir! Dieser Mann will mich entführen!«

»Ach, halt den Mund, Lilli!« Grimmig öffnete Henri die Tür. Zu dem Mann sagte er: »Das ist meine Frau, die macht jedes Mal ein Heidentheater, wenn wir abreisen müssen.«

Der Schöne machte ein verlegenes Gesicht.

»Glauben Sie ihm kein Wort«, schrie ich. »Ich habe den Kerl noch niemals gesehen. Bitte, helfen Sie mir!«

»Rutsch rüber«, befahl Henri und stieß mich, seine Hand immer noch in meinen Haaren verkrallt, auf den Sitz. Ich rutschte hinüber auf den Beifahrersitz und schaute erwartungsvoll aus dem Fenster, ob der Schönling endlich zur Tat schritt und mich befreite. So wie der aussah, betrieb er irgendeine Art von effektivem Kampfsport. Er würde Henri zu Staub zermahlen ...

Aber der Schönling hatte offenbar beschlossen, sich nicht einzumischen. Er war soeben im Begriff, in seinen dunkelblauen Jaguar zu steigen.

»Feigling«, rief ich bodenlos enttäuscht. Wahrscheinlich war der Kerl ein Model und hatte keine Lust, eine gebrochene Nase zu riskieren.

Henri startete den Wagen mit seiner linken Hand, um nicht meine Haare loslassen zu müssen. »Viel kannst du nicht gefahren sein. Der Tank ist ja noch fast voll.«

»Ich habe vielleicht getankt, du Vollidiot«, brüllte ich. »Und jetzt laß endlich meine Haare los, ich habe jetzt schon das Gefühl, daß du mir die Hälfte ausgerissen hast.«

»Wären die Handschellen nicht dem Bolzenschneider zum Opfer gefallen, könnte ich dich loslassen«, sagte Henri, legte – ebenfalls mit links – den ersten Gang ein und fuhr los. Auf die gleiche Weise schaltete er in den zweiten und dritten Gang. »Aber die Handschellen hast du auf dem Gewissen. Wenn du eines hättest, natürlich nur.«

»Ich hasse dich«, schrie ich. Im Rückspiegel sah ich, daß der blaue Jaguar ebenfalls losgefahren war. Erneut keimte Hoffnung in mir auf. Sollte der schöne Unbekannte vielleicht doch kein Feigling sein und uns folgen? Henri durfte es auf keinen Fall bemerken. Wieder einmal legte er ein beachtliches Tempo vor. Als er in den vierten Gang geschaltet hatte, ließ er meine Haare los.

»Keine Tricks«, warnte er mich. Ich untersuchte meine malträtierte Kopfhaut und schwieg.

Es war mittlerweile stockdunkel geworden, aber ich sah immer noch die Lichter des Jaguars weiter hinter uns. Hoffentlich bemerkte Henri ihn nicht. Er bog auf die Schnellstraße ab und hielt Kurs auf Castelsardo. Ich mußte an meinen schönen Traum auf der Fähre denken. Ich und Henri und das schöne alte Hotel mit Meerblick ...

Reiß dich zusammen, keifte mein Kopf.

Ich riß mich zusammen und sah unauffällig in den Rückspiegel. Der Jaguar folgte uns. Soweit, so gut.

»Also, wieviel willst du?« fragte Henri unvermittelt.

»Wieviel was?«

»Geld! Was sonst.«

»Wieviel würdest du denn bieten?« fragte ich der Neugier halber.

»Wärst du mit fünfzigtausend zufrieden? Ich denke, es wäre mir möglich, das Geld noch heute nacht aufzutreiben.«

»Wie denn?« fragte ich skeptisch. »Kein Geldautomat rückt soviel Kröten raus. Und die Banken haben geschlossen.«

»Ich könnte mehrere Geldautomaten abklappern«, sagte Henri. »Du hast mein Wort – du bekommst das Geld.«

»Dein Wort, haha!«

»Ich habe noch nie mein Wort gebrochen«, sagte Henri. »Im Gegensatz zu dir.«

»Welches Wort soll ich denn gebrochen haben?« höhnte ich. »Falls du damit auf die Geschichte auf der Fähre anspielst – Versprechen, die man in Handschellen und unter Drohungen abgibt, sind nicht bindend!«

»Du hast mich Stückchen für Stückchen eingewickelt«, sagte Henri. »Erst mit deinem unschuldigen Geschwätz, dann mit deinen großen Kulleraugen, und schließlich mit diesem Kuß!«

»Wie bitte?« explodierte ich. »Du hast mich zuerst geküßt, vergessen?«

»Aber nur, weil du mich dazu gebracht hast!«

»Da möchte ich aber mal zu gern wissen, wie ich das gemacht habe«, rief ich, und die ganze Peinlichkeit dieser Situation trat mir wieder vor Augen. »So sehr kann ich dich gar nicht eingewickelt haben, denn du hattest hinterher ja sogar die Frechheit, dich dafür zu entschuldigen! Das muß man sich mal vorstellen! Sagst, Jens-Uwe ist ein Idiot, weil er meine Vorzüge nicht zu würdigen weiß, und dann entschuldigst du dich dafür, daß dir mein Kuß nicht gefallen hat! Das war ja wohl das hinterletzte. Jede andere Frau hätte dich über Bord geworfen, anstatt dich nur ans Waschbecken zu fesseln!«

Henri gab noch mehr Gas. »Ich soll gesagt haben, daß mir der Kuß nicht gefallen hat? Spinnst du? So was hätte ich nie gesagt.«

»Nein, du hast das natürlich taktvoller gemacht«, sagte ich böse. »Du hast dich ganz höflich entschuldigt.«

»Ja, das habe ich auch. Weil es mir dir gegenüber unfair vorkam, dich zu küssen, während du an mich gefesselt warst. Ich meine, es kam mir vor, als hätte ich die Situation in unangemessener Art und Weise ausgenutzt. Aber das war natürlich, bevor ich kapiert habe, daß dir Begriffe wie Fairness und Anstand völlig fremd sind, und daß du mich von Anfang an manipuliert hast!«

Einen Augenblick lang war ich verwirrt und ein bißchen beschämt. Aber dann fiel mir ein, mit wem ich es zu tun hatte.

»Anstand und Fairness – damit bist du der Kassiererin sicher auch gekommen, was?« rief ich.

»Welcher Kassiererin?« Henri stellte sich doof.

»Ja, doch, ich weiß, daß du nicht darüber reden willst. Aber denk dran, daß ich die Geschichte bei allem, was du tust, immer im Hinterkopf habe. Und deshalb kannst du mir auch kein schlechtes Gewissen machen. Denk mal nach, ist irgend etwas, das ich in den letzten Tagen getan habe, schlimmer als das mit der Tankstelle?«

»Ich weiß nicht, was du immer mit der Tankstelle hast«, sagte Henri. »Ich weiß nur, wenn du noch ein einziges Mal das Wort Tankstelle sagst, haue ich dir eine runter!«

»Tankstelle!« sagte ich. »Tankstelle, Tankstelle, Tankstelle!«

»Halt den Mund, Lilli!« rief Henri und gab noch mehr Gas. Der Wagen flog geradezu durch die Kurven.

»Ich dachte, du haust mir eine runter!« schrie ich. »Nicht mal hier kannst du dein Wort halten!«

»Ich schlage keine Frauen«, sagte Henri, und ich merkte, wieviel Kraft es ihn kostete, seiner Stimme wieder einen ruhigen Klang zu verleihen.

»Nein, nein, du bist kein Schlägertyp«, sagte ich spöttisch. »Du bist ein Gentlemanverbrecher. Darüber war die Kassiererin sicher sehr froh.«

Ich sah erneut in den Rückspiegel. Der Jaguar hatte das wilde Tempo offenbar mithalten können.

»Wenn du nicht ...«, begann Henri, aber dann überlegte er es sich anders und holte tief Luft. »Hör mal, Lilli, mir ist es egal, was du von mir denkst, und dir kann es egal sein, was ich von dir halte, okay? Ich bin nichts weiter als ein Vater, der seine Tochter wiederhaben will, und ich würde dir dafür eine Menge Geld zahlen, mehr, als du von Rita jemals zu sehen bekämst. Wenn du das Geld hast und ich Sarah, dann lasse ich dich deiner Wege gehen, das schwöre ich. Die Polizei würde nie etwas von deiner Rolle in diesem miesen Spiel erfahren.«

»Die Polizei?« Was redete er da? Wollte er mir etwa weismachen, daß er sich freiwillig stellen würde? Das war ja lachhaft.

»Bitte, Lilli, du machst doch alles nur noch schlimmer«, sagte Henri verdächtig sanft. »Du willst doch Geld – warum willst du es nicht sofort? Ich verspreche dir, du gehst kein Risiko ein. Wir würden zuerst das Geld holen, dann fahren wir an den belebtesten Flecken auf ganz Sardinien, du sagst mir, wo du Sarah versteckt hast und steigst aus – das ist doch eine sichere Sache, oder?«

Ich schwieg.

»Lilli, bitte!« Vor lauter Sanftheit hatte Henri ganz vergessen, Gas zu geben. Das Auto kroch nur noch dahin. Ich schielte auf das Tacho. Fünfzig, vierzig, fünfunddreißig. Der Jaguar war jetzt ganz dicht hinter uns.

Jetzt oder nie, sagte ich mir, riß die Tür auf und ließ mich einfach auf die Fahrbahn fallen. Das Anschnallen hatte ich im Drang der Ereignisse ohnehin ganz unterlassen.

Eins ist klar: Fünfunddreißig Stundenkilometer mögen einem sehr langsam erscheinen, wenn man in einem fahrenden Auto sitzt, aber sie sind verdammt schnell, wenn man sich aus einem fahrenden Auto wirft. Ich hatte ungemein Glück, daß ich mir nichts gebrochen habe, das wurde mir im nachhinein klar.

Beim Aufprall hatte ich das Gefühl, mein ganzer Körper würde auseinandergerissen. Arme, Beine, Rippen, Kopf, alles platschte auf den Asphalt, und es tat schrecklich weh. Trotzdem rappelte ich mich sofort wieder hoch.

Gleich zwei Autos vollführten eine Vollbremsung, der rote Fiat mit Henri darin und der blaue Jaguar mit dem schönen Unbekannten.

»Lilli! Um Gottes willen!« hörte ich Henri schreien, während ich mich zu dem Jaguar schleppte, bei dem prompt die Beifahrertür aufging.

»Kommen Sie«, sagte die samtige Stimme aus dem Wageninneren, und ich sah in ein Paar besorgte grüne Augen. »Steigen Sie ein.«

Ich plumpste stöhnend auf den Beifahrersitz und konnte die Verriegelung betätigen, bevor Henri das Auto erreicht hatte, gegen die Tür trommelte und meinen Namen brüllte.

»Fahren Sie los«, keuchte ich. »Dieser Kerl ist ein irrer Verbrecher!«

Der Grünäugige ließ sich das nicht zweimal sagen. Er ließ den Jaguar lossausen, daß es die reinste Freude war.

13. Kapitel

Der Jaguar bog von der Hauptstraße ab Richtung Castelsardo-Stadt.

»Sie müssen den Kerl abhängen«, beschwor ich den schönen Unbekannten.

»Ich tue mein Bestes«, versicherte mir die sanfte Stimme. Da Henri zurück zum Auto spurten mußte und erneut starten, hatten wir einen kleinen Vorsprung. Ich konnte seine Scheinwerfer nicht im Rückspiegel erkennen.

»Geben Sie Gas«, sagte ich, was völlig überflüssig war, denn der Jaguar flog ja beinahe. Was für ein Glück, daß ich an einen Retter mit Jaguar und nicht mit, sagen wir mal, einer Ente geraten war!

Ich faßte mir mit der Hand an den Kopf. Überall Blut. Vermutlich lag ich sozusagen im Sterben, nur der Schock ließ mich noch aufrechtsitzen. Irgendwo hatte ich mal gelesen, daß sogar ein Mensch ohne Kopf noch eine Weile funktionieren kann.

»Sie sind verletzt«, stellte der Mann fest, und ich nickte.

»Ich beschmutze Ihre guten Polster«, sagte ich, ganz wohlerzogen.

»Ach, das macht gar nichts«, beteuerte der Fremde. »Ich bin froh, daß ich Sie retten konnte, vor diesem irren Verbrecher.«

»O ja, ich verdanke Ihnen mein Leben«, sagte ich voller echter Dankbarkeit und sah wieder in den Rückspiegel. Immer noch keine Spur von Henri. Vielleicht war er auf der Hauptstraße weitergefahren.

»Sie sind wirklich sehr mutig«, sagte mein Retter. »Werfen sich aus einem fahrenden Auto – tsss, das habe ich noch nie erlebt.«

»Glauben Sie mir, ich auch nicht«, sagte ich und untersuchte meine Rippen. Sie schienen mir irgendwie auf ungesunde Art zusammengedrückt zu sein. Aber nirgends ragte ein Stück gesplitterter Knochen oder ähnliches in mein Fleisch, also diagnostizierte ich nur schwere Prellungen.

»Vermutlich brauchen Sie einen Arzt«, sagte der schöne Unbekannte. »Und diesen Mann sollten Sie auf jeden Fall anzeigen.«

»Er hat mich ja nicht aus dem Auto geworfen, ich bin freiwillig gesprungen«, stellte ich richtig.

»Aber doch sicher nicht aus Spaß?«

»Nein.«

Ein schrilles Klingeln bohrte sich in meinen Schädel wie ein Preßlufthammer. Es war das Handy meines Retters. Ich hörte nur mit halbem Ohr, was er sagte.

»Ja? Ah, du bist es. Ja, ich war verdammt lange in einem

Funkloch, aber ich habe deine Nachricht bekommen. Reg dich nicht auf, die Sache ist noch nicht verloren. Ich bin soeben dabei, eine Lösung zu erarbeiten. Verlaß dich auf mich. Es wird keine weiteren Pannen geben. Und melde dich nicht wieder. Du hörst von mir.« Er legte auf und lächelte mich an. Selbst im schwachen Licht des Armaturenbretts leuchteten seine Augen smaragdgrün. »Mein Geschäftspartner. Er läßt mich auch in den Ferien nicht in Ruhe. Aber wo waren wir stehengeblieben? Ah ja, Sie haben sich doch sicher nicht aus Spaß aus dem Auto geworfen, nicht wahr?«

»Nein. Aber das ist eine lange Geschichte.« Ich schielte wieder in den Rückspiegel. Immer noch nichts. Vor uns aber tauchten die Lichter von Castelsardo auf, ein Postkartenmotiv bei Nacht, hoch über der Bucht die beleuchtete Festung.

»Ich liebe lange Geschichten«, sagte der Unbekannte.

»Aber Sie werden sie nicht glauben«, meinte ich. Zusätzlich zu allen anderen Schmerzen – es gab beinahe kein Körperteil, das mir nicht wehtat – begann es nun in meinem Kopf zu rauschen und zu pochen, und das schöne Bild von Castelsardo bei Nacht begann vor meinen Augen zu verschwimmen.

»Aber sicher werde ich Ihnen glauben«, sagte die samtige Stimme neben mir. »Hinter einer solch ungewöhnlichen Maßnahme wie sich aus einem fahrenden Auto zu werfen, muß ja eine ungewöhnliche Geschichte stecken. Es sieht aus, als hätten wir Ihren Verfolger abgehängt. Am besten, wir stellen den Wagen ab und ziehen uns an einen gemütlicheren Ort zurück, an dem Sie mir in Ruhe Ihre Geschichte erzählen können.«

»Das geht leider nicht«, sagte ich, und schloß die Augen, weil sich die Lichter um mich herum zu drehen begannen. »Ich muß zurück zu Sarah, sie ist ganz allein.«

»Sarah? Wer ist das? Eine Freundin?«

»Nein, ein kleines Mädchen. Der Mann mit dem Sportwagen ist ihr Vater. Er möchte Sarah entführen.«

»Ich verstehe. Und Sie sind die Mutter und wollen das Kind behalten!«

»Nein, die Mutter ist die Frau mit dem Wohnmobil, das ich auf dem Campingplatz gesucht habe«, sagte ich.

»Oh«, sagte mein Retter. Wir hatten einen kleinen Parkplatz am Hafen erreicht, und er stellte den Motor ab.

»Ich sagte ja, es ist eine komplizierte Geschichte«, seufzte ich.

»Ohne Zweifel, ja«, gab der Mann zu und lächelte mich breit an. »Aber wenn ich sie aus so einem bezaubernden Mund höre, macht das gar nichts. Wollen wir aussteigen? Ihr wenig freundlicher Freund könnte hier auftauchen, und das wollen wir doch nicht, oder? Warten Sie, ich komme auf Ihre Seite, und helfe Ihnen. Sie sind ja ganz wacklig.«

»Wohin gehen wir denn?«

»Mein Boot liegt hier, am Ende des Stegs. Dort wird uns niemand finden.«

Ein Jaguar, ein Boot – ich hatte es wirklich gut angetroffen. Dankbar stützte ich mich auf meinen wunderbaren Retter. Das Rauschen in meinem Kopf wurde stärker, als ich an seinem Arm den Steg hinunterging, und ich war mir sicher, daß ich eigentlich in ein Krankenhaus gehörte. Da waren außerdem diese Schmerzen im Genick, es fühlte ich an wie gebrochen, aber da das schlecht möglich war, tippte ich auf ein Schleudertrauma. Auch daran war schon manch einer gestorben.

»Hier ist es«, sagte mein schöner Unbekannter und deutete auf eine stattliche Motoryacht, die in der Abenddünung schaukelte. *Crazy Horse* war mit goldenen Buchstaben auf den Bug geschrieben. Ein perfektes, ein luxuriöses Versteck.

Der schöne Unbekannte führte mich eine Treppe hinab ins Bootsinnere. Hier gab es einen Salon mit Küchenzeile, ein richtiges Badezimmer und ein Schlafzimmer mit Panoramablick. Der Bugform angepaßt stand dort ein riesiges Bett, das mit schwerer, schwarzer Satinwäsche überzogen war.

»Vielleicht legen Sie sich besser hin«, schlug der Grünäugige vor. »Sie sind ganz bleich.«

»Aber ich bin schmutzig«, sagte ich und zeigte auf meine zerrissenen und blutigen Jeans. »Und« – hier meldete sich kurz mein Kopf zurück – »außerdem kennen wir uns ja überhaupt nicht.«

Der Unbekannte lächelte. »Oh, Verzeihung, der Fehler liegt bei mir. Lassen Sie uns noch einmal ganz von vorne anfangen. Mein Name ist Luigi Francesco Benetutti, Luigi für meine Freunde. Und der Name dieser wunderschönen Dame ist?«

»Lilli«, sagte ich und mußte kichern. »Lilli Moser.«

»Oh, Lilli, wie bezaubernd«, sagte Luigi. »Ich würde sagen, Lilli, du legst dich jetzt hin und schließt die Augen, und ich hole in der Zwischenzeit eine Flasche Champagner aus dem Kühlschrank, das beruhigt die Nerven. Ist wie Medizin.«

»Aber ...« Ich zeigte auf meine fleckigen Hosen.

»Nun, die Bettwäsche ist schwarz, da sieht man nichts drauf. Aber wenn du dich besser fühlst, zieh die Sachen aus und schlüpfe statt dessen in den Bademantel dort.«

Der »Bademantel dort« hing an einem Haken an der Wand und hatte diesen Namen nicht verdient. Es war ein Luxustextil, aus schwerer Seide, schwarz, gefüttert und mit einem goldenen Monogramm versehen. LFB. Luigi Francesco Benetutti, der schönste Mann, der je auf Erden gewandelt war. Ich wußte nicht, was schlimmer war: Flecken auf die Bettwäsche zu machen oder auf diesen edlen Bademantel. Schließlich entschied ich mich für den Bademantel und schälte mich aus meiner Jeans. Die Beine waren wirklich übel abgeschürft, aber auf den Wunden hatte sich schon wieder eine Kruste gebildet, so daß man davon ausgehen konnte, daß sie nicht allzu tief waren. Ich zog auch Henris ehemals weißen Pullover aus und untersuchte meine Rippen im Spiegel gegenüber. Es waren nur einige rote Flecken zu erkennen, die mit Sicherheit früher oder später blau werden würden. Gebrochen schien nichts zu sein.

Luigi kam mit einer Champagnerflasche zurück, und ich

beeilte mich, in den Bademantel zu schlüpfen. Meine blutigen Klamotten schob ich unauffällig zu einem Haufen zusammen und aus dem Blickfeld.

»Sehr gut«, lobte mich Luigi, als er mich im Bademantel erblickte. »Und jetzt schön brav hinlegen.«

Ich streckte mich gehorsam auf dem breiten Bett aus, ohne ein leises, schmerzliches Stöhnen unterdrücken zu können.

Luigi setzte sich neben mich und ließ den Korken knallen.

»Hier, schöne Lilli«, sagte er und reichte mir ein fragiles Glas mit goldenem Stil. »Etwas Alkohol belebt die Nerven.«

Ich leerte das Glas in einem durstigen Zug, legte mich zurück und schloß die Augen.

»Und jetzt«, sagte die samtige Stimme. »Jetzt will ich die ganze Geschichte hören.«

Nun, er hatte ein Recht darauf, nachdem er mich gerettet und in Sicherheit gebracht hatte, also beschloß ich, ihm alles zu erzählen, ohne Rücksicht auf das heftige Rauschen in meinem Kopf.

»Es ist aber eine lange Geschichte«, warnte ich ihn.

»Ich sagte ja bereits, daß ich lange Geschichten mag«, sagte die Samtstimme und lachte. »Ich nehme mir überhaupt bei allem viel, viel Zeit.«

»Also gut. Eigentlich wollte ich nur in Italien Urlaub machen, mit ein paar Freunden.« Den Verlobten ließ ich weg, das war ein unerhebliches Detail, für diese Geschichte in keinster Weise von Bedeutung. »Auf einem Campingplatz lernte ich eine Frau mit einem Wohnmobil und einem kleinen Mädchen kennen, die vor ihrem gewalttätigen Ehemann flüchtete.«

»Ah, und das war der Herr mit dem roten Sportwagen«, sagte Luigi.

»Genau. Aber den kannte ich zu diesem Zeitpunkt noch nicht. Ich wußte nur, daß er gewalttätig war, daß er wegen Raub und Vergewaltigung im Gefängnis gesessen hatte und daß er auch jetzt noch im internationalen Verbrechen mitwirkte. Er wollte seine Tochter entführen, um sich an seiner Ex-Frau zu rächen. Mir tat das arme kleine Mädchen schrecklich leid.«

»Natürlich«, sagte Luigi mitfühlend und goß mir noch ein Glas Champagner ein.

»In Pisa trafen wir dann zufällig auf diesen Mann, und es gelang mir nur mit äußerster Not, ihn abzuschütteln. Ich warnte die Mutter des Mädchens, und die hat sofort ihre Zelte abgebrochen und ist weitergefahren. Sie wollte sich auf Sardinien mit einem Freund treffen, der sie und das Kind so lange verstecken wollte, bis man den Vater verhaftet hatte. Wie es aber das Schicksal wollte, traf ich am nächsten Tag wieder auf den Vater, und der war fest davon überzeugt, daß ich den Aufenthaltsort seiner Tochter kannte. Deswegen hat er mich entführt und gezwungen, ihm zu verraten, wo sie war.«

»Ich verstehe«, sagte Luigi. »Er hat Sie ...«

»... mit einem Messer bedroht«, ergänzte ich. »Und mit Handschellen gefesselt.« Ich leerte das zweite Glas mit kleineren Schlucken.

»Ah, was für ein Barbar«, sagte Luigi.

Du lügst ja, flüsterte mein Herz. So war es gar nicht.

So war es wohl, sagte mein Kopf. Jedenfalls im großen und ganzen. Und woher sie wußte, daß Beverly und Sarah auf Sardinien waren, muß sie ja einem Fremden nicht auf die Nase binden. Für die Geschichte ist es völlig unerheblich.

»Genau«, sagte ich.

»Und was passierte dann?«

»Nun, es gelang mir, mich zu befreien, als wir auf Sardinien waren. Ich fesselte den Kerl mit seinen eigenen Handschellen und fuhr mit seinem Auto davon, um Bev ... also die Mutter des Kindes zu warnen.«

»Tsss – also, ich muß sagen, du scheinst mir eine sehr couragierte junge Dame zu sein! Und ziemlich gewitzt!«

»Hm, ja«, sagte ich. »Jedenfalls kam ich auf dem Campingplatz an, und die Mutter war nicht da. Ich habe sie überall gesucht, aber ich konnte sie nicht finden. Weil aber nun der Vater jeden Augenblick aufkreuzen konnte, blieb mir nichts anderes übrig als das Kind mitzunehmen.«

»Natürlich«, sagte Luigi wieder. »Das war die einzige Lösung, ich verstehe.«

»Ich fuhr also mit dem Kind an einen sicheren Ort«, erzählte ich. »Aber ich hatte der Mutter keine ausführliche Nachricht hinterlassen können, also fuhr ich am nächsten Tag, also heute, zurück zu diesem Campingplatz ...«

»Einen Moment. Ich komme nicht ganz mit. Wo war denn das kleine Mädchen?«

»In Sicherheit«, sagte ich. »Ich habe sie in einem Haus untergebracht.«

»Bei Freunden?«

»Nein, in einem *leeren* Haus.« Ich machte eine kleine Verlegenheitspause.

»In einem leeren Haus?«

»Nicht direkt leer – nur ohne Menschen«, sagte ich und hielt ihm mein leeres Glas hin. Während er es erneut füllte, sagte er: »Ich verstehe. Das Haus gehört Freunden.«

»Nein, nicht direkt.« Ich nahm einen großen Schluck Champagner. Luigi hatte recht gehabt, er beruhigte die Nerven. »Es war einfach ein Haus, und ich brauchte einen Unterschlupf. Zufällig fand ich den Schlüssel, und so konnten Sarah und ich dort die Nacht verbringen.«

»Jetzt verstehe ich«, sagte Luigi und lachte. »Ein kleiner Einbruch, nicht wahr? Wirklich, du bist eine sehr gewitzte junge Dame. Erstaunlich!«

»Wie gesagt, ich habe Sarah dortgelassen und bin zurück zum Campingplatz gefahren, um ihre Mutter zu treffen. Aber dort war sie nicht mehr.«

»Natürlich nicht«, sagte Luigi und zeigte damit, daß er noch den vollen Durchblick hatte. »Denn sie mußt sich ja vor diesem Vater in Sicherheit bringen, oder?«

»Ja, schon, aber sie hat mir keine Nachricht hinterlassen. Also wußte ich nicht, was ich tun sollte. Die einzige Möglichkeit, die ich hatte, war, zu Sarah zurückzukehren und mit ihr zur Polizei zu fahren.«

»Ja, das hört sich vernünftig an.«

»Aber als ich zum Auto zurückkam, stand dieser Henri da, du weißt schon, der Vater.«

»O ja, und den Rest habe ich ja mitbekommen. Ein sehr brutaler Mann, dieser Henri. Jetzt verstehe ich, daß du dich aus dem Wagen geworfen hast.«

»Ja, und es war ein Glück, daß du uns gefolgt bist!«

»Ich konnte doch eine so schöne Frau nicht so einem ungehobelten Menschen überlassen«, sagte Luigi und nahm mir das Sektglas aus der Hand. »Was für eine Geschichte, kleine Lilli. Du mußt ja völlig mit den Nerven fertig sein.« Seine Hand streifte wie zufällig meinen Hals herab bis zum Ausschnitt des Bademantels.

»Ja. Mein Kopf tut so furchtbar weh«, sagte ich. »Und es ist ja noch nicht vorbei.«

»Nein, nein, aber jetzt hast du ja mich«, flüsterte die Samtstimme dicht an meinem Ohr. »Ich helfe dir.« Eine Hand streichelte über mein Haar.

»Wir müssen Sarah abholen und zur Polizei bringen«, sagte ich. Das Rauschen in meinem Kopf wurde wieder stärker.

»Natürlich. Wir holen das Kind ab und gehen zur Polizei. Dort erklären wir alles.« Ich spürte Luigis warmen Atem in meinem Ohr, dann seine Zunge, wie sie langsam an meinem Hals entlang fuhr.

Himmel! Der Kerl hatte offenbar vor, mich zu verführen. In meinem Zustand!

»Die Polizei wird mir nicht glauben, daß ich nichts damit zu tun habe«, sagte ich. »Und vielleicht werden sie mich verhaften, weil ich ein Auto gestohlen habe und in ein Haus eingebrochen bin.«

»Aber nein«, versicherte Luigi. »Sie werden dir glauben,

denn ich bin ja bei dir.« Er schob den Bademantel zur Seite und fuhr mit seiner Hand direkt in meinen BH.

»Ah, kleine Äpfelchen«, raunte er und flitschte mit einer gekonnten Bewegung den Verschluß auf. »Ich persönlich mag Äpfelchen lieber als Birnen. Sie liegen so gut in der Hand.«

Ich lag da wie gelähmt. Vielleicht hätte ich es unter anderen Umständen sehr genossen, wenn ein Mann wie Luigi mit mir über Äpfelchen und Birnchen geredet hätte, aber er hatte entschieden den falschen Zeitpunkt erwischt. Nicht nur, daß mir mein ganzer Körper wehtat und mein Kopf rauschte wie die Niagarafälle, nein, da waren einfach zu viele Gedanken in meinem Kopf. Sarah, die Polizei, das Haus, in das ich eingebrochen hatte ... Und was noch gravierender war: Ich fand Luigi nicht die Spur erotisch. Gut, er war schön wie ein Gott, und er war sicher auch geschickt, ja ohne Zweifel – aber ich fand es nicht aufregender als einen Scrabble-Abend mit Jens-Uwe. Statt dessen mußte ich daran denken, was ich gefühlt hatte, als Henri mich geküßt hatte.

Ja, flüsterte mein Herz. *Das* war erotisch. Dieser Gigolo hier mit seiner Luxusyacht, seiner Satinwäsche und seinem goldenen Siegelring ist es nicht.

Der Gigolo hatte sich inzwischen zu meiner Unterhose vorgearbeitet und sie herabgestreift. Der Bademantel war weit aufgeklappt und verschmolz mit der schwarzen Bettwäsche. Mit einem leisen Stöhnen legte er sich auf mich, wobei durch sein Gewicht meine gesamte innere Flora und Fauna aus dem Gleichgewicht geriet.

»Luigi?« ächzte ich.

»Keine Angst, *bella*, ich habe Kondome.« Offenbar hatte er nicht vor, seine selbstlose Rettungsaktion so selbstlos fortzusetzen. Ich wollte ihn wirklich nicht vor den Kopf stoßen, aber wenn ich ihn nicht auf der Stelle bremste, würde ein Unglück geschehen.

»Luigi«, sagte ich noch einmal, diesmal eindringlicher und schob ihn zur Seite. »Ich muß dringend aufstehen.«

Diesmal verstand er glücklicherweise die Dringlichkeit meiner Worte und ließ mich aufstehen. Die Hand vor den Mund gepreßt, die Unterhose wie eine Fessel um die Knöchel, stolperte ich ins Bad. Ich schaffte es gerade noch, den goldenen Klodeckel hochzuklappen, dann entledigte ich mich der drei Gläser Sekt und meines Abendessens, bestehend aus einem Alete-Gläschen Aprikosenkompott.

Als ich den Kopf wieder aus der Kloschüssel hob, rauschten die Niagarafälle lauter denn je.

»Arme Lilli«, sagte Luigi. Er stand hinter mir, und ihm war ganz offensichtlich die Lust vergangen. »Der gute Champagner war wohl etwas zu viel.«

Ich glaubte eher, daß mein Sturz aus dem Auto daran schuld war, aber der gute Champagner hatte sicher auch seinen Teil dazu beigetragen. Einen Augenblick lang sah ich mich mit Luigis Augen – eine ziemlich verschürfte, zottelige Frau, die nackt über seiner goldenen Kloschüssel hing – und schämte mich fürchterlich.

»Es tut mir so leid«, flüsterte ich.

Aber Luigi war ein echter Gentleman. »Aber, Lilli, das macht doch nichts. Das läuft uns doch nicht weg. Du brauchst erst mal Erholung und etwas Schlaf.«

»Und eine Zahnbürste«, sagte ich kläglich, während ich die Klospülung betätigte.

»Und eine Zahnbürste.« Luigi lächelte. »Ich habe eine für dich. Eine nagelneue.«

»Und was ist mit Sarah?«

»Sarah? Oh, das kleine Mädchen in dem fremden Haus. Was tut sie dort?«

»Sie schläft, hoffe ich«, sagte ich, erhob mich und wickelte den Bademantel wieder um mich, den ich hinter mir hergezogen hatte.

»Dann ist doch alles in bester Ordnung. Du sagst mir einfach, wo sie ist, und wir holen sie ab.«

»Sie ist in einem Ort namens Costa Paradiso«, sagte ich.

»Das kenne ich«, sagte Luigi. »Und wo da?«

»In einem Haus am Hang.«

»Dort sind alle Häuser am Hang«, sagte Luigi, und ich konnte zum ersten Mal einen Hauch von Ungeduld heraushöben. »Welche Straße? Welche Nummer?«

»Weiß ich nicht«, sagte ich kläglich. Ich war wirklich zu dämlich. Nicht mal die simpelsten Dinge hatte ich berücksichtigt. »Aber wenn ich es sehe, erkenne ich es wieder. Ich habe wirklich schreckliche Kopfschmerzen.«

Luigi seufzte. »Nun, wenn die Kleine schläft, dann besteht kein Grund zur Eile. Wenn du morgen aufwachst, wirst du mich hinführen können, gut?«

»Gut«, sagte ich. »Und dann gehen wir zur Polizei.«

»Richtig«, sagte Luigi und reichte mir eine originalverpackte Zahnbürste mit schwarzem Stil. »Und dann wollen wir sehen, ob wir nicht in entspannter Atmosphäre nachholen können, was wir gerade versäumt haben. Ich habe noch mehr Champagner im Kühlschrank. Was hältst du von einem Sektfrühstück?«

Luigi war vielleicht als Mann nicht mein Typ, aber er war ein wahrer Engel. Jetzt, wo er seine Absicht, mich zu verführen, auf morgen vertagt hatte, noch mehr als vorher. Ich putzte mir dir Zähne und wusch mir das Blut vom Körper, so gut es ging, dann legte ich mich in das schwarzüberzogene Bett und schloß die Augen. Immer noch rauschten die Niagarafälle in meinem Kopf, aber es war, als wäre ein Stein von meinem Herzen gerollt. Morgen würde alles in Ordnung kommen. Ich hörte noch, wie Luigi an Deck mit seinem Handy telefonierte, aber ich schlief ein, bevor er sich neben mich in das Bett legte. Ich bin mir natürlich nicht sicher, aber ich glaube nicht, daß er mich anfaßte. Er war nicht der Typ, der sich an schlafenden Frauen vergreift.

Und als ich wieder aufwachte – aber das kennen Sie ja schon.

Tja, da waren wir also nun. Ich und der schöne Unbekannte namens Luigi und der Champagner im Kühlschrank. Ich hatte die vergangenen Tage lückenlos rekonstruiert – mein Gehirn mochte erschüttert worden sein, aber es funktionierte noch einwandfrei. Nicht das kleinste Fitzelchen fehlte meinem Gedächtnis. Jede Peinlichkeit war mir noch deutlich in Erinnerung.

Aber was für ein Abenteuer!

Noch vor wenigen Tagen war ich niemand gewesen als die Lilli Moser, deren aufregendstes Erlebnis ein Besuch im Zoo gewesen war, bei dem ein Menschenaffe durch die Gitterstäbe seines Käfigs gegriffen und mein Eis weggenommen hatte. (Damals war ich fünf Jahre alt gewesen.) Und seither – nichts als Langeweile.

Bis vor ein paar Tagen das Abenteuer von meinem Leben Besitz ergriffen hatte. Ich war entführt worden, hatte mich in meinen Entführer verliebt, ihn auf dem Damenklo einer Fähre eingesperrt, war mit einem gestohlenen Wagen quer durch Sardinien gehetzt, hatte meinerseits ein Kind entführt und einen Einbruch verübt. Na, wenn das nicht für all die langweiligen Jahre vorher entschädigte, dann wußte ich es aber auch nicht.

Jetzt saß ich auf der Yacht eines schönen unbekannten Mannes und konnte dem Ende meines Abenteuers gelassen entgegensehen. Na ja, nicht gerade gelassen, aber doch einigermaßen beruhigt. Endlich, endlich hatte ich Unterstützung gefunden. Dank Luigi würde die Sache ein gutes Ende nehmen. Auch wenn ich auch jetzt nicht in der Stimmung war, mich mit ihm auf diesem breiten Bett zu tummeln.

Gut, Kleine, du hattest also dein Abenteuer, sagte mein Kopf überraschend sanft. Aber auch gut, daß es jetzt vorbei ist.

Da wäre ich mir nicht so sicher, flüsterte mein Herz sehr, sehr leise.

Aber mein Kopf war schon dabei, ein Resümee zu ziehen. Die Kotzerei gestern abend hättest du uns vielleicht ersparen können, sagte er, und wahrscheinlich wirst du es ewig bereuen, dir diesen Leckerbissen von Luigi durch die Lappen gehen zu lassen. Ich meine, schon rein optisch wird dir ein solches Exemplar nicht wieder über den Weg laufen. Aber erstens ist es nie sehr klug, mit einem Unbekannten derart intim zu werden – ich sage nur Herpes, AIDS, Syphilis – und zweitens solltest du deinen Verstand zusammenhalten. Es wird sicher nicht einfach, der Polizei alles so zu erklären, daß sie nicht auf die Idee kommen, dich zu verhaften.

An was du wieder denkst, seufzte mein Herz.

An was *du* denkst, weiß ich, konterte mein Kopf. Aber das Denken solltest du besser mir überlassen.

Ich kann Henri aber nicht so einfach vergessen, seufzte mein Herz.

Tja, solltest du aber, denn bald sitzt er im Gefängnis, wo er hingehört, sagte mein Kopf brutal.

Da bin ich mir nicht so sicher, sagte mein Herz. Ich meine, daß er dort hingehört. Wenn ich mir überlege, was er gestern so alles gesagt hat. Und dann der grüne Hase im Kofferraum, die Kinder-CD in der Anlage ...

Ich weiß. Wenn es nach dir ginge, würden Entführer, Kindesräuber und Vergewaltiger frei herumlaufen dürfen, sagte mein Kopf verächtlich.

Nein, widersprach mein Herz. Nur dieser. Irgend etwas sagt mir, daß du dich in ihm täuschst.

Das sind die Hormone, sagte mein Kopf. Immer wenn Sex eine Rolle spielt, drehst du so durch.

»Es war doch nur ein Kuß«, sagte ich laut. »Kein Sex.«

Aber es war der beste Sex, den wir seit Jahren hatten, sagte mein Herz. *Obwohl* es nur ein Kuß war.

Da hast du ausnahmsweise mal recht, sagte mein Kopf. Dieser Verbrecher hatte mehr Sex-Appeal in seinem kleinen Finger als Jens-Uwe im ganzen Körper. Wenn du diese Sache hier überstanden hast, solltest du deine Konsequenzen daraus ziehen.

»Ja«, sagte ich, und mir war auf einmal ganz flau im Magen. Jens-Uwe würde sicher alles andere als erfreut sein, wenn wir uns wiedertrafen. Vielleicht hatte er seine Konsequenzen bereits gezogen.

»Wir sind gleich da«, rief Luigi von oben.

Ich zuckte zusammen. Es wurde Zeit, daß ich mich anzog.

14. Kapitel

Meine Sachen waren in einem miserablen Zustand. Sehr unpassend für eine Luxusyacht wie diese und einen Luxusmann wie Luigi. Aber es half ja nichts. Ich zog BH und Höschen wieder an und schlüpfte auch in die zerrissenen Jeans. Der weiße Pullover aber, den ich mir aus Henris Koffer »geliehen« hatte, sah aus wie ein OP-Kittel eines Chirurgen nach einer Arterienoperation. Blut macht sich einfach nicht gut auf weißer Baumwolle. Außerdem hatte das gute Stück keine Ellenbogen mehr und eine Menge Straßenschmutz abbekommen. Ich stopfte ihn kurzerhand in den goldfarbenen Mülleimer, der im Badezimmer stand und beschloß, mir ein Oberteil von Luigi zu leihen. Gentleman, der er war, würde er nichts dagegen haben. Nachdem ich mir die Zähne geputzt, die Haare gekämmt und etwas von Luigis Deo unter die Achseln gesprüht hatte, fühlte ich mich schon viel besser. Im golden gerahmten Alibertschrank, wo das Deo stand, fand ich auch eine Lotion zum Reinigen von farbigen Kontaktlinsen. Ich mußte grinsen. Ja, diese grünen Augen waren wirklich zu schön, um echt zu sein. Was sollte es, der Mann war trotzdem ein Schatz.

»Lilli?« rief der Schatz von oben. »Kommst du mal?«

»Ich bin gleich soweit! Einen Augenblick noch«, rief ich zurück. Und fragte mich, was er wohl in Wirklichkeit für eine Augenfarbe besäße. Wahrscheinlich mausgrau, wie Jens-Uwe.

Zurück im Schlafzimmer öffnete ich einen der vielen schwarzlackierten Wandschränke, um nach einem T-Shirt oder etwas Ähnlichem zu suchen. Was ich aber statt dessen fand, war eine Art Minibüro, ein Regal mit einem Schreibtisch, den man offenbar herausrollen konnte. Auf dem Schreibtisch stand ein kleiner, aber feiner Laptop, umgeben von einem Haufen Papieren. Ich war drauf und dran, die Tür wieder zu schließen, als mein Blick auf einen Zettel fiel, auf dem jemand über jedes I einen Kringel gemalt hatte. »*Lieber J.-L., wir sind hier nicht mehr sicher. Henri hat Sarah in Pisa gesehen, glücklicherweise konnten wir verschwinden, bevor sie ihn gesehen hat*«, las ich einigermaßen fassungslos. Moment mal – wie kam denn dieser Zettel hierhin?

Ja, wie wohl, höhnte mein Kopf. Dieser Luigi ist niemand anders als Jean-Luc. Du hättest nur zwei und zwei zusammenzählen müssen, und dann hättest du es auch von allein gemerkt. Der Typ kommt a) aus Bergheim, b) hat er eine Yacht und ist c) zufällig auf diesem Campingplatz in Marina di Sorso aufgetaucht – sind das nicht ein paar Zufälle zuviel? Und dann dieses Handy-Telefonat – du hast wirklich Tomaten auf deinen Augen.

»Ja, aber«, flüsterte ich, während die Angst in mir hochkroch wie ein Ameisenschwarm. »Warum hat er denn nicht einfach gesagt, wer er ist?« Mein Kopf hüllte sich eine Weile in Schweigen – er mußte nachdenken –, während mein Herz jammerte: Ich habe gleich gemerkt, daß hier was nicht stimmt, aber es wollte ja wieder mal keiner auf mich hören.

»Wenn Luigi Jean-Luc ist«, flüsterte ich, »dann ...«

Dann, sagte mein Kopf, ist er ein ziemlich gewiefter Lügner. Wenn du mich fragst, hat er dich voll verarscht. Und Beverly und Deanna haben dich ebenfalls voll verarscht. Wenn ihre Geschichte wahr wäre, dann hätte der Typ dich wohl kaum auf sein Boot geschleppt, mit Champagner abgefüllt und in deinen BH gegrapscht. Er hätte sich vielmehr schleunigst mit Beverly in Verbindung gesetzt und die, als liebende

Mutter, hätte nichts Eiligeres zu tun gehabt, ihr Kind in die Arme zu schließen.

So sehe ich das auch, sagte mein Herz. Ausnahmsweise waren sich die beiden einmal einig.

»Das würde ja bedeuten, daß Henri ...«, flüsterte ich, immer noch fassungslos auf den Zettel schauend.

... daß Henri vielleicht gar kein Gewaltverbrecher ist, sondern nur ein besorgter Vater, der seine Tochter wiederhaben will, ergänzte mein Kopf.

Manchmal, wenn man die Wahrheit erkennt, ist einem plötzlich mit einem Schlag alles klar. Man erinnert sich an ein tausend Details, die ganz genau ins Puzzle passen, die man aber vorher schlicht ignoriert oder völlig falsch interpretiert hat. Genauso ging es mir in diesem Augenblick. Natürlich, es paßte alles zusammen.

Beverly, Deanna und Jean-Luc-Luigi waren die Bösen, Henri der Gute, Sarah das arme Opfer.

Die Geschichte war ungefähr so: Beverly und Henri waren geschieden worden, nachdem Beverly nichts mehr aus Henri hatte herauspressen können. Vermutlich hatte sie ihm Sarah nur zu gern abgetreten und eine Weile ihr eigenes Leben gelebt. Dann aber hatte sie gehört, daß Henri zu Geld gekommen war, und da Frauen wie sie immer Geld brauchen, war sie auf die Idee gekommen, ihn um einen Gutteil davon zu erleichtern. Und da er nichts mehr liebte als seine Tochter, hatte sie Sarah entführt und nach Italien verschleppt, Rabenmutter, die sie nun mal war. Zusammen mit ihrer Schwester und diesem Luigi hatte sie einen Plan geschmiedet, wie sie sich so lange versteckt halten konnten, bis sie das Geld hatten. Luigi war ihr Geliebter, der sich durch vermutlich kriminelle Machenschaften ein nicht unbeträchtliches Vermögen in Form eines Jaguars und einer Motoryacht auf Sardinien verdient hatte, aber auch nichts dagegen hatte, dieses Vermögen durch ein weiteres Verbrechen zu vergrößern. Henri hatte erfahren, daß Beverly mit Sarah nach Italien unterwegs war und war ihnen – ganz besorgter Vater und vermutlich von den Behörden enttäuscht – gefolgt. In Pisa war er durch Zufall – oder das gütige Schicksal – auf mich und Sarah getroffen und hatte natürlich angenommen, daß ich mit Beverly und Deanna gemeinsame Sache machte. Deshalb hatte Henri mich bei der nächsten Gelegenheit – wieder mußte ihn das gütige Schicksal direkt zu diesem Parkplatz geleitet haben – entführt und versucht, Sarahs Aufenthaltsort ausfindig zu machen. Beinahe hätte sein Plan funktioniert, aber da hatte ich ihm einen Strich durch die Rechnung gemacht und ihn im Damenklo an ein Rohr gekettet.

Ich wurde bei diesem Gedanken glühend rot. Alles, was er gesagt hatte, paßte. Warum hatte ich Idiotin es nur nicht gemerkt? Statt dessen hatte ich alles vermasselt. Ich hatte seinen Wagen geklaut, und ich hätte diese Verbrecher auch noch gewarnt, wenn Beverly und Deanna nicht dem Drang nach einer Disco nachgeben hätten. Statt dessen hatte ich – und hier war wieder das gütige Schicksal im Spiel, das mir noch eine Chance geben wollte – Sarah mitgenommen, war in ein Haus eingebrochen und hatte sie dort alleingelassen, natürlich in der Absicht, was ich einmal zu vermasseln begonnen hatte, auch zu vollenden.

Als ich dann auf Henri getroffen war – der verständlicherweise inzwischen zu dem Schluß gekommen war, daß ich nun selber zum Entführer und Erpresser mutiert war –, hatte ich die Sache gleich noch einmal vermasselt und mich aus seinem fahrenden Auto gestürzt. Und zwar – und das war das allerdämlichste – direkt in die Arme von Beverlys Komplizen.

Hier hatte die Geschichte allerdings einen kleinen Haken. Wie war es faßbar, daß Luigi genau zu diesem Zeitpunkt am Campingplatz war, während Beverly und Deanna fortgefahren waren? Ich versuchte, seinen Weg zu rekonstruieren. Es war durchaus möglich, daß er die Nachricht auf dem Campingplatz in der Toscana um einiges später, als Beverly kalkuliert oder mit ihm verabredet hatte, erhalten hatte. Er war dann nach Olbia übergesetzt und hatte auf dem Weg nach Marina di Sorso einen kleinen Stop in Castelsardo bei seiner Yacht gemacht, vielleicht, um sich umzuziehen, eine Dusche zu nehmen und sich zu rasieren. Dabei konnte er auch diesen Zettel auf dem Schreibtisch liegengelassen haben. Als er in Marina di Sorso ankam, waren Beverly und Deanna bereits abgefahren, statt dessen stand ich da herum und fragte hektisch nach einem Wohnmobil und zwei Superblondinen. Während ich mich also mit dem Mädel an der Rezeption herumärgerte und mit meinem Schicksal haderte, hatte Luigi in aller Ruhe die Nachricht gelesen, die Beverly ihm hinterlassen hatte, und dort stand vermutlich ...

Moment mal, dieser Zettel mußte ja auch hier irgendwo sein, wenn meine Theorie stimmte. Ich sah mich nach den Sachen um, die Luigi gestern getragen hatte. Über einem goldenen Herrendiener hing sein Leinenjackett. Gierig griff ich hinein, beinahe sofort in ein zusammengekniffenes Stück Papier voller Kringel über den Is.

»Luigi, verdammt, Du läßt auf Dich warten. Dein blödes Handy ist seit dreizehn Stunden tot. Wenn Du nicht bald kommst, geht alles den Bach runter. Sarah ist verschwunden, und wir vermuten, daß eine Frau dahintersteckt, die mit Henri gemeinsame Sache macht. Wir hauen ab, damit Henri uns hier nicht findet. Wir fahren nach Sassari, in der Stadt wird Henri uns nicht vermuten. Melde Dich über Handy. Küsse, Deine Rita.«

Aha, meine Theorie stimmte also. Luigi hatte unverschämtes Glück, daß ich dämliche Ziege ihm ausgerechnet jetzt über den Weg gelaufen war, er wußte vermutlich gleich, wen er vor sich hatte, *eine Frau, die mit Henri gemeinsame Sache machte*.

Aber er sah bald, daß Rita sich diesbezüglich getäuscht hatte, denn als er Henris und meinen Streit mitbekam, muß ihm klargeworden sein, daß ich noch blöder war, als die Polizei erlaubte. Mein Gott, er mußte nichts weiter tun, als uns hinterherzufahren und zu warten, bis ich mich aus dem Auto direkt vor seine Reifen geworfen hatte! Und dann hatte er ein paarmal seine Samtstimme erklingen lassen, mit seinen falschen Grünaugen geklimpert und mich mit Sekt abgefüllt, und ich hatte ihm alles erzählt, was er wissen mußte. Na ja, fast alles. Um Sarah endgültig zu finden, brauchte er mich noch, denn ich Döskopp hatte mir ja weder Straße noch Hausnummer gemerkt. Wie gut, daß ich manchmal so dämlich war.

Vorsichtig legte ich den einen Zettel zurück ins Jackett, den anderen zurück auf den Schreibtisch und schloß die Schranktür wieder. Dann nahm ich Henris kaputten Pullover aus dem Papierkorb und zog ihn an. Ach Henri, was hatte ich getan!

Verdammt. Ich hatte wirklich alles gründlich vermasselt. Und nur weil ich Beverly und Deanna diese haarsträubende Geschichte mit der Tankstelle und der Kassiererin abgenommen hatte. Henri irrte irgendwo da draußen herum, in der Hoffnung, wieder vom gnädigen Schicksal auf Sarahs Spur gesetzt zu werden, und ich war im Begriff, den bösen Kidnapper auf direktem Weg zu seinem Opfer zu führen.

Armer, armer Henri, seufzte mein Herz. Was wird er nur von dir denken?

Jammern hilft nicht, sagte mein Kopf streng. Noch ist es nicht zu spät. Vielleicht kannst du ja das Schlimmste verhindern.

Ja, das war ich Henri wirklich schuldig. Kurzerhand zog ich den Pullover wieder aus, ebenso den Rest der Klamotten.

Luigi staunte nicht schlecht, als er mich sah. »*Bella*! Du bist ja ganz nackt.«

»Ja«, sagte ich und lächelte verführerisch. »Ich dachte, wir nehmen vielleicht gemeinsam ein Morgenbad im Meer.«

Luigi lächelte mit all seinen regelmäßigen weißen Zähnen – Jacketkronen, dachte ich gehässig – und stellte den Motor ab. »Wir sind da, kleine Lilli. Das hier ist die Paradies-Küste.«

Dieser Küstenabschnitt hatte den Namen wirklich verdient.

Hinter Luigi lag eine Bucht, schöner als ich es mir je hatte träumen lassen. Weißer Sand, türkisfarbenes Wasser, das ganze von hohen Felsen umgeben – ein Traum.

»Warum fahren wir nicht näher ran?« fragte ich.

»Wir werfen hier Anker, weiter vorne ist es zu flach. Wir fahren mit dem Dingi an Land.« Luigi zeigte auf das Beiboot, das am Heck mit einer Leine hinterhergeführt wurde.

Während er den Anker herunterrasseln ließ, tauchte ich über die Badeleiter in das kristallklare Wasser ein. Das Salz brannte höllisch in meinen vielen Wunden, aber das war mir egal.

»Kommst du, Luigi?« rief ich.

Luigi sah lächelnd auf mich hinab. »Ich weiß nicht, ich bin kein Freund von kaltem Wasser. Vor Juni bade ich hier nie. Und kaltes Wasser hat die Angewohnheit, etwas Großes klein werden zu lassen, wenn du verstehst, was ich meine.«

Aber sicher, würg!

»Oh«, sagte ich bedauernd, »das wäre wirklich zu schade.«

So anmutig ich konnte hievte ich meinen angeschlagenen Körper wieder aus dem Wasser und warf mich in Luigis Arme. Meine Brustwarzen waren vom Wasser ganz hart geworden, und er fuhr mit seinen Fingern darüber und sagte: »Äpfelchen. Ich liebe Äpfelchen.«

Dir fällt auch nichts Neues ein, dachte ich angeekelt, griff ihm aber dreist in den Schritt und sagte: »Oh, und was haben wir da?«

»Das ist der kleine Luigi, und er will zum Spielen rauskommen«, sagte Luigi.

Ich kicherte kokett. »Dann laß uns hinuntergehen, ich habe mich nämlich noch gar nicht richtig bedankt.«

Das ließ Luigi sich nicht zweimal sagen. Nur eine halbe Minute später wälzten wir uns beide nackt auf der schwarzen Bettwäsche.

»Warte noch«, flüsterte ich atemlos. »Ich brauche den Champagner aus dem Kühlschrank.«

»Später«, murmelte Luigi ungeduldig.

»Nein, jetzt«, sagte ich mit einer Stimme, die Jens-Uwe eindeutig einer Nymphomanin zugeordnet hätte. »Weil – was ich mit dir und dem Champagner anstelle, wirst du niemals vergessen.« Ich leckte mir die Lippen wie eine Darstellerin in einem dieser miesen Softpornos, die einem samstagabends manchmal das Nachtprogramm versauen.

»Oho«, machte Luigi lüstern. »Dann hole ich den guten Tropfen mal her.«

Ich beobachtete, wie er nackt zum Kühlschrank tänzelte und verglich seine Anatomie in Gedanken mit Jens-Uwe. Mit einem anderen konnte ich leider keine Vergleiche ziehen, da es mir an Erfahrung mangelte. Aber wenn Luigi Durchschnitt war, dann konnte einem Jens-Uwe wirklich leid tun. Anderseits, wenn Jens-Uwe Durchschnitt war, dann mußte Luigi eine Transplantation hinter sich gebracht haben – das traute ich ihm durchaus zu.

»So, dann zeig mal, was du kannst«, sagte Luigi und reichte mir die Champagnerflasche. »Aber denk immer dran, daß Kaltes Großes zum Schrumpfen bringen kann.«

»Aber ja«, sagte ich. »Nur kannst du wohl kaum behaupten, daß dein Gehirn groß ist, oder?«

Und noch ehe er darauf antworten konnte, hatte ich ausgeholt und die Champagnerflasche auf seinen Schädel niedersausen lassen.

Sie ging nicht kaputt, wie ich erwartet hatte, sondern blieb völlig unversehrt. Aber das gleiche konnte man nicht von Luigi behaupten. Er sank nieder wie ein Stein.

Vermutlich hätte ich aus Sicherheitsgründen noch einmal zuschlagen müssen, aber diesbezüglich hatte ich dann doch zu viele Skrupel. Er sah außerdem auch so schon ziemlich tot aus. Ich machte mir nicht die Mühe, nach seinem Puls zu fühlen, ich suchte nur in Windeseile meine Sachen zusammen und zog mich an. Auf der Suche nach einem sauberen T-Shirt öffnete ich einen Schrank. Und diesmal hatte ich den richtigen erwischt. Ein ganzer Stapel gebügelter und farblich sortierter Poloshirts mit Markenlogo leuchtete mir entgegen. Ich entschied mich für ein hellrosafarbenes, das ziemlich weit unten lag. Und hier wurde ich wieder fündig. Dort lag nämlich nicht nur das Poloshirt, sondern auch eine Pistole.

Eine täuschend echt aussehende Knarre.

Die *ist* echt, du Blödian, sagte mein Kopf. Steck sie ein und hau ab. Wenn dieser Kerl nicht tot ist, sondern aufwacht, hat dein letztes Stündlein geschlagen.

Das ließ ich mir nicht zweimal sagen. Ich verrammelte die Tür so gut ich konnte und warf die Schlüssel über Bord. Auch im Startschloß für den Motor steckte ein Schlüssel, mit ihm verfuhr ich auf dieselbe Weise. Dann stieg ich über die Badeleiter in das Beiboot und stieß mich ab. Der Außenbordmotor ging glücklicherweise beim dritten Ziehen an, und ich tuckerte nicht mal langsam an den herrlichen Strand. Der war menschenleer, so daß niemand sah, daß ich mir nicht die Mühe machte, das Boot zu befestigen oder weit genug an Land zu ziehen. Es war mir scheißegal, wenn es abtrieb, und wenn es bis nach Afrika schwamm!

Ohne Rücksicht auf meinen lädierten Zustand begann ich im Laufschritt den Pfad zwischen den Felsen zu erklimmen.

15. Kapitel

Ich fand das Haus leichter wieder, als ich gedacht hatte – da sollte Jens-Uwe noch einmal sagen, Frauen hätten keinen Orientierungssinn –, aber ich brauchte zu Fuß fast eine halbe Stunde. Dabei ignorierte ich meine Schmerzen so gut ich konnte und schritt aus wie ein bayrischer Wandersmann. Einmal auf der Straße verfiel ich sogar in leichten Trab, ständig nur das eine denkend: Hoffentlich hatte Sarah sich nicht von der Stelle gerührt, und hoffentlich waren die Hausbesitzer nicht zurückgekehrt und hatten den Schock ihres Lebens bekommen.

Das Haus lag aber friedlich in der Morgensonne, alle Läden waren geschlossen, genau, wie ich es Sarah eingeschärft hatte. Erleichtert klopfte ich gegen die Küchentür.

»Sarah, ich bin's, Lilli!« rief ich.

Sarah stand fix und fertig angezogen auf der Schwelle.

»Da bist du ja«, sagte sie nur. »Ich bin gerade mit dem Puzzle fertig geworden.«

Wie sie da stand, so klein und doch so pfiffig, mit jenen charakteristischen Zahnlücken, die Kinder im schulreifen Alter aufweisen, rührte sie mich ungemein. Ich konnte nicht anders, ich mußte sie umarmen.

»Ach, Sarah«, rief ich, und viel hätte nicht gefehlt, und ich hätte zu weinen angefangen. Mein Gott, nicht auszudenken, was passiert wäre, wenn ich den Zettel nicht gefunden hätte. »Vermißt du deinen Vater sehr?«

Sarah machte sich höflich, aber bestimmt los. »Er wird kommen, um mich zu holen. Was hast du mit deiner Hose gemacht, die ist ja ganz schmutzig!«

»Das ist jetzt egal, Schätzchen, wir beide werden jetzt unsere Sachen packen und zu deinem Papa fahren«, sagte ich.

»Wo ist er denn?« fragte Sarah.

»Das weiß ich nicht genau. Aber wir werden zur Polizei gehen und ihn suchen lassen. Dann kann er dich dort abholen und mit nach Hause nehmen.«

Sarah nickte. Sie war ein Kind mit einem erstaunlich stoischen Charakter. »Und Rita?«

»Rita wird dich von jetzt an in Ruhe lassen.«

»Gut«, sagte Sarah nur.

Ich hatte Angst, daß Luigi doch nicht ganz außer Gefecht sein könnte, und trieb mich innerlich zur Eile an. Wenn er nun erwachte, an Land schwamm und uns hier fand?

Blödsinn, sagte mein Kopf. Ohne fremde Hilfe kommt er

aus seiner Kabine gar nicht raus. Und außerdem weiß er nicht, in welches von den tausend Häusern hier du eingebrochen bist.

Aber da ich in den letzten Tagen genügend unglaubliche Zufälle erlebt hatte, beeilte ich mich trotzdem. Nur notdürftig beseitigte ich die Unordnung, die wir hinterlassen hatten, und schrieb statt dessen einen Brief, den ich auf dem Eßzimmertisch plazierte.

Liebe Besitzer dieses wunderschönen Hauses, schrieb ich, *sicher werden Sie sehr erschrecken, wenn Sie sehen, daß in Ihrer Abwesenheit jemand hier eingedrungen ist. Vielleicht glauben Sie mir aber, wenn ich Ihnen versichere, daß dies ein Notfall war. Ich und ein sechsjähriges Mädchen haben für einen Tag und eine Nacht hier gewohnt. Wir haben von Ihren Vorräten gegessen, Ihre sanitären Anlagen benutzt und in Ihren Betten geschlafen.*

Wie bei Schneewittchen, dachte ich. Wer hat mit meinem Gäbelchen gepiekt? Wer hat von meinem Tellerchen gegessen? Wer hat in meinem Bettchen geschlafen? Ich befürchtete nur, die Leute würden nicht ganz so freundlich reagieren wie die sieben Zwerge. Aber jetzt war mir einfach nach schonungsloser Ehrlichkeit.

Außerdem haben wir Ihre Handtücher benutzt und ein kurzes Telefonat nach Deutschland geführt. Aus der Dose im Bücherregal habe ich mir vierundvierzigtausend Lire geliehen, und wir sind außerdem im Begriff, mit Ihrem Jeep wegzufahren. Ich weiß, das klingt alles ganz schrecklich, aber ich verspreche Ihnen, daß Sie alles ersetzt bekommen. Mit freundlichen Grüßen, Ihre Lilli Moser aus Köln. P.S. Der Wasserhahn im gelben Badezimmer ist nicht ganz dicht. P.P.S. Ich leihe mir auch noch den rosafarbenen Strohhut, der an der Garderobe hängt, damit mich niemand erkennt.

So, das wäre geschafft. Vermutlich hatte ich mir soeben zehn Jahre Gefängnis und lebenslange Schulden eingehandelt, aber das war mir jetzt auch egal.

»Fertig«, sagte ich zu Sarah. »Wir können.«

Sarah wartete bereits geduldig auf der Terrasse, den grünen Hasen in der Hand.

Ich drehte den Hauptwasserhahn ab, schloß die Garage auf, fuhr den Jeep heraus – der Tank war noch halbvoll, damit würde ich sicher bis zur Polizeistation in Santa Teresa gelangen –, schloß die Garage wieder zu, hängte den Schlüssel an die Hakenleiste, schloß das Haus ab und legte den Hausschlüssel in sein geheimes Versteck unter der losen Kachel auf der Terrasse. Von außen sah das Haus nun aus, als wären wir niemals dagewesen.

»Wo ist denn Papas Auto?« fragte Sarah, als sie, den Hasen an sich gedrückt, in den Jeep kletterte.

»Das hat Papa wieder«, antwortete ich. Und fährt damit wer weiß wo herum, setzte ich in Gedanken hinzu.

Der Jeep fuhr sich wie ein Traktor. Das heißt, er fuhr sich so, wie ich mir vorstelle, daß sich ein Traktor fuhr. Er röhrte laut und hoppelte, wenn man einen Gang weiterschaltete, wie ein Hase. Ich zog mir den »geliehenen« Strohhut tief in die Stirn, als wir das Häuschen mit der Schranke passierten, aber das Häuschen war leer und die Schranke oben. In mir schwappte – etwas verspätet – eine Adrenalinwelle hoch, Nachwirkungen meiner Champagnerflaschenaktion. Jemandem den Schädel einzuschlagen gibt Schwung für den ganzen Tag, sage ich Ihnen.

»Das klappt doch alles wunderbar«, sagte ich zu Sarah. »Ich glaube, ab jetzt ist uns das Glück wirklich hold. Soll ich dir erzählen, wie die Geschichte von Brüderchen und Schwesterchen weitergeht?«

Sarah nickte.

Geradezu beschwingt bog ich auf der Hauptstraße Richtung Santa Teresa ab und begann zu erzählen: »Als die Königin ihr Kind geboren hatte und schlief, kam die böse Alte zu ihr ins Zimmer und nahm das Baby einfach fort. Statt dessen beschmierte sie alles mit dem Blut eines geschlachteten Kälbchens …«

»Iiiiih«, sagte Sarah.

»Ich meine, mit Ketchup, die böse Alte rieb alles mit Ketchup ein, auch den Mund der Königin und behauptete, die habe ihr eigenes Kind aufgegessen.«

»Iiiiih«, sagte Sarah wieder. »Das ist ja ein ekliges Märchen.«

»Ja«, sagte ich nachdenklich. »Ich bin mir auch nicht sicher, ob sie die Königin nicht einfach in den Teich geworfen hat, wo sie sich in eine Ente verwandelte. Oder war das ein anderes Märchen?«

»Kennst du keine lustige Geschichte?« fragte Sarah.

»Doch. Die von ›Michel in der Suppenschüssel‹«, antwortete ich und mußte lachen.

Sarah lachte auch. »Das ist meine Lieblingsgeschichte. Die kann ich auswendig. Wenn du willst, dann erzähle ich sie dir.«

»Mach das«, sagte ich.

»Oje o ja, das war ein Kind, so frech und wild und blond«, sang Sarah völlig ohne Hemmungen, und ich konnte perfekt die zweite Stimme dazu trällern, »kein Junge so wie Michel hat in Småland je gewohnt.«

Die Stimmung im Auto wurde richtig ausgelassen, viel zu ausgelassen für jemanden, der soeben mit seinem zweiten geklauten Wagen innerhalb achtundvierzig Stunden durch die Gegend fuhr und außerdem einen halbseidenen Yachtbesitzer erschlagen hatte.

Aber das war mir im Augenblick alles scheißegal. Schlimm würde es noch früh genug werden, spätestens bei der Polizei, wenn ich denen erklären mußte, wie ich zu dem Kind und dem Auto gekommen war.

Gerade an der Stelle, wo Michel mit der Suppenschüssel auf dem Kopf gegen die Tischkante stieß, hörte Sarah auf zu erzählen.

»Da!« rief sie und zeigte auf einen Parkplatz oberhalb des Meeres. »Das ist Papas Auto!«

Tatsächlich. Dort stand ein roter Fiat und blinkte in der Sonne.

Ich machte eine Vollbremsung und bog auf den Parkplatz ab, ohne den Blinker zu setzen. Glücklicherweise hatten wir einen Schutzengel, es war weder ein Auto hinter uns, noch kam uns eins entgegen.

»Vielleicht ist es nur ein ähnliches Auto«, sagte ich, damit Sarah nicht allzu sehr enttäuscht wäre. Und ich auch nicht.

Aber es war eindeutig Henris Wagen. Halleluja.

Nur – Henri saß nicht drin.

»Er ist unten am Strand«, sagte Sarah und hielt sich die Hand über die Augen. »Ich sehe ihn.«

Ich sah ihn auch. Die Bucht – *Cala Piscina* stand auf dem Parkplatzschild, das Schwimmbad – lag unter uns wie ein Foto aus einem Reiseprospekt, menschenleer – verdammt, auf Sardinien schienen im Mai alle Strände menschenleer zu sein –, bis auf eine einsame Gestalt, die ungefähr in der Mitte im Sand saß und aufs Meer hinausstarrte.

Das ist er, seufzte mein Herz. Ach!

Ja, sagte mein Kopf, und ich fürchte, er wird nicht sonderlich erfreut sein, dich zu sehen.

»Klettern wir runter«, sagte ich zu Sarah, die neben mir stehengeblieben war. »Er wird sich sicher sehr freuen, dich in seine Arme zu nehmen.«

Leichtfüßig hopste Sarah vor mir her, den steilen Pfad hinab. Ich folgte ihr alles andere als leichtfüßig. Mein Kopf schmerzte auf einmal wieder wie verrückt, und auch alle anderen Wunden taten furchtbar weh.

»Lauf nur vor«, sagte ich zu Sarah, aber das tat sie ohnehin. Sie rannte über den Sand auf Henri zu. Ich zog meine Schuhe aus und stakste barfuß hinter ihr her.

Henri starrte immer noch aufs Meer hinaus.

»Papa«, schrie Sarah. »Papa!«

Es war wie im Film. Rosamund Pilcher, mindestens. Henri drehte den Kopf und stand ganz langsam auf, wie ein alter Mann. Ein paar Sekunden stand er ganz still, dann lief er Sarah mit ausgebreiteten Armen entgegen.

Ich blieb, wo ich war, um die Szene aus gebührendem Abstand zu betrachten. Die beiden flogen einander in die Arme wie in einer »Merci«-Reklame, und sie ließen sich nicht mehr los. Ich konnte nicht anders, ich mußte heulen. Ich faßte es einfach nicht, daß ich geglaubt hatte, dieser Mann hätte aus lauter Rachsucht sein eigenes Kind entführen wollen!

Du hast noch ganz andere Dinge geglaubt, erinnerte mich mein Kopf unbarmherzig.

Ich habe es nie geglaubt, sagte mein Herz. Wenn es dich tröstet – ich fand ihn von Anfang an sympathisch.

»Ach, Ruhe ihr beiden«, sagte ich und setzte mich in den Sand.

Sei froh, daß jetzt alles vorbei ist, sagte mein Kopf. Sarah hat ihren Vater wieder, und Henri hat seine Tochter zurück. Alles bestens. Happyend.

»Ja, Happyend für die beiden«, sagte ich. »Aber für mich geht der Ärger jetzt erst richtig los.« Mit Schrecken sah ich zu dem geklauten Jeep hoch, dachte an den Brief, der in dem Haus auf dem Eßtisch lag, an den vielleicht toten Luigi in seinem Boot, und dann dachte ich auch noch an Jens-Uwe, der irgendwo in Italien mit unserem Kater unterwegs war und alles andere als gut auf mich zu sprechen war. Außerdem tat mir der Kopf weh.

Vielleicht tröstet es dich ja, daß alles noch viel, viel schlimmer hätte kommen können, sagte mein Kopf.

»Nein«, sagte ich. »Das tröstet mich überhaupt nicht.«

»Sprichst du wieder mit dir selber, Lilli?« fragte Henris Stimme direkt hinter mir.

»Nein, nur Verrückte sprechen mit sich selber«, antwortete ich und sah zu ihm auf. Er trug Sarah auf dem Arm, und beide sahen aus, als hätten sie geweint. Es war kaum zum Aushalten. Ich schaute schnell wieder aufs Meer hinaus.

»Verrückte oder Menschen mit viel Phantasie«, sagte Henri. »Wie du aussiehst! Völlig zerschunden.«

»Du solltest mich erst mal ohne Kleider sehen«, sagte ich.

»An meinen Rippen habe ich Prellungen so groß wie Ostereier. Und genauso bunt.«

»Lilli, Lilli, Lilli«, sagte Henri. Er setzte sich neben mich, ohne Sarah loszulassen. »Jetzt erzähl mir doch bitte ganz genau, was in deinem komischen Kopf vorgeht. Wo kommt ihr jetzt her? Weiß Rita davon? Und warum hast du gestern abend …?«

»Ich weiß, ich bin an allem schuld«, sagte ich zerknirscht. »Aber Beverly ist auch nicht ganz unschuldig. Sie hat mir erzählt, daß du eine Tankstelle überfallen und die Kassiererin verge-« Ich verstummte mit einem Seitenblick auf Sarah. Ich beschloß, aus Rücksicht auf ihre zarten Kinderohren alle schlimmen Worte zu buchstabieren. »Sie hat gesagt, du seist ein ganz mieser V-E-R-B-R-E-C-H-E-R und V-E-R-G-EW-A-L-T-I-G-E-R, und daß du S-A-R-A-H aus Rache E-N-T-F-Ü-H-R-E-N wolltest. Deshalb sei sie mit ihr aus Deutschland geflohen. Und daß du bis unter die Zähne B-E-W-A-F-F-N-E-T seist und ewig im K-N-A-S-T gesessen hättest. Und ich S-C-H-A-F habe ihr natürlich geglaubt. Hört man ja öfter solche Geschichten. Aber ehrlich, sie war mir nicht eine Sekunde lang sympathisch. Ich hab' das alles nur wegen Sarah getan.«

»Hm«, machte Henri. »Und dabei hatte ich nicht mal ein M-E-S-S-E-R. Aber ich muß zugeben, daß ich sicher keinen guten Eindruck auf dich gemacht habe, als wir uns das zweite Mal wiedergetroffen haben.«

»Beim dritten Mal auch nicht«, sagte ich.

»Nein.« Henri grinste ein bißchen. »Da hielt ich dich auch für eine geldgierige S-C-H-L-A-M-P-E. Und ich war wirklich ziemlich sauer wegen der Handschellengeschichte. Aber deshalb mußtest du dich ja nicht gleich aus dem Auto werfen. Herrgott, ich habe vielleicht einen Schrecken gekriegt!«

»Ja, das war besonders dumm von mir. Denn der Mann im Jaguar, der uns gefolgt war, war Beverlys Verbündeter. Allerdings wußte ich das zu diesem Zeitpunkt noch nicht.« Ich seufzte schwer. »Und als ich es begriffen hatte, war es beinahe zu spät. Ich hatte ihm längst verraten, wo ich Sarah versteckt hielt. Deshalb mußte ich ihm eine Champagnerflasche über den Kopf hauen.«

»*Was*?«

»Ich habe diesen Luigi in seinem Boot E-R-S-C-H-L-A-G-E-N«, erklärte ich geduldig. »Weil mir endlich die ganze Wahrheit gedämmert war. Nicht du warst der Bösewicht, sondern Beverly und ihre Schwester und dieser Bergheimer Edel-Verbrecher sind Schurken. Ich konnte doch nicht zulassen, daß Sarah ihm in die Hände fiel.«

»Natürlich nicht«, sagte Henri und lächelte leicht. »Bist du sicher, daß er T-O-T ist?«

Ich zuckte mit den Achseln. »Keine Ahnung. Ich weiß nicht, wie ein T-O-T-E-R aussieht. Jedenfalls hat er keinen Mucks mehr von sich gegeben.«

»Wo liegt denn dieses Boot?« fragte Henri.

Ich zeigte vage in die Richtung, aus der wir gekommen waren. »Dort. Aber ich will nicht dahin zurück.«

»Das müssen wir aber. Wir müssen nach dem Typ sehen und gegebenenfalls die Polizei benachrichtigen«, sagte Henri. »Damit sie ihn verhaften.«

»Ja, und bei der Gelegenheit kann ich mich auch gleich wegen A-U-T-O-D-I-E-B-S-T-A-H-L anzeigen«, sagte ich müde und zeigte auf den Jeep. »Der gehört mir leider nicht.«

»Du hast ihn *kurzgeschlossen*?«

»Sie hat ihn sich nur geliehen«, mischte sich Sarah ein. »Sie hat uns ein ganzes Haus geliehen. Ich habe in einem Etagenbett geschlafen. Oben!«

»Tatsächlich?« Henri sah mich von der Seite an. »Kann es sein, daß du auf den Kopf gefallen bist, Lilli? Redest du deswegen so wirres Zeug?«

»O ja«, rief ich. »Das auch. Du solltest mal hören, wie es darin rauscht! Ich habe todsicher eine Gehirnerschütterung, deshalb habe ich diesem Luigi auch in sein goldenes Klo G-E-K-O-T-Z-T, als er gerade dabei war, mich zu V-E-R-F-Ü-H-R-E-N.

Und deswegen hat es auch so lange gedauert, bis ich zwei und zwei zusammengezählt habe.«

»Vielleicht sollten wir zuerst mit dir zu einem Arzt fahren«, überlegte Henri laut. »Dieser Luigi kann warten. Wenn er T-O-T ist, sowieso, und wenn er noch lebt, dann kann ich ihn ja später auch noch T-O-Thauen. Ich habe zwar nur die Hälfte von dem verstanden, was du erzählt hast, aber es gibt wohl einiges, was wir in Ordnung bringen müssen.«

Er stand auf.

»Papa? Kennst du das Märchen von Brüderchen und Schwesterchen?« fragte Sarah. »Das ist ganz eklig. Wenn du willst, erzähle ich es dir.«

Henri reichte mir die Hand. »Komm schon, Lilli, auf geht's.«

Ich ließ mich von ihm auf die Beine ziehen und schulterte meine Schuhe. »Meinst du, ich bekomme Gefängnis?«

Henri grinste. »Das wird sich zeigen.«

Eigentlich hätten wir an dieser Stelle einfach zu dritt in den Sonnenuntergang spazieren können – na ja, oder in die Mittagssonne –, und die Geschichte hätte ein einigermaßen gutes, wenn auch nicht zu gutes Ende gefunden. Aber so war es nicht.

Als wir zum Parkplatz hochkletterten, bog dort das Wohnmobil mit Bergheimer Kennzeichen ein und bremste gleich neben dem Jeep.

Mein erster Impuls war wegzulaufen, aber Henri hielt mich fest.

»Mit Rita habe ich noch ein Hühnchen zu rupfen«, sagte er.

»Aber – sie ist gefährlich«, sagte ich.

»Das bin ich auch«, erwiderte Henri grimmig.

Beverly schien das nicht so zu sehen. Sie hatte einen ziemlich dreisten Gesichtsausdruck in ihrer stupsnäsigen Barbievisage.

»Sieh mal, wer da ist, Gaby«, sagte sie und sprang aus der Beifahrertür. Sie sah nur Henri an, mich ignorierte sie vollständig. »So ein Zufall, was?«

Deanna, die wohl im wirklichen Leben Gaby hieß, stieg auf der Fahrerseite aus.

»Gut, daß du so ein auffallendes Auto fährst, Henri«, sagte sie. »Ich wäre sonst glatt an euch vorbeigefahren.«

»Ja, und das wäre wirklich schade«, sagte Henri. »Wo wir doch hier gemütlich gemeinsam auf die Polizei warten können.«

»Ach ja? Und was willst du denen erzählen? Etwa, daß ich deine Tochter entführt habe?« fragte Beverly. »Die lachen sich doch kaputt. Laut Gerichtsurteil stehen mir sogar zwei Wochen Urlaub im Jahr mit ihr zu, vergessen? Und wir sind gerade mal eine Woche unterwegs! Das ist keineswegs ungesetzlich, lieber Henri.«

»Nein, ungesetzlich ist nur, daß du sie mitgenommen hast, ohne mir etwas davon zu sagen. Und daß du mich angerufen hast und eine halbe Million verlangt hast, falls ich sie jemals wiedersehen wollte«, sagte Henri genauso zuckersüß.

»Das kannst du aber nicht beweisen, du Scheißkerl«, trumpfte Beverly auf. »Und Sarah hatte es gut bei uns, nicht wahr, Sarah?«

Sarah sagte nichts. Sie hatte den Kopf an Henris Brust geschmiegt und ihren Hasen ganz fest an sich gedrückt.

»Also gut, Rita. Ich verzichte darauf, dir den Hals umzudrehen«, sagte Henri. »Aber du wirst nicht ungestraft davonkommen. Ich möchte, daß ein Gericht dir verbietet, jemals näher als einen Kilometer an Sarah heranzukommen. Und nach dieser miesen Nummer, die du da abgezogen hast, wird mir jeder Richter der Welt diesen Wunsch erfüllen.«

»Du kannst nichts beweisen«, sagte diesmal Deanna.

»Ach, hör schon auf, Gaby. Natürlich kann ich das beweisen. Meine Aussage, die Aussage der Kindergärtnerin und nicht zuletzt Sarahs und Lillis Aussage werden dafür locker ausreichen. Und dann gibt es ja auch noch euren Z-U-H-Ä-L-T-E-R von Freund, der auf seiner Yacht seinen Rausch ausschläft.«

Vielleicht für immer, dachte ich und schluckte schwer.

Beverly und Deanna tauschten einen längeren Blick.

»Also gut, Henri«, sagte Beverly schließlich und zog einen dicken Schmollmund. »Laß uns verhandeln. Wenn du mir ein bißchen Geld gibst, dann unterschreibe ich freiwillig einen Verzicht auf das Besuchsrecht oder alles was du willst. Aber ein bißchen Geld kannst du ja wohl für mich locker machen. Immerhin waren wir mal verheiratet, und das steht mir einfach zu.«

»Blödsinn«, entfuhr es mir.

»Schnauze, du Schlampe«, fuhr Deanna mir über den Mund. »Du hast dich hier überhaupt nicht einzumischen.«

»Wieviel hättest du denn gern, Rita?« erkundigte sich Henri.

»Zehntausend«, sagte Beverly. »Dann habe ich wenigstens meine Unkosten wieder drin.«

»In Ordnung«, sagte Henri. »Ich stelle dir einen Scheck aus.«

Beverly lächelte klebrig. »Im Wohnmobil liegt ein Block und ein Stift, da können wir gleich so eine Verzichterklärung aufsetzen. Sarah kann es holen und dabei auch gleich ihre Sachen mitnehmen. Ich habe ein Vermögen für Puzzlespiele ausgegeben, um sie ruhigzustellen.«

»Gut, aber vorher gibt Gaby mir eure Wagenschlüssel. Nicht daß ihr sonst auf die Idee kommt, mit Sarah davonzufahren.«

Kluger Henri, dachte ich nicht ohne Stolz.

Deanna warf ihm mit verkniffener Miene den Schlüsselbund zu, und er ließ Sarah auf den Boden hinab.

»Hol deine Sachen, Schätzchen, damit wir fahren können.«

»Ja, und bring den Schreibblock mit«, sagte Beverly. »Damit ich dich nie wieder sehen muß.« Es war schon erstaunlich, wie cool sie trotz allem war – so als habe sie immer noch ein As im Ärmel.

Sarah setzte ihr übliches Pokerface auf und öffnete die Tür des Wohnmobils.

Diesmal klemmte sie nicht – leider.

Denn im gleichen Augenblick wurde sie von einer kräftigen Männerhand im Nacken gepackt und wie ein Kätzchen hochgehoben.

Ich schrie leise auf. Da stand Luigi, auferstanden von den Toten! Ich kniff die Augen zusammen, in der Hoffnung, einer Fata Morgana aufzusitzen.

»Papa!« quiekte Sarah. Da machte ich die Augen wieder auf. Keine Fata Morgana. Wirklichkeit. Beverlys As im Ärmel.

Beverly und Deanna lachten hämisch.

»Es ist erst vorbei, wenn die dicke Dame gesungen hat, Henri«, sagte Beverly. »Vergessen?«

»So zarte Kinderhälse brechen ja so leicht«, sagte Luigi und schüttelte Sarah ein bißchen. »Eine kleine Bewegung, und schon hängen die lieben Kleinen leblos da wie Hühner vor dem Rupfen.«

»Luigi!« keuchte ich. Luigi sollte doch mausetot in seinem verdammten Boot liegen. Aber das tat er nicht. An seiner Schläfe befand sich eine dicke Beule, ansonsten sah er kerngesund aus. Er trug seine Kontaktlinsen nicht – vielleicht waren sie bei meinem Schlag rausgefallen –, und seine echten Augen sahen kalt und gefährlich aus.

»Lilli«, sagte er mit seiner Samtstimme. »Wie schön, dich wiederzusehen, du kleine, *verfickte* Ratte.« Aha, er konnte also auch anders.

»Laß sofort meine Tochter los, du mieser Zuhälter«, sagte Henri und vergaß ganz das Buchstabieren.

Luigi machte ein heiteres Gesicht. »Jetzt hörst du mir mal zu, du Muttersöhnchen. Bis jetzt ist die ganze Aktion mehr als laienhaft abgelaufen, aber so ist das eben, wenn man die Geschäfte den Weibern überläßt. Ab jetzt habe *ich* die Sache voll im Griff, ja? Luigi Francesco Benetutti. Erstens: Ich murkse dein Töchterchen hier ab, wenn du dich da auch nur um einen Zentimeter fortbewegst, und zweitens, ich habe dieses Katz-und-Maus-Spiel gründlich satt. Ich will heute noch die Flocken sehen, sonst kriegst du deine Sarah mit aufgeschlitzter Kehle wieder.«

Sarah war offenbar weit davon entfernt, sich von seinen Worten beeindrucken zu lassen. Sie zappelte und trat so heftig um sich, daß Luigi sie losließ und ihr statt dessen ein Messer an den Hals hielt.

»Wenn du jetzt mitspielst, kriegst du deinen Balg in ein paar Stunden zurück, okay?«

»Das habe ich verstanden, du Wichser«, sagte Henri und rieb sich müde über die Augen.

»Glaub ihm kein Wort«, sagte ich. »Meinst du, der läßt uns alle gehen, obwohl wir seinen bescheuerten Namen kennen? Wohl kaum.«

»Sei still, Lilli«, sagte Henri.

»Hör zu. Die Sache ist ganz einfach«, sagte Luigi und schubste Sarah ins Innere des Wohnmobils. »Du und Rita, ihr setzt euch in deinen hübschen Wagen und klappert so lange alle Geldautomaten dieser Insel hier ab, bis dein verdammtes Konto leer ist. Rita wird auf dich aufpassen und über Handy mit mir in Kontakt bleiben. Wenn du irgendwelche Sperenzchen machst – krrrrrrrr.« Luigi machte eine eindeutige Handbewegung.

»Und du wartest solange hier?« fragte Henri.

Luigi lachte, lehnte sich lässig in den Türrahmen und flitschte mit der Messerspitze nicht vorhandenen Dreck unter seinen Fingernägeln her. »Ich bin doch nicht blöd. Damit du mir die Bullen auf den Hals hetzen kannst? Nein, ich mache mit den drei Mädels hier einen kleinen Ausflug.« Er grinste mich mit seinen kalten grauen Augen an. »Nicht wahr, Lilli hier wird auch mitkommen. Wir beide haben nämlich noch eine Rechnung offen. Eine ziemlich hohe Rechnung. Und die liebe Lilli wird dafür bezahlen.«

Ich bereute es bitterlich, nicht fester zugeschlagen zu haben. Jede vernünftige Person wäre auf Nummer Sicher gegangen, hätte den goldenen Klodeckel abmontiert und so lange auf den Kerl eingedroschen, bis er zur Hölle gefahren wäre.

»Wenn du Lilli oder Sarah auch nur ein Haar krümmst, siehst du keinen Pfennig«, sagte Henri.

»Ach, leck mich«, sagte Luigi. »Deine Tochter lasse ich schon in Ruhe, ich habe nichts für kleine Mädchen übrig, aber mit dieser Schlampe hat unser Handel nichts zu tun. Komm her, Lilli. Komm zu Papa.«

Henri hielt mich am Ellenbogen fest. »Entweder, du läßt Lilli in Ruhe, oder du kannst das Geld vergessen.«

Luigi griff hinter sich und zerrte Sarah wieder in die Tür. »Sag das noch mal«, forderte er und hielt ihr das Messer an die Kehle.

»Entweder«, begann Henri, aber da hatte ich mich schon von ihm losgemacht und war auf Luigi zugegangen.

»Das ist eine Sache zwischen Mister farbige Kontaktlinse und mir«, sagte ich. »Fahr du nur mit Barbie weg und hol das Geld.«

»Sehr vernünftig«, sagte Luigi und schubste Sarah wieder in das Wohnwageninnere. »Wahrscheinlich freust du dich schon drauf, was?«

»Und wie«, sagte ich und tastete nach der Pistole in meiner Hosentasche. Das Ding war mir vor ein paar Sekunden glühendheiß eingefallen. Messer gegen Pistole, es war doch klar, wer hier der Stärkere war.

Ja, wenn du wüßtest, wie man damit umgeht, sagte mein Kopf. Und wenn sie geladen wäre.

Gut, das waren zwei unbekannte Risikofaktoren, aber ich vertraute einfach auf mein Glück.

»Laß das Messer fallen, du Arschloch«, sagte ich und hielt Luigi die Pistole entgegen.

Ich muß sagen, die Wirkung war frappierend. Luigis Gesichtszüge entgleisten für ein paar Sekunden völlig, und Deanna sagte: »Scheiße, die ist ein Bulle.«

Diesen Satz faßte ich als Kompliment auf – offenbar hielt ich das Ding wirklich professionell.

Was Henri machte, konnte ich nicht sehen, weil er hinter mir stand.

Luigi erholte sich allerdings schnell. Er warf auch das Messer nicht weg. »Blödsinn, die Schlampe hat das Ding aus meinem Schrank geklaut. Und ich wette zehn zu eins, daß sie nicht mal weiß, wie man es entsichert.«

Entsichert? *Entsichert*? Mußte man so eine Pistole entsichern?

Luigi lachte über meinen Gesichtsausdruck. Ich knetete das Ding heftig mit beiden Händen, dann hielt ich den Lauf wieder in Luigis Richtung und drückte ab.

Entsichert, dachte ich als erstes. Und geladen war das Ding auch. Die Kugel war an Luigis Fuß vorbeigepfiffen und irgendwo unter dem Wohnmobil in den Boden geschossen, aber sie hatte durchaus Wirkung gezeigt. Luigi hatte vor lauter Schreck das Messer fallengelassen, und Henri war an mir vorbeigeflogen und hatte sich mit einem leisen, beinahe zufriedenen Schrei auf Luigi geworfen. Die beiden wälzten sich im Staub vor dem Wohnmobil. Luigi hatte sicher einige gemeine Schlägertricks auf Lager, aber er war durch mein Flaschen-K.O. am Morgen noch ziemlich angeschlagen, und außerdem war Henri so wütend, daß er es auch mit zweien von Luigis Sorte aufgenommen hätte. Am liebsten hätte ich mich mit ins Getümmel geworfen, so sehr wünschte ich mir, Luigi so richtig vermöbelt zu sehen. Aber das bekam Henri auch ohne mich hin.

Ich richtete die Pistole lieber auf Beverly und Deanna.

»Bleib im Wohnmobil und mach die Augen ganz fest zu!« rief ich zu Sarah hinein. Das arme Kind – wahrscheinlich brauchte es nach diesem Urlaub zehn Jahre Therapie.

»Bitte nicht«, sagte Deanna zu mir.

»Bitte nicht, was?«

»Schießen«, sagte Deanna.

»Luigi, mach den Scheißkerl fertig«, sagte Beverly, immer noch voller Hoffnung.

Aber das konnte Luigi nicht. Er landete zwar einen kräftigen Schlag in Henris Gesicht, der die gegnerische Augenbraue aufplatzen ließ, aber schließlich lag er mit gebrochener Nase im Staub und rührte sich nicht mehr.

Henri erhob sich und klopfte sich die Kleidung ab.

»So, jetzt geht es mir besser«, sagte er, und ein wahrer Blutstrom ergoß sich aus der Platzwunde über sein Gesicht und sein Polohemd.

»Darf ich jetzt rauskommen?« fragte Sarah.

16. Kapitel

Ich konnte meine Freiheit kaum fassen, als wir schon am frühen Nachmittag die Polizeistation in Santa Teresa verließen.

»Ich sah mich schon in einem italienischen Gefängnis verrotten«, seufzte ich. Ich hatte ja in den letzten Tagen auch wahrhaftig genügend Straftaten begangen. Trotzdem behandelte die Polizei die Angelegenheit als eine Sache, die ausschließlich Beverly, Deanna, Luigi, Henri und Sarah anging. Ich war nur eine unbeteiligte Zeugin. Es fragte auch niemand nach der Herkunft des Jeeps.

Noch vom Parkplatz vor Cala Piscina hatte Henri mit Beverlys Handy nach Deutschland telefoniert, eine gute Viertelstunde auf Beverlys Kosten mit seinem Anwalt. Und der hatte ihm eine Menge Anweisungen sowie die Nummer eines italienisch sprechenden Kollegen gegeben. Dann erst hatte Henri bei der Polizei angerufen.

Man hatte das Verbrechertrio aus Raumschiff Enterprise erstmal in Verwahrung genommen, aber Henri sagte, es würde nicht lange dauern, da hätten Luigis Freunde sie freigekauft. Allerdings stünde ihnen in Deutschland noch ein Prozeß wegen Kindesentzug und Erpressung bevor.

Sehr beruhigend zu wissen.

Wir, Henri, Sarah und ich konnten jedenfalls ganz unbehelligt unserer Wege gehen, dafür hatten Henris Anwälte gesorgt.

»Das wäre geschafft«, sagte Henri, als wir im hellen Sonnenlicht zurück zu den Autos gingen. Ich war mit dem Jeep gefahren, Sarah hatte ausnahmsweise im Zweisitzer vorne mitfahren dürfen. Beverly, Deanna und Jean-Luc waren im Polizeiauto hergefahren.

Henri klopfte auf das Faltdach seines Wagens. »Tja, wir werden uns jetzt wohl trennen müssen.«

Seine Worte fuhren mir wie ein Messer ins Herz. »Ja?« flüsterte ich entsetzt.

»Ja«, sagte Henri. »Ich kann mit diesem Auto unmöglich bis nach Hause fahren. Sarah gehört auf die Rückbank. In einen Kindersitz. Wir werden einen Mietwagen benötigen.«

Ich verstand, daß er die Trennung von seinem Auto gemeint hatte und nicht von mir. Trotzdem war mir ganz anders ums Herz. Wer garantierte mir eigentlich, daß Henri vorhatte, mich mitzunehmen?

»Das wäre dann schon der zweite Mietwagen«, sagte ich. »Was ist eigentlich mit dem ersten passiert?«

»Den habe ich in Marina di Sorso abholen lassen«, sagte Henri. Er sah schon etwas lädiert aus mit seinem blutverschmierten Hemd und dem dicken Pflaster über dem Auge. Der Polizeiarzt hatte ihn mit vier Stichen nähen müssen. »Gegen eine kleine Strafgebühr. Jetzt brauchen wir einen soliden Kombi, der uns bis nach Deutschland bringt.«

»Und der Fiat?«

»Den lasse ich hier. Vielleicht kann man ihn verkaufen. Er ist sowieso kein Auto für einen Familienvater. Ich habe ihn nur aus Sentimentalität behalten. Und so gut wie nie gefahren. Er ist ein typisches Garagenauto.«

»Na, aber in den letzten Tagen ist er dafür gut ausgefahren worden«, sagte ich und sah zum Jeep hinüber. Am liebsten hätte ich das Ding einfach hier stehengelassen. Zumal der Tank so gut wie leer war.

Henri sah auf die Uhr. »Ich würde gern noch die Nachtfähre nach Livorno kriegen«, sagte er. »Also müssen wir uns beeilen, wenn wir die Sache mit deinem geliehenen Haus und dem Wagen noch in Ordnung bringen wollen.«

»Wie willst du denn *das* in Ordnung bringen?« fragte ich voller Hoffnung.

»Stück für Stück«, sagte Henri.

Und das taten wir dann auch. Wir tankten den Jeep voll, tauschten in aller Eile bei einem Autohändler den Fiat gegen einen Opel Astra Kombi und fuhren hintereinander zurück nach Costa Paradiso. Der Uniformierte im Häuschen an der Schranke guckte kaum auf, als wir ankamen.

Das Haus lag da, wie wir es verlassen hatten. Ich holte den Schlüssel wieder aus seinem Versteck und schloß auf. Sarah ging sofort an die Spielzeugkiste und nahm das Puzzle heraus. »Willst du mal sehen, Papa? Ich habe den Bauernhof zusammengebaut.«

»Später«, sagte Henri und sah sich staunend um. »Und du kennst die Leute wirklich nicht?«

»Nee, woher denn?«

»Dann würde ich vorschlagen, du setzt dich erstmal hin und machst eine Liste von allem, was ihr gegessen, benutzt, berührt oder gekl- ... geliehen habt.«

»Und was soll das bringen?«

»Mach schon«, sagte Henri. »Sarah hilft dir dabei.«

Also listeten wir akribisch auf, was wir alles gegessen hatten, vor allem Sarah konnte sich noch gut an die Einzelheiten erinnern. Henri las indessen den Brief, den ich hinterlassen hatte und schüttelte unablässig den Kopf.

»Gut«, sagte er, als wir fertig waren, »dann fahre ich jetzt in den nächsten Laden und kaufe das ganze Zeug ein. Und ihr macht ihr in der Zwischenzeit Ordnung. Es muß jedes Sofakissen wieder so liegen, wie ihr es angetroffen habt.«

»Muß ich auch mein Puzzle wieder kaputtmachen?« fragte Sarah. »Das mache ich nicht.«

»Doch, das machst du wohl«, sagte Henri streng. »Die Leute dürfen nicht merken, daß jemand hier war. Aber ich kaufe dir ein neues, wenn wir zu Hause sind.«

Und so beseitigten wir alle unsere Spuren, jeden Krümel Knäckebrot, jeden Fingerabdruck, jeden Wassertropfen. Als Henri zurückkam, beladen mit Alete-Gläschen, Obstkonserven, Keksen, Nutella, Saft und Würstchen im Glas, war er sehr zufrieden mit uns. Ich stapelte alles in der Speisekammer, während er das Haus inspizierte und den Jeep zurück in die Garage setzte.

»Sieht doch alles sehr gut aus«, sagte er und legte genau vierundvierzigtausend Lire zurück in die Porzellandose.

»Sie werden es ja doch merken«, sagte ich skeptisch. »Und irgendwie finde ich diese Heimlichtuerei nicht gut.«

»Das ist aber allemal besser als die Wahrheit. Was würdest du denn sagen, wenn du nach Wochen in dein privates Ferienhaus kämst, und da läge ein Brief von jemandem, der sich unbefugt Zutritt verschafft hätte? Du würdest dich sicher nicht mehr wohl fühlen, oder?«

»Nein«, gab ich zu.

»Und du würdest die betreffende Person sicher anzeigen, oder?«

»Hm«, sagte ich.

»Na siehst du.« Henri grinste mich an. »So ist es viel besser, glaub mir.«

»Aber der Anruf bei meiner Mutter! Daran werden sie's doch merken.«

»Die Telecom irrt sich doch mal. Außerdem könnte auch die Putzfrau telefoniert haben oder sonstwer. Kommt jetzt, wir müssen die verdammte Fähre kriegen.«

Natürlich hatte er recht. So würden die Hausbesitzer nichts merken, und mir blieb eine Anzeige wegen Einbruchs und Diebstahls erspart. Es dauerte ein paar Sekunden, bis mir ein Stein vom Herzen fiel – einer von mehreren, die dort lagen. Aber dann sagte ich: »Henri?«

»Ja?«
»Danke.«
»Keine Ursache«, sagte Henri bescheiden.

Wir bekamen die Nachtfähre nach Livorno, und weil das Glück auf unserer Seite stand – vielleicht stand es auch nur auf Henris und Sarahs Seite, und ich profitierte lediglich davon –, erhielten wir eine der raren Erste-Klasse-Familien-Kabinen, oberhalb der Wasserlinie mit Panoramafenstern, vier bequemen, frisch überzogenen, schneeweißen Betten und einer separaten Dusche mit WC.

»Wer duscht zuerst?« fragte Henri.

»Ich nicht«, sagte Sarah müde.

»Na gut, ausnahmsweise«, sagte Henri. »Aber Lilli und ich haben eine Dusche ziemlich nötig.«

»Ich habe vor allem saubere Klamotten nötig«, sagte ich und schaute auf meine zerrissenen, fleckigen Jeans hinunter. Und auch meine Unterwäsche hatte eine Wäsche dringend nötig. Nur das rosarote Poloshirt von Luigi sah noch tadellos aus.

»Du kannst dir aus meinem Koffer aussuchen, was du willst«, sagte Henri.

»Ich habe schon einen Pullover von dir ruiniert«, sagte ich, schaute seine Sachen aber auf etwas Brauchbares durch, während er duschte.

Sarah lümmelte sich schläfrig auf ihrem Bett. »Wie ging noch mal die Geschichte von Brüderchen und Schwesterlichen?«

»Ich muß es noch mal zu Hause nachlesen«, sagte ich. »Es ist so lange her, daß ich selber klein war. Meine Mama hat mir immer Märchen erzählt.«

Meine Mama! Ich mußte sie dringend anrufen, sie würde vor Sorgen bereits vergehen. Aber Henri hatte Beverlys Handy der Polizei übergeben, wie es sich gehörte.

Er kam aus dem Bad, nur ein Handtuch um die Hüften gewickelt. »Gehen wir jetzt essen?«

»Au ja«, sagte Sarah.

Es war etwas merkwürdig, das verhältnismäßig feine Restaurant mit Herrenunterhosen, Herrenshorts und einem Herrenhemd zu betreten, aber glücklicherweise schickten mich die Kellner nicht wieder hinaus. Das lag wohl daran, daß Henri und Sarah so normal aussahen, trotz Henris beeindrukkendem Verband auf der Augenbraue. Das Essen war jedenfalls hervorragend – zum ersten Mal eine warme Mahlzeit seit Tagen.

»Ich lebe die ganze Zeit auf deine Kosten«, sagte ich verlegen, als Henri am Ende die Rechnung bezahlte. »Das ist mir irgendwie peinlich. Wenn wir vom Schiff runter sind, halten wir an einem Geldautomat, und ich gebe dir alles wieder.«

»Sieh es mal so, Lilli. Wenn ich dich nicht in Handschellen gelegt hätte, dann wärst du jetzt irgendwo bei deinen Freunden und hättest gar kein Geld gebraucht. Genaugenommen bin ich also geradezu verpflichtet, für dich zu bezahlen, bis du wieder bei deinen Freunden bist.«

Bis ich wieder bei meinen Freunden war – ach du Scheiße. Spätestens morgen war ich wieder bei Jens-Uwe und zurück in meinem alten Leben.

»Ich muß meine Mama anrufen«, murmelte ich. »Sie weiß, wo Jens-Uwe ist.«

»Der wird bestimmt froh sein, wenn er dich wiederhat«, sagte Henri.

Ha ha, das war ein guter Witz. Jens-Uwe würde so was von sauer sein, daß er mir kein einziges Wort glauben würde. Ich mußte nur zu ihm wegen Theodor. Das arme Vieh glaubte sicher, ich habe ihn verlassen.

»Hm«, machte ich.

»Sicher tut es ihm leid, daß er nicht so nett war in letzter Zeit«, fuhr Henri fort.

»Hm«, sagte ich wieder. Worauf wollte er hinaus? Ach so, ich sah schon: Er wollte mir Jens-Uwe wieder schmackhaft machen, damit ich nicht auf die Idee kam, mit ihm und Sarah nach Deutschland zurückfahren zu wollen. Da brauchte er keine Angst zu haben. Aufdrängen würde ich mich auf keinen Fall!

»Seid ihr eigentlich schon lange zusammen?« fragte Henri.

»Ja«, sagte ich und schaute ihm direkt in die Augen. »Ewig. Und demnächst werden wir heiraten.« Er sollte sich bloß nichts einbilden.

»Heiraten?« wiederholte Henri. »Das ist ja – schön für dich. Hoffentlich weiß er das auch zu würdigen.«

»O ja, ganz sicher«, sagte ich und erhob mich, um mit meiner Mama zu telefonieren. Es gab nämlich an Bord Telefonzellen – das dumme war nur, ich hatte kein Geld für eine Telefonkarte. Ich mußte wieder einmal auf Henris Tasche liegen.

»Könntest du vielleicht ...?« sagte ich peinlich berührt.

»Sicher«, sagte Henri und gab mir einen riesigen Lireschein.

Später, in der gemütlichen Kabine, Sarah schlief längst, fragte er mich, was meine Mutter gesagt habe.

»Sie hat gesagt, daß Jens-Uwe und die anderen immer noch auf dem Campingplatz in Siena sind, weil Ute im Dunkeln auf einen Skorpion getreten ist«, erzählte ich, nicht ohne Schadenfreude. »Sie mußten daher ihren Plan über den Haufen werfen. Und Jens-Uwe läßt schöne Grüße ausrichten.« Letzteres war natürlich gelogen. Wörtlich hatte meine Mutter ungefähr folgendes gesagt. »Jens-Uwe scheint wirklich böse auf dich zu sein, Lillikind. Er sagt, weil du deine Extratour fährst, vermasselst du den anderen den ganzen Urlaub.«

»Aber ich kann doch nichts dafür, wenn diese blöde Ute in einen Skorpion tritt«, hatte ich gesagt.

»Natürlich nicht, Kind. Ich habe Jens-Uwe auch nichts von dem anderen Mann erzählt, ich habe nur gesagt, daß du wohl ein paar Tage allein sein wolltest«, hatte meine Mutter gesagt.

»Und da hat Jens-Uwe gesagt, daß er ernstlich daran denke, eure Verlobung zu lösen. Jetzt kann ich nur hoffen, daß es mit diesem anderen Mann geklappt hat, Lilli.«

Na klar, meine Mutter hatte Angst, daß ich am Ende ganz ohne einen Kerl dastand.

»Ich fürchte nicht, Mama«, hatte ich gesagt und dabei ein paar Tränen verdrückt. »Der will mich wieder loswerden. Und ich kann es ihm nicht mal verdenken.«

»Ach, Lillikind. So wichtig ist das mit den Männern auch wieder nicht«, hatte meine Mutter versucht, mich zu trösten, bevor sie aufgelegt hatte.

Vielleicht nicht, sagte mein Herz, aber bei diesem Mann ist das etwas anderes.

Aber deshalb werden wir uns noch lange nicht an seinen Hals werfen, sagte mein Kopf streng.

Das war gar nicht so einfach. Unsere Betten standen nebeneinander, und ich konnte Henris Wärme sogar durch die Decke fühlen, als wir »gute Nacht« gesagt und das Licht ausgemacht hatten.

Ihr müßt euch nicht mal berühren, flüsterte mein Herz, und trotzdem fliegen die Funken. Nur eine kleine Bewegung von dir, und du kannst seinen Körper fühlen. Ich bin sicher, er wird dich schon nicht wegschubsen. Sieh mal, selbst dieser Luigi konnte dir nicht widerstehen.

Den kannst du wohl kaum mit Henri vergleichen, sagte mein Kopf.

Nein, Henri ist viel ...

Halt die Klappe, sagte mein Kopf.

»Lilli?«

»Hm?« machte ich hoffnungsvoll.

»Ach nichts. Schlaf gut.«

»Du auch«, sagte ich und drehte mich seufzend zur Seite.

Am nächsten Morgen waren wir ziemlich schweigsam. Nur Sarah plapperte fröhlich.

»Wohin fahren wir jetzt?« fragte sie, als wir in Livorno von der Fähre fuhren.

»Wir bringen Lilli weg«, erklärte Henri kühl. Es klang, als wolle er mich auf einer Müllkippe absetzen.

»Ich muß zu Theodor«, sagte ich den Tränen nahe. »Er ist sonst so einsam. Niemand anders spielt mit ihm.«

Sarah lächelte entzückt. »O ja, der war süß, Papa.«

Henri sagte nichts. Er schob die CD mit »Michel in der Suppenschüssel« ein und richtete seine Augen auf die Fahrbahn. Es war ganz klar, daß er es gar nicht mehr erwarten konnte, mich loszuwerden.

Ich versuchte, dem Hörspiel zu lauschen und schwieg ebenfalls. Viel schneller als mir lieb war, erreichten wir den besagten Campingplatz. Henri parkte den Wagen vor der Einfahrt.

»Es ist wohl besser, wenn du hier aussteigst«, meinte er. »Wir müssen die Sache ja nicht noch unnötig komplizieren. Dein Jens-Uwe wird schon so verwirrt genug sein.«

Ich holte tief Luft. »Ja, vermutlich hast du recht.«

»Dann – viel Glück«, sagte Henri. »Auch für die Hochzeit und so.«

»Danke.« Ich würgte an einem dicken Kloß im Hals. »Überhaupt, danke für alles.«

»Ich habe zu danken«, sagte Henri steif. »Ohne dich hätte ich Sarah nicht wiederbekommen.«

»Na ja, aber ohne mich hättest du auch eine Menge weniger Ärger gehabt«, sagte ich genauso steif.

»Und du ohne mich«, sagte Henri.

Nachdem wir das geklärt hatten, schwiegen wir wieder eine Weile.

»Aber wenn wir uns nicht getroffen hätten, dann hätten wir auch weniger Spaß gehabt«, sagte ich schließlich mutig. »Ich meine, irgendwie, also im nachhinein betrachtet, war es doch ziemlich aufregend, oder?«

Henri nickte. »Das kann man wohl sagen. Als du die Pistole gezogen hast, da dachte ich wirklich, ich bin im Film.«

»Und Deanna dachte, ich wäre eine Polizistin«, erinnerte ich mich.

Henri grinste. »Ja, wir hatten eine Menge Spaß, wir beide. Ich wünsche dir wirklich Glück, Lilli.«

Nun, das war wohl das Zeichen für den Aufbuch. Ich nahm meine Handtasche und stieg aus.

»Auf Wiedersehen, Sarah«, sagte ich, und der Kloß in meinem Hals wanderte noch höher.

»Wiedersehen«, sagte Sarah. »Und vergiß nicht, das Märchen von Brüderchen und Schwesterchen nachzulesen.«

»Nein, bestimmt nicht«, sagte ich und schluckte schwer. »Deine Sachen wasche ich, und dann gebe ich sie dir zurück«, sagte ich zu Henri.

Der winkte ab. »Ach, was, die kannst du behalten.«

»Ich kann sie ja auch mit der Post schicken«, sagte ich. »Wiedersehen, ihr zwei.«

Nun mach schon, sagte mein Kopf. Er wird dich nicht aufhalten, auch wenn du noch so sehr trödelst.

Unglücklich schlug ich die Autotür zu. Von wegen Wiedersehen – das war ein Abschied für immer! So schnell ich konnte, ohne wie eine Flüchtige auszusehen, stiefelte ich davon. Ich wagte nicht, mich umzusehen, aber ich hörte, wie der Wagen ansprang und davonfuhr.

Jetzt darfst du weinen, sagte mein Herz, und ich ließ meinen Tränen freien Lauf. Blind schlürfte ich an der Rezeption vorbei, einfach drauflos. Nichts auf der Welt ist schmerzhafter als einseitige Liebe. Zumal, wenn man selber derjenige ist, der liebt. Ich setzte mich unter einen Olivenbaum und weinte, bis ich keinen einzigen Tropfen Flüssigkeit mehr übrig hatte.

So, sagte mein Kopf. Und jetzt sieh bitte nach vorne. Außerdem gibt es hier Skorpione, denk an Ute.

Vom Weinen ganz schwindelig erhob ich mich und klopfte Henris Shorts ab. Meine Jeans und die Unterwäsche hatte ich auf der Fähre entsorgt. Nur noch meine Schuhe waren von meinen alten Klamotten übrig geblieben.

Ich atmete mehrmals tief ein und wieder aus und schaute mich dann nach den anderen um. Auch dieser Campingplatz war erschreckend leer, zumal er im Landesinneren lag. Ich konnte die beiden Igluzelte und unser Auto daher sofort ausmachen. Sie hatten sich einen schattigen Platz nahe an den sanitären Anlagen ausgesucht und die Zelte in einem exakten rechten Winkel zueinander aufgebaut. Das zweite Auto war nicht da, also vermutete ich, daß Jens-Uwe, Ute und Kai unterwegs waren.

Sehr gut, so hatte ich Zeit, meine Tränenspuren zu beseitigen und mich innerlich auf mein Gespräch mit Jens-Uwe vorzubereiten. Im Waschraum schaufelte ich mir jede Menge kaltes Wasser ins Gesicht, dann betrachtete ich mich lange und gründlich. Irgendwie sah ich anders aus als noch vor ein paar Tagen, und das lag nicht an den Schürfwunden oder der verstärkten Sonnenbräune. Es lag an etwas schwer Greifbarem, dem Ausdruck meiner Augen, den Linien meines Mundes, der Art, wie ich den Kopf hielt. Es war, als wäre ich ein anderer Mensch geworden.

Dieses Mädchen da im Spiegel sieht nicht mehr so aus, als würde sie sich alles gefallen lassen, sagte mein Kopf. Nicht von Jens-Uwe, nicht von diesem Arschgesicht von Chef, und nicht von ...

»Na so was!« sagte eine Stimme hinter mir.

Ute.

Ich drehte mich um und sah direkt in ihr Gesicht. Es sah nicht gerade freundlich aus, aber man konnte eine gewisse freudige Spannung darin nicht verleugnen.

»Seit wann bist du denn wieder da?« fragte sie.

»Gerade gekommen«, erwiderte ich.

»Mein Gott, du siehst ja aus, als habest du die letzten Nächste unter den Brücken verbracht.«

»Und du siehst aus, als habest du in einen Skorpion getreten«, sagte ich und sah zu ihrem bandagierten Fuß hinab. »Wo ist Jens-Uwe?«

»Der ist mit Kai einkaufen. Und ich glaube, er telefoniert wieder mal mit deiner Mutter, um sich nach dir zu erkundigen. Ehrlich, ich an seiner Stelle hätte dich sofort in den Wind geschossen. Einfach so abzuhauen – wie ein kleines Kind. Jens-Uwe sagt, das liegt daran, daß du ein Einzelkind bist und ganz schwer in der Gruppe zurechtkommst.«

»So, so, sagt er das.« Ich strich mir das Haar aus dem Gesicht und sah Ute fest in die blassen Augen. »Ich glaube, auch der gruppenerprobteste Phlegmat würde es mit euch nicht lange aushalten. Ihr seid die langweiligsten, unfreundlichsten und unflexibelsten Menschen, die ich jemals kennengelernt habe. Wo ist Theodor?«

»Dito«, sagte Ute.

»Wie bitte? Wo?«

»Ich meine, dito! Du bist nämlich in meinen Augen ebenfalls der langweiligste, unfreundlichste und unflexibelste Mensch, den ich kenne«, sagte Ute.

Ich lachte. »Ja, sicher. Ich bin furchtbar langweilig. Das Aufregendste, das ich jemals erleben durfte, ist die Briefmarkensammlung deines Freundes. Wo ist Theodor?«

»Was weiß ich, wo das blöde Vieh ist? Er hat mir heute Nacht eine lebendige Maus ins Zelt geschleppt!«

Ich lachte wieder. Braver Theodor, gut gemacht. Ich ließ Ute einfach stehen und suchte nach ihm. Dabei war mir die kleine Futterdose mit Wiskas-Crispies sehr nützlich. Kaum, daß er sie hörte, schoß er aus einem Gebüsch herbei und warf sich vor meine Füße.

»Guter Theodor, lieber Theodor«, juchzte ich. »Sieh mal, wer wieder da ist. Und ich lasse dich ab jetzt auch nie wieder allein.«

»Im übrigen schuldest du der Reisekasse noch Geld«, sagte Ute. »Auch wenn du nicht da warst, warst du ja trotzdem einkalkuliert. Wir können nicht für deine Launen aufkommen.«

»Du kannst mich mal«, sagte ich.

»Da ist das letzte Wort noch nicht gesprochen«, sagte Ute

und verschwand in ihrem Zelt. Mußte gemütlich dort sein, wo die Mittagssonne auf das lilafarbene Dach brannte.

In diesem Augenblick rollte das Auto mit Jens-Uwe und Kai und den Einkäufen heran. Ich schluckte einmal unangenehm, dann straffte ich meine Schultern und ging ihnen entgegen.

»Na so was«, sagte Kai, genau wie Ute. »Sieh mal, wer da wieder reumütig zurückgekehrt ist.«

Jens-Uwe sagte nichts. Er nahm nur eine Kiste mit Saft in die Arme und sah mir abwartend entgegen.

»Hallo«, sagte ich. »Sieht nicht so aus, als wärst du überrascht.«

»Deine Mutter hat gesagt, daß du kommst«, sagte Jens-Uwe.

»Ach so, ja.«

»Du warst drei Tage verschwunden, ohne eine Nachricht zu hinterlassen. Findest du das in Ordnung?« fragte Jens-Uwe.

»Na ja, im nachhinein war es ganz in Ordnung«, sagte ich. »Ich habe einen kleinen Abstecher nach Sardinien gemacht. Schöne Insel. Tolle Strände, und alle ganz leer. Ich denke, ich werde noch mal hinfahren, bei Gelegenheit.«

»Was soll denn das Blabla, Elisabeth?« Jens-Uwe stellte den Saftkarton auf der Kühlerhaube ab und stemmte seine Hände in die Hüften wie ein aufgebrachter Schullehrer. »Du schuldest uns wirklich ein paar Erklärungen.«

»Euch?« wiederholte ich und wurde langsam wütend. »Diesen beiden Pappnasen da schulde ich überhaupt nichts, im Gegenteil. Eigentlich könnte man die auf Schmerzensgeld verklagen. Wenn, dann ist das eine Sache zwischen dir und mir.«

»Ich geh ja schon«, sagte Kai und hob beide Hände, als wollte ich ihn schlagen. »Aber erinnere sie bitte daran, daß sie der Reisekasse noch Geld schuldet, Jens-Uwe.«

»Leck mich«, sagte ich.

»Wo warst du, zum Henker?« fauchte Jens-Uwe mich an, als Kai sich zu Ute ins stickige Zelt getrollt hatte. Endlich zeigte er mal Emotionen.

»Ach, das würdest du mir ja doch nicht glauben«, sagte ich. »Es tut mir leid, wenn du dir Sorgen gemacht hast.«

»Weißt du, wieviel Geld ich deinetwegen vertelefoniert habe?« raunzte Jens-Uwe.

»Warum zum Teufel rechnest du immer alles in Geld auf?« rief ich. »Ich bin doch keine Investitionsanlage.«

»Wenn du eine wärst, dann wärst du eine Fehlinvestition«, sagte Jens-Uwe. »Und wenn du glaubst, daß du mich mit dieser Aktion irgendwie unter Druck setzen kannst, dann hast du dich getäuscht. Ich lasse mir von dir nicht auf der Nase herumtanzen. Wenn du nicht nach meinen Spielregeln leben kannst, dann muß ich eben meine Konsequenzen ziehen.«

»Jens-Uwe, du bist ein Idiot«, sagte ich aus vollem Herzen. »Wirklich. Du bist der allergrößte Idiot, den ich jemals getroffen habe. Ich weiß, das wirft kein besonders gutes Licht auf mich, weil ich es immerhin vier Jahre lang mit dir ausgehalten habe, und weil ich in der ganzen Zeit versucht habe, so zu sein, wie du mich haben wolltest, aber immerhin bin ich zur Einsicht gekommen, bevor es zu spät ist. Du bist ein lustfeindlicher, engstirniger, kleinlicher Tyrann, und du hast dir nie auch nur die geringste Mühe zu geben, auf mich einzugehen. Nicht du mußt deine Konsequenzen ziehen, sondern ich.«

»Dann mußt du aber deine Sachen packen und ausziehen«, sagte Jens-Uwe. »Der Mietvertrag läuft nämlich auf mich.«

»Keine Angst. Wenn du aus deinem zauberhaften Italienurlaub heimkehrst, wirst du zu Hause keine Spur mehr von Theodor und mir vorfinden. Wir werden bis auf das allerletzte Katzenhaar aus deinem Leben verschwunden sein.« Die Worte strömten nur so aus meinem Mund, und es tat mir ungeheuer gut, sie auszusprechen.

»Du wirst dich noch umschauen«, sagte Jens-Uwe verkniffen. Jetzt wollte er mir offensichtlich die Beleidigungen heimzahlen, die ich gerade losgeworden war. »Wer will dich denn schon mit deiner unmöglichen Figur und deiner beschränkten Intelligenz!«

»Du würdest dich wundern«, sagte ich und erlaubte mir ein überlegenes Lächeln. »Aber, ob du's glaubst oder nicht, man braucht keinen Mann, um glücklich zu sein.«

»Genau«, sagte eine Stimme hinter mir. »Es sei denn, es handelt sich um die große Liebe.«

Ich fuhr herum. »Henri!«

»Ach so ist das«, sagte Jens-Uwe.

Henri. Da stand er unter dem Olivenbaum, mit seinen leuchtend blauen Augen, dem dicken Pflaster über der Stirn und einem eigenartigen Lächeln.

»Wieso bist du zurückgekommen?« flüsterte ich.

»Ich konnte doch nicht zulassen, daß du zu diesem Idioten zurückgehst«, sagte Henri. »Außerdem hast du meine Lieblingsunterhosen an ...«

»Ich wäre doch nie zu ihm zurückgegangen«, rief ich, und wieder stürzten mir die Tränen aus den Augen. »Nicht nachdem, was wir alles erlebt haben. Ich wollte doch nur Theodor holen. Und ich dachte, du willst mich loswerden.«

»Niemals«, sagte Henri und nahm mich in seine Arme. »Niemals, meine süße kleine Lilli. Ich wäre verrückt geworden, wenn ich dich niemals wiedergesehen hätte.« Es hörte sich an, als wäre auch er nahe dran, ein paar Tränen zu verdrücken.

»Herrgott«, hörte ich Utes Stimme hinter uns. Sie und Kai steckten mit ihren Köpfen zwischen dem Reißverschluß und sahen sensationslüstern und gleichzeitig irgendwie angeekelt aus.

»Ich packe meine Sachen«, sagte ich zu Henri. »Und könntest du bitte das Katzenklo und das Katzenkörbchen holen, Jens-Uwe?«

Aber Jens-Uwe war jetzt nicht danach. »Wie lange geht das denn schon so?« wollte er wissen. »Mit dir und diesem – Typ?«

»Seit drei Tagen«, erklärte Henri freundlich, während ich in unserem Kofferraum mein Gepäck zusammensuchte. »Wir haben uns auf dem Platz der Wunder kennengelernt. In Pisa.«

»Ach.« Jens-Uwe machte ein Gesicht, als hielte er das für äußerst unwahrscheinlich. »Und was sind Sie von Beruf? Fremdenführer? Postkartenverkäufer? Gigolo? Ich kann Ihnen gleich sagen, daß bei Lilli nichts zu holen ist. Sie hat eine fatale Neigung, das bißchen Geld, das sie verdient, auszugeben.«

»Das trifft sich gut«, sagte Henri. »Ich verdiene soviel, daß ich gar nicht weiß, wohin damit. Warum soll man es mit ins Grab nehmen, sage ich immer.«

Ich beförderte Theodor mit einem sanften Schubs in sein Katzenkörbchen und fragte neugierig: »Was bist du eigentlich von Beruf, Henri?«

»Architekt«, sagte Henri, mehr zu Jens-Uwe als zu mir. »Aber ich mache nur die wirklich interessanten Projekte, die anderen Sachen überlasse ich meinen Angestellten.«

»Angeber«, sagte Ute vom Zelt her, aber ich strahlte Henri an. »Dann hast du hoffentlich viel Freizeit?«

»Jede Menge« versicherte Henri und nahm mir den schweren Rucksack ab. »Komm, Sarah wartet. Sie hört schon zum vierten Mal ›Michel in der Suppenschüssel‹.«

Ich packte den Katzenkorb fester und folgte ihm.

»Man sieht sich«, sagte ich lässig über meine linke Schulter.

Niemand antwortete mir.

»Da seid ihr ja endlich«, sagte Sarah, als wir am Auto ankamen.

»Ja«, sagte ich und strahlte auch sie an. »Und Theodor.«

»Darf er aus dem Körbchen raus?« fragte Sarah begeistert.

Ich nickte. »Wir müssen nur öfter eine Pause machen, ich habe sein Katzenklo vergessen.«

Theodor krabbelte auf Sarahs Schoß und begann zu schnurren. Henri legte den Arm um mich.

»Dem hast du aber die Meinung gesagt«, meinte er.

»Ja, und wenn du nicht gekommen wärst, hätte ich noch viel mehr gesagt«, erwiderte ich. »Ich war gerade so gut in Schwung.«

»Er scheint wirklich ein Idiot zu sein«, sagte Henri. »Aber jetzt tut er mir irgendwie leid.«

»Warum?« Mitleid hatte Jens-Uwe wirklich nicht verdient.

»Weil er keine Lilli mehr hat«, sagte Henri und beugte sich zu mir herüber, um mich zu küssen. Diesmal waren uns keine Handschellen dabei im Weg.

»Genügt«, sagte Sarah schließlich hinter uns.

»Du hast recht«, sagte ich und rang nach Luft.

Wow, machte mein Herz. Daß das noch steigerungsfähig wäre, hätte ich nicht gedacht.

Das Denken sollst du ja auch mir überlassen, sagte mein Kopf.

»Fahren wir nach Hause«, sagte ich.

»Nach Hause?« Henri zog abenteuerlustig die Augenbrauen hoch. »Ich weiß nicht. Wo wir doch schon mal hier sind! Im Sommer kommt Sarah in die Schule, das hier ist die letzte Gelegenheit, außerhalb der Ferien Urlaub zu machen.«

»Auja«, sagte Sarah.

»Aber ich habe nur noch bis nächste Woche Urlaub«, sagte ich.

»Dann kündige doch einfach«, sagte Henri, und ich fand, das sei eine wirklich gute Idee.

Und so kam ich doch noch zu einem Bummel durch all diese herrlichen Städte, die ich für immer verpaßt geglaubt hatte. Henri, Sarah und ich mieteten uns ein hübsches Haus zwischen Pisa und Lucca mit einem Swimmingpool und einem eigenen Weinberg, in dem Theodor dickere Mäuse fing als jemals zuvor.

Und hier begann mein neues, wunderbares Leben, und ich versichere Ihnen, langweilig wird es nie mehr werden.

Victoria hat ihr Leben fest im Griff. Was kann einer selbstbewußten Powerfrau mit eigener Kultursendung und reichem Papa schon schiefgehen? Nichts, glaubt Victoria, die sich auf ihre Bildung, ihre Erscheinung und ihren Verstand viel einbildet. Etwas zu viel, findet Freundin Stefanie, die sich im Urlaub auf Gran Canaria in einen Schwimmingpool-Reiniger verliebt hat. Victoria will Stefanie auf den rechten Weg zurückbringen und gerät selbst auf Abwege: Der Vater enterbt sie, Verehrer Ludwig ist untreu und ihr Job in Gefahr. Victorias letzte Chance: Sie muß den menschenscheuen Starautoren Elias Rensle auftreiben, um das weltweit erste Interwiew zu bekommen. Doch Rensle lebt – ausgerechnet – auf Gran Canaria, dem *Lummerland für Langweiler,* wie Victoria meint. Ihr nächstes Problem: Gleich zwei Männer behaupten, daß sie der geheimnisvolle Rensle sind. Den einen hält sie für wunderbar, der andere ist sonderbar. Welcher ist der Richtige?

ISBN 3-404-16207-2

BASTEI LÜBBE

Die rasante Geschichte einer geklauten Braut

Nach einer feuchtfröhlichen Junggesellinnenfete am Vorabend ihrer Hochzeit probiert Ariane zu Hause rasch noch mal ihr Brautkleid an. Die junge Anwältin bestaunt gerade ihr offenherziges Dekolleté im Spiegel, als plötzlich ungebetener Besuch hereinplatzt: Rasmus, ein rauhbeiniger Urwaldforscher, hat mit Arianes Verlobtem Viktor noch eine Rechnung offen. Kurzerhand wirft er Ariane über seine Schulter und verschleppt sie in ein verlassenes Haus ...

ISBN 3-404-16205-6

Lieber neu starten als am Telefon warten - In dieser verrückten Wohngemeinschaft geht alles drunter und drüber.
Ein Tag der Katastrophen: Zuerst wird Katharina gefeuert, dann findet sie den Mann, den sie bisher immer für Mr. Wonderful gehalten hatte, im Bett mit der Putzfrau! Da hilft nur eins: die Wohnung ausräumen, einschließlich der Wertsachen des Ex, und in der WG einer Freundin neu anfangen.
Doch das ist nicht so einfach: Hier blockieren nicht nur lauter schräge Typen permanent Bad und Telefon, sondern auf dem Gang liegt ein Schlafsack herum - mit einem Mann darin, über den Katharina schon bald stolpert ...

ISBN 3-404-16202-1

BASTEI LÜBBE